慈　雨

柚月裕子

集英社文庫

慈雨

樹木が密生した山中は、深い霧に覆われていた。

湿った土と強い草の匂いで、むせそうになる。咳《せき》をこらえながら、一歩ずつ前に進んだ。

腰丈まである笹《ささ》を、捜索棒でかき分ける。ふと、隣に人の気配を感じた。

鑑識の捜査員が身に着ける青い作業着姿で、子供が木の枝を振り回すように、捜索棒であたりの笹を散らしている。

目深《まぶか》に被《かぶ》った帽子越しに、顔を窺《うかが》う。十年前に脳梗塞で死んだ父親だった。

反対側を見ると、高校の同級生だった女子生徒がいた。長い髪を顔の横でふたつに結び、赤いボウタイを締めた濃紺の制服姿で、やはり捜索棒で笹をかき分けている。

気がつくと、笹藪《ささやぶ》のなかに無数の人間が犇《ひし》めいていた。霧のため視界が悪く、顔ははっきり見えない。だが、みな、なにかしら自分と縁《ゆかり》のある人間のようだ。県警捜査第一課の強行犯係、所轄の同僚、駐在時代の住民――脳のなかのどこかで、これは夢だと認知している自分がいた。

そう、何度も繰り返し見る、いつもの悪夢だ。

誰もが捜索棒を持ち、落とし物を捜すように、地面に視線を注いでいる。

ずっと、ひとりの幼女を捜していた。夢のなかでも、そして現実でも。しかし、幼女は見つからない。どこまで行っても、深い霧と笹藪があるだけだ。

それでも諦めずに捜していると、急に視界が開けた。

少し先の地面が、そこだけ意図的に木を伐採したように、土が剝《む》き出しになっている。

捜索棒を投げ出し、駆け寄る。

湿った黒い地面の上に、捜し求めた幼女がいた。手足を投げ出し、仰向けの姿勢で横たわっている。

そばに膝をつき、顔を覗《のぞ》き込んだ。

瞼《まぶた》は開いたままだ。

黒水晶のような幼女の瞳に、覗き込む自分が映る。しかし、幼女は自分を見てはいない。すでにこと切れている。

地面から立ち上がり、人を呼ぼうとした。

――被害者の遺体発見。

叫びかけたとき、なにかが足を摑《つか》んだ。

見ると、死んだはずの幼女の手が、自分の足首を摑んでいた。

真上を見ていた幼女の顔が、こちらを向く。澄んでいたはずの瞳は、いつのまにか白く濁っていた。

小さな唇が動き、か細い声がした。

——おうちに、かえりたい。

1

けたたましいアラーム音で、神場智則《じんばとものり》は目を覚ました。

見なれない天井が、目に映る。首のあたりが気持ち悪くて手をあてると、浴衣の襟が、寝汗でぐっしょりと濡《ぬ》れていた。

隣を見ると、妻の香代子《かよこ》が布団に潜ったまま、枕元にある携帯に手を伸ばすところだった。香代子は目を擦《こす》りながら携帯のアラームを止めると、神場を見て照れ臭そうに笑った。

「ゆっくり眠れるか心配だったけど、大丈夫だった」

「そうだな」

神場はそう言いながら、布団から身を起こした。

昨日の昼過ぎに自宅がある群馬を出て、羽田《はねだ》から飛行機で徳島県に入り、板東《ばんどう》駅についた時は、夕方の六時を回っていた。一番札所《ふだしょ》の霊山寺《りょうぜんじ》に、最も近い駅だ。泊まる予約を入れていたお遍路宿の椿《つばき》民宿は、駅から徒歩で十五分ほどのところにあった。観光客向けのホテルとは違い、お遍路宿は予約を取らないところもある。札所を予定どおりに回れずキャンセルする者があとを絶たないためだ。はじめての巡礼というこどもあり、神場たちも計画どおりに寺を打てるか不安だった。そのため、宿泊の予約を入れたのは椿民宿のみで、巡礼中に泊まる宿の予約は入れていない。

椿民宿を見たとき、明日からはじまる巡礼に備えて充分な睡眠がとれるか、心配になった。

椿民宿は、かなり古い日本家屋だった。総二階の造りで、二階のガラス窓に取り付けられている出格子が、目を引いた。あとで宿の者から聞いた話によると、以前、二階から飛び降りようとしたお遍路さんがいて、防止のために取り付けたのだという。

外から見てもわかる壁の薄さから、車の騒音も隣の部屋の声も筒抜けであることは容易に想像できた。ふと、音が気になって眠れないのではないかという不安が頭をよぎったが、すぐにその思いを打ち消した。自分たちは観光で来ているわけではない。巡礼に訪れているのだ。多少の不便があろうとそれも修行だ、と気持ちを改めた。

「ごめんください」

立てつけの悪い引き戸の玄関を開けてなかへ声をかけると、奥から白い前掛け姿の女性が出てきた。

「いらっしゃいませ」

宿の女性だった。顔に刻まれた皺《しわ》や髪に目立つ白いものから、今年還暦を迎えた神場と歳《とし》はそう変わらないように思えた。

神場が名乗ると、女性はにこやかに肯《うなず》いた。

「お待ちしていました。どうぞあがってください。すぐにお風呂の用意をしますね」

コンクリートの狭い三和土《たたき》で靴を脱ぎ、なかへ入る。玄関のすぐ脇は台所になっていた。開いている引き戸の前に、藍染の暖簾《のれん》がかかっている。

女性は飴色《あめいろ》の階段をあがると、廊下の一番奥にある部屋へふたりを案内した。

部屋の襖《ふすま》を開けた神場は、懐かしさを覚えた。日焼けしてささくれだった畳、剝き出しの白熱灯、隙間風が入り込みそうな木枠の窓ガラスに、自分が子供の頃に住んでいた家と同じ匂いを感じた。

女性は温かい茶を淹《い》れながら、一階にある共同風呂の説明をすると、部屋を出ていった。

ふたりになると、神場は深い息を吐いた。電車と飛行機を乗り継いできた長旅で、腰が辛《つら》かった。香代子も同じらしく、腰を擦《さす》っている。

この宿は素泊まりの客しかとらない。近くのコンビニで買った弁当で夕食を済ませると、風呂に入り九時には床に就いた。

押し入れにあった布団は、畳の固さがわかるくらい薄かった。背中が痛くて眠れないと不満を言う者もいるかもしれないが、その薄ささえ神場には懐かしかった。

布団に入り目を閉じると、ほどなく睡魔がやってきた。古びた宿の郷愁を感じさせる空間は、神場に生まれた家にでもいるかのような安らぎを与えた。しかし同時に、忘れたくても忘れられない事件を思い出させた。昨夜、ここしばらく見なかった悪夢を見たのはそのせいだ。

「はい、どうぞ」

目の前に、湯呑《ゆのみ》が差し出された。布団をあげて服に着替えた香代子が、淹れたての茶を神場に勧める。

「ああ」

そう答えて、神場は茶を啜《すす》った。

香代子は自分も茶を口にすると、携帯を取り出した。どこかへ電話をかけるつもりらしい。

神場は枕元に置いていた腕時計で時間を確認した。まだ朝の六時半だ。こんな朝早くどこへかけるのか。

訊《たず》ねると、香代子は携帯を耳に当てながら、幸知《さち》よ、と答えた。幸知は今年二十五歳になる娘だ。

幸知には昨日、無事に徳島に入ったと連絡を入れている。心配はしていないはずだ。こんな朝早くに、かける必要はないだろう、と言うと香代子は、マーサが心配だから、と目を伏せた。

マーサは自宅で飼っている愛犬だ。ゴールデンレトリバーの雌で、幸知が中学にあがるのを機に家を建てたとき、香代子が知り合いから譲り受けてきた。兄弟がいない幸知がかわいそうだ、というのが理由だった。マーサは今年で十二歳になる。人間で言えばおよそ九十歳だ。大型犬は小型犬より寿命が短いことが多く、マーサもここ一年ほどで体力がかなり落ちた。散歩の距離も短くなっている。

三か月前の夜、近いうちに四国巡礼の旅に出る、と神場がかねてからの決意を明かすと、香代子は、自分も同行すると言った。

神場はついてくるという香代子を止めた。お遍路の回り方はいろいろあり、車をつかう者もいれば、自分の足で歩く者もいる。神場は八十八か所すべての寺を、歩いて回ると決めていた。

香代子は神場のふたつ下で今年五十八歳になる。まだ老け込む歳ではない。足腰も丈夫だ。とはいえ、女の足だ。体力に自信があるかと訊《き》かれて、迷いなく肯ける年齢でもない。歩き遍路だと、八十八か所を回り終え結願《けちがん》するまで優にふた月はかかる。無理についてこなくていい、といなしたが、香代子は考えを変えなかった。

「いままでずっと放っておかれたのに、退職したあとも置き去りにされるんですか？」

香代子はそう言いながら、神場を軽く睨《にら》んだ。

神場は今年の三月に、四十二年つとめた警察官を定年退職した。退職後、すぐに地元の警備会社の幹部として迎えられる予定だったが、椅子待ちで正式入社は一年後になった。警備会社の社長は申し訳ないと頭を下げたが、神場にとってはありがたかった。退職後、歩き巡礼の旅に出ることは、神場の念願だった。警備会社の幹部に納まったあと、何かしらの理由をつけてまとまった休みをとろうと思っていたが、その手間が省けたうえに、誰に気兼ねすることなく巡礼できることが嬉《うれ》しかった。

退職してすぐは、いろいろな後始末に追われ、巡礼に旅立てたのは六月に入ってからだった。巡礼をしたことがある知人からは、雨が多い梅雨時と暑い夏場は避けたほうがいい、秋からはじめてはどうか、と言われたが、それまで待てなかった。できることなら、退職した翌日にでも旅立ちたいくらい、神場は巡礼を望んでいた。

巡礼に同行すると言った香代子にも、ひとつだけ気がかりなことがあった。マーサのことだ。マーサはいつなにがあってもおかしくないほど、歳をとっている。

家の主《あるじ》が不在がちで寂しい思いをしている妻と娘を、マーサはずっと慰めてくれた。香代子のもとからの明るい気質もあるが、いままで家庭から笑顔が消えずに来られたのは、マーサの存在も大きいと思う。だから、香代子がマーサに、世間でいうペット以上の愛情を注ぐ気持ちも神場には理解できた。

巡礼についていくとは言ったものの、マーサのことで迷っている香代子に、幸知は、自分がちゃんと面倒を見ているから大丈夫、と夫婦での巡礼を勧めた。

「夫婦水入らずの旅なんて、いままで新婚旅行だけなんじゃないの？　一緒に行って楽しんできてよ」

職場の慰安旅行など大勢での旅行は何度かあったが、幸知の言うとおり、夫婦ふたりの旅は新婚旅行以来だった。

言われて香代子も決心がついたらしく、ダイニングテーブルで夕食を食べている娘に目を向けて、そうね、思い切って行ってこようかな、と顔をほころばせた。

観光で巡礼をするんじゃない、そう釘《くぎ》を刺そうとしたが、思い直して口を閉ざした。自分の巡礼の目的を、敢《あ》えて香代子に伝える必要はない。札所を回る者が、それぞれの意味を持っていれば、それでいい。

携帯を耳に当てていた香代子の顔が、ぱっと明るくなった。幸知が電話に出たようだ。

「幸知？　うん、お母さん。まだ寝てた？　ごめんごめん」

会話の様子から、幸知が朝早くの電話を迷惑がっている様子が窺える。マーサに変わりがないことを確認すると、香代子は早々に電話を切った。肩を竦《すく》めながら神場を見る。

「なにも変わったことはないし、マーサも元気だって。まだ寝ていたのにって、怒られちゃった」

自分の部屋のベッドで、布団に包《くる》まりながら母親に文句を言う娘の姿が浮かぶ。娘は高校を出たあと地元の大学に通い、卒業後も家から職場に通っている。歳だけ考えればいい大人だが、家を出て自立している同年代の者たちよりもはるかに幼い。親から見ると、子供がまだ自分の庇護《ひご》のもとにあることは嬉しくもあるが心配でもあった。

そう考える神場の頭に、半年前のある出来事が蘇《よみがえ》った。まだまだ子供だと思っていた幸知がいきなり大人に見えた日のことだ。そのときの光景を消し去るように頭を振り、心で自分に言い聞かせる。

――そうだ。幸知はまだ子供だ。

「だから、こんな早くに電話なんかしなくていい、と言ったんだ」

ぶっきらぼうに言うと、神場は湯呑に残っていた茶を一息に飲み干した。

前の日に買っておいたコンビニのおにぎりで朝食を済ませると、巡礼用の白衣《びゃくえ》を身に着けて宿を出た。

見上げた空に、ところどころ灰色の雲が浮かんでいる。今朝の予報では曇り時々雨だが、空の明るさや大気の軽さから、いますぐ降り出しそうな気配はない。

今日は一番札所の霊山寺から六番札所の安楽寺《あんらくじ》か、調子がよければその先の十楽寺《じゅうらくじ》まで行く予定だった。寺は夕方の五時で閉門する。それまで空が持ってくれればいいと願う。

椿民宿から霊山寺までは、徒歩で十五分ほどだ。この日のために用意したトレッキングシューズを履いて金剛杖《こんごうづえ》を手に持つと、香代子は颯爽《さっそう》と歩きはじめた。神場は遅れをとらないように歩を速める。しかし、気がつけば、十メートルくらい離れていた。どんどん先を行く香代子の背に向かって叫ぶ。

「先は長い。いまからそんなに張り切ると、あとで疲れるぞ」

着替えや日用品一式が入ったリュックを背で軽く弾ませ、香代子は神場を振り返った。

「そのときは、あなたにおんぶしてもらうから大丈夫」

付き合いはじめたばかりの女が口にするような冗談に、柄にもなく顔が火照る。

「馬鹿なことを言うな。ペースを落とせ」

照れる夫の顔を見て、香代子は楽しそうに笑った。

香代子は昔から、こちらが赤面するような言葉を臆面もなく口にする。その屈託のなさに惹《ひ》かれ縁談を決めたのだが、歳をとっても変わらない幼子のような言動にどう返したらいいのかわからず、いまだに戸惑うことがある。

歩きながら、景色を眺める。高層ビルが立ち並ぶ近代的な街でないところは、地元の群馬と似ている。少し車で走れば、自然に触れることができる山がある。地元の人間に限らず、トレッキングや山菜採り、ニジマスやイワナ釣りを楽しむ観光客も多い。

ひとつだけ違っているのは空だった。比較的低い山が多く、周りを海に囲まれている四国は、空が広い。弘法大師《こうぼうだいし》が空海《くうかい》と名乗った理由も肯ける。

「あなた、ほら、あそこじゃないかしら」

県道の両側に広がる里芋畑を眺めながら緩やかなカーブを曲がると、香代子が道の先を指さした。

遠くに見える看板に、大きな文字で一番札所、と書かれている。

もう少しで山門というところで、先を歩いていた香代子が立ち止まった。道路の向かいを、じっと見ている。

香代子に追いつき視線を追うと、そこには駐在所があった。

道路に面している壁に「駐在所」と書かれた看板や交通安全を謳《うた》った標語のプレートがなければ、一般の民家とそう違わない造りになっている。

立ち止まったまま、懐かしむように見ている香代子を促して先に進もうとしたとき、駐在所から制服姿の警察官が出てきた。男というより、青年という呼び方が似合う年回りだ。制服の階級章から巡査とわかる。

菅笠《すげがさ》に白衣という出で立《いた》ちから、ふたりが巡礼の途中だと察したらしく、巡査は道路を横切り神場たちに駆け寄ると、ことのほか愛想のよい笑みを向けた。

「なにかお困りですか」

地元で育ったのだろう。短い言い回しのなかに、この地方特有のイントネーションを感じる。

訊かれたからには何か答えなければいけないと思ったのだろう。香代子は小さく笑うと、一番札所はここでいいのか、と訊ねた。道の先に、大きな看板があがっているのだ。誰が見てもすぐそこが一番札所だとわかる。

巡査は道の先を見やりながら、もう少し行くと山門がある、そこが一番札所です、と教えてくれた。

神場と香代子は、若い巡査に頭を下げて歩き出した。

香代子は歩きながら、しみじみとつぶやいた。

「親切なおまわりさんね」

香代子のつぶやきに、神場は何も答えなかった。かつての自分のことを言われたようで、面映《おもはゆ》かった。

巡査の言うとおり、すぐ先に山門があった。

山門をくぐると手水舎《ちょうずや》があった。手と口を清め、先へ進む。

境内には、自分たちと同じように巡礼している者がいた。ひとりの者もいればふたり連れもいる。ふたり連れは若い女性で、笑いながら会話をしている。楽しげな様子から半ば観光で訪れているのだとわかる。

境内の中程に池があった。香代子は池のほとりで足を止めて、じっと水面《みなも》を見つめた。池には、六人の稚児像が置かれていた。稚児たちは、造りものの蓮《はす》の上に立ち、空を見上げて手を合わせている。香代子の目は、その稚児像に注がれていた。

佇《たたず》んだまま稚児たちを眺めていた香代子は、ぽつりと言った。

「似てる」

なにが似ているのかわからず、神場は訊ねた。

「なにが似てるんだ」

香代子は、ひとりの稚児を指さした。

「ほら、あの真ん中のお稚児さん。トトホリのお地蔵さんに似てる。閉じてる目の下がり具合とか、ちょっと澄ましたように、口を尖《とが》らせてる感じとか」

トトホリとは、群馬県の北に位置する地域で古くに使われていた方言で、魚を釣る場所という意味だ。トトが魚でホリはお濠《ほり》という意味だ。お濠に放たれた鯉《こい》のように、川魚がたくさんいるという意味でついたと地元の者から聞いた。

トトホリのお地蔵さんとは、トトホリのそばにあった地蔵のことだ。あばら家のような小さなお堂のなかで、首に彼岸花に似た色の前掛けをつけていた。

「あのあたりも、だいぶ変わったでしょうね」

香代子が言うあのあたりとは、夜長瀬《やながせ》のことだ。

「みなさん、どうしてるかしら。あれから三十年近く経《た》ってるんだから、倉三《くらぞう》さんや花江《はなえ》さんは、もう七十近くになってるはずよ。お元気かしら」

ここ何年も耳にしなかった名前に、神場の心臓が大きく跳ねた。日焼けした真っ黒い顔の男と、割烹着《かっぽうぎ》姿ですきっぱを見せながら笑っていた女の顔が、昨日見たばかりのように蘇る。

香代子はなにかに思いを馳《は》せるような眼差《まなざ》しを、神場に向けた。

「夜長瀬に住みはじめたころは、一日千秋の思いで過ごしてたけれど、過ぎてみるとあっという間だったわね。ましてや、あなたが退職だなんて、嘘《うそ》みたい」

香代子は夫の退職を信じられないというが、一番実感がないのは自分だった。

神場は地元の高校を出てすぐ、警察官になった。

初任地は群馬県の県庁所在地である前橋《まえばし》市内の交番だった。繁華街にある交番で、酔っぱらいの喧嘩《けんか》や万引きなどの微罪が多い場所で、通し勤務のときは仮眠をとる暇もないほど忙しかった。そこの交番を皮切りに、二十代の大半を市内の交番勤務で過ごした。

二十八歳のとき、四度目の異動を命じられた。その時すでに、九年近く交番に勤めていた。次はきっと所轄に配属されるだろうと期待していたが、上司から言い渡された配属先は、夜長瀬駐在所だった。

配属先を聞いた神場は、耳を疑った。

夜長瀬駐在所は、県北に位置する雨久良村《あめくら》にある。雨久良村は、群馬と新潟の県境に横たわる朝比岳《あさひだけ》の麓にある寒村だ。朝比岳から湧き出ている神川《かみがわ》を挟み、八つの集落がある。夜長瀬駐在所はその集落のなかの、河上《かわかみ》、馬杖《うまづえ》、夜長瀬の三つが管轄区域だった。

夜長瀬は、村のなかでも一番どん詰まりの山際にあり、その名のとおり、県内でも日照時間が一番短い集落だった。南以外の三方を山に囲まれ、ほかの土地より早く陽《ひ》が落ちる。

所管区域内には、三集落合わせておよそ三百二十世帯、千五百人余りが暮らしていた。どの集落にも店と呼べるところはひとつしかなく、それも必要最低限の日用品が置いてあるだけの小さな店だった。雨久良村から一番近い町である葛町《かつらまち》までの交通機関は、日に二便しかないバスだけだ。右に左にうねる山道を越えていくため、片道二時間はかかる。

映画館や居酒屋などといった歓楽施設はなく、集落に住む者の娯楽といえば、公民館で月に一度行われる、唄会《うたかい》と称した呑《の》み会だけだった。

見るところも遊ぶ場所もない。冬は一晩で二メートルの積雪を観測したこともある豪雪地帯だ。長い交番勤務の末に、誰もが行きたがらない県北の僻地《へきち》での勤務を言い渡された神場は、署長の前で言葉に詰まった。立ち尽くしながら転任を断り出世の道を自ら閉ざしてしまおうか、と考えていた。

神場の首を縦に振らせたのは、須田健二《すだけんじ》だった。須田は神場の二歳年上の先輩で、当時、所轄の交通課に勤務していた。

左遷ともとれる異動に落ち込む後輩を、須田は行きつけの居酒屋に誘った。酒を呑ませながら須田は、夜長瀬駐在所に神場が選ばれたのは、閉鎖的な土地でも、警察という組織の業務をまっとうに行えると見込まれたからだ、左遷ではない、と自棄《やけ》を起こしている神場に教え諭した。

署長が自分に辺鄙《へんぴ》な村の駐在勤務を命じた理由は、神場にもわかっていた。自慢ではないが、交番に勤めた九年近くのあいだ、神場は大きなミスを犯したことはなかった。小さな失敗はいくつかあるが、ひたすら真面目に職務を行ってきた。その勤勉さが評価されたからこそ、駐在勤務を言い渡されたのだと思う。そうとわかってはいたが、県北の片隅に追いやられるのかと思うと、いたたまれなかった。

それにな、と須田は銚子《ちょうし》の酒を、卓向かいにいる神場に差し出した。

「この話はお前にとって悪いことじゃない。駐在さんになれば、上司が嫁を世話してくれるぞ」

口に運びかけていた猪口《ちょこ》を持つ手が止まる。

駐在勤務は家族で行うようなものだ。管内で事件が起こった場合、夫は現場へ出かけるため不在になる。そのあいだに別な事件が起きたら、駐在所にいる妻が電話や来客に応対しなければならない。ほかにも、管内に住んでいる者が抱えている個人的な悩みや、家の問題など、犯罪とは関係のない相談事にも関わっていかなければならない。自分たちも管内の住人なのだという意識を強く持っていなければ、集落の者たちと打ち解けることはできない。

したがって、駐在勤務は基本的に、家族がいる者が命じられることが多く、未婚の巡査はほぼ対象外になる。が、どうしても適任者がいない場合は、独身の警察官を結婚させてから送り出すことが、群馬県警では少なくなかった。

嫁さんか——、神場は心でつぶやいた。

二十八年間生きてきて、おべんちゃらでも、二枚目だと言われたことは一度もなかった。神場の顔の中央には大きな鼻がどっしりと居座り、えらが横に張っている。太い眉の下についている目は、いつだって睨んでいるかのような釣り目だ。厳《いか》つく、実年齢より上に見える面相のおかげで、交番時代は助かったこともあった。若くても凄《すご》みが利くから、威勢のいい野郎も神場が睨むとたいていは大人しくなった。よく言えば貫禄《かんろく》があり、悪く言えば老けて見える。物心ついた頃から、女性にもてたことはついぞない。恋愛結婚など望むべくもなく、見合いでの結婚も難しいと思っていた。

だから、須田の言葉を聞いたときに、駐在勤務と引き換えに妻を娶《めと》るのも悪くない、という考えが頭のなかに浮かんだ。駐在勤務は辛いが、長くても五年ほどだ。そのあいださえがまんすれば生涯の伴侶を得られるだけでなく、そのあとは念願の所轄、ともすれば県警勤務に抜擢《ばってき》される可能性もある。そう考えると、今回の異動の話もそう悪いものではないと思えてきた。

須田から再び銚子を差し出されるまでのあいだに、神場の心は決まっていた。


参拝を終え、納経所で納経帳へ朱印をいただく。霊山寺を出ると、二番札所の極楽寺《ごくらくじ》、三番札所の金泉寺《こんせんじ》と順に辿《たど》った。

いまにも泣き出しそうな空を気にしながらひたすら歩き、六番札所の安楽寺を打ち終わったときは、夕方の四時半近くになっていた。

山門を出ると、香代子は腰をかがめて膝を擦った。

「アスファルトの道を歩くのって、考えていたより堪《こた》えるのね。土だと柔らかくてクッションが利いているけど、舗道は固いから膝に直接響く」

「今日はここまでにするか」

神場が訊ねる。香代子は首を振った。安楽寺から次の札所である十楽寺までおよそ一キロ、十五分ほどだ。そこまで頑張るという。

この時期は陽が長く、あたりはまだ明るい。しかし、寺から朱印をいただける時間は、朝の七時から夕方の五時までだ。急がなければ間に合わない。

香代子は身を起こすと、前を見据えた。

「行きましょう」

香代子は金剛杖をついて、歩きはじめた。

十楽寺の参拝は閉門ぎりぎりで間に合った。

今日の巡礼の最後の一キロが堪えたのか、近くのお遍路宿に着くころには、香代子はぐったりとしていた。

それでも、宿が用意してくれた夕食を済ませ風呂からあがると、いつもの調子に戻ってきた。風呂で手洗いしてきた肌着や下着を、宿から借りたハンガーに吊《つ》るすと、香代子は布団を敷いて横たわった。

「ああ、疲れた」

言いながら香代子は、布団のうえで膝を揉《も》む。

神場も疲れていないといえば嘘になる。しかし、膝にくるほどではない。捜査一課にいたころは、一晩中、被疑者の住居を張っていた経験もある。香代子より歳は取っているが、身体《からだ》の鍛え方が違う。

香代子は仰向けになったまま、顔だけ横を向いた。視線の先には、ハンガーにかかっている二着の白衣があった。神場と香代子のものだ。

香代子は白衣を見ながらつぶやいた。

「いい名前ね」

香代子は昔から、あいだを省き結論から言う癖がある。言われた方はなにを指しているのかわからない。黙っていると香代子は、十楽寺っていう名前、と続けた。

「人間が持つ八つの苦しみを離れて、極楽浄土の十の楽しみを得られるようにってつけられた名前なんでしょう?」

巡礼に旅立つ前に、香代子なりに巡礼の意味やそれぞれの寺が持つ特徴を調べたようだ。

香代子がいう、人間が持つ八つの苦しみとは、生・老・病・死・怨憎会苦《おんぞうえく》・愛別離苦《あいべつりく》・求不得苦《ぐふとくく》・五取蘊苦《ごしゆうんく》といったものだった。この世に人として生まれ落ちた者ならば、老若男女問わず、誰もがその苦しみを経験している。人が背負う辛さ——業《ごう》とも呼べるものは、何千年も前から変わらない。自分が見てきた事件を振り返ると、世の中で起きる犯罪のすべては、香代子がいう八つの苦しみによるものだと思う。

神場は布団にうつ伏せの姿勢になり、白衣をじっと眺めた。

神場が四国遍路を行っている理由は、自分が関わった事件の被害者の供養のためだった。

五年の夜長瀬駐在勤務を終えたあと、所轄の交通課に呼ばれ、刑事課へ取り立てられた。それから退職するまでの二十六年間、所轄の強行犯係と県警の捜査一課を行き来した。最後は、県警の捜査一課強行犯係主任、階級は警部補で退職した。

神場は四十余年に亘《わた》る警察官人生のなかで、新聞にも載らないような微罪から、世間を騒がせた凶悪事件まで数多くの案件を扱った。そのなかには、何度も夢に見るほど忘れられない事件がある。

ぼんやりと畳に目を落としていると、香代子の声がした。

「あなたはどうだった？　十楽寺をお参りして、少しは気持ちが軽くなった？」

我に返り、香代子を見る。いつのまにか、香代子はこちらを向いていた。

「ね、どう？」

わざと軽い調子で訊ねているが、目は真剣だった。

心のなかを見透かされたような気がして、慌てて目を逸《そ》らす。

「一度お参りして楽になるなら、この世から悩みなんかなくなるだろう」

話をはぐらかすために、手元にあったリモコンでテレビをつけた。

ちょうどバラエティ番組が終わり、次の番組までの繋《つな》ぎのニュースがはじまったところだった。

若い女性アナウンサーが、落ち着いた声でニュース原稿を読み上げる。トップで伝えられたニュースに、神場は思わず寝そべっていた布団から起き上がった。

六日前の六月九日から、群馬県の尾原《おばら》市に住む小学一年生の少女が行方不明になっていた事件だった。少女の名前は岡田愛里菜《おかだありな》ちゃん。今日の午後、愛里菜ちゃんの遺体が自宅から二キロほど東にある遠壬山《とおみやま》の山中で発見されたと、女性アナウンサーは淡々とした口調で告げた。群馬県警は、所轄と県警で捜査本部を立ち上げ、捜査を続けているという。

その後、地元のニュースをいくつか報じ、番組は明日の県内の天気予報へと移った。

隣を見ると、香代子もいつのまにか身を起こし布団のうえに正座していた。神妙な面持ちでテレビの画面を観《み》ている。その目は、明日の天気ではなく、もっと違うものを見ているようだった。

——動揺を気づかれただろうか。

目の端で香代子の様子を窺う。香代子は神場の変化に気づいていないらしく、何事もなかったかのように、再び布団に身を横たえた。

神場は再び、テレビの画面に目を戻した。

番組は天気予報から、連続ドラマへ変わった。

名前も知らない若い俳優が、画面のなかでなにやら叫んでいる。ストーリーを追うわけでもなく、神場はぼんやりとテレビを見つめた。

神場には、忘れたいと思っても忘れられない事件があった。

金内《かなうち》純子《じゆんこ》ちゃん殺害事件だ。

十六年前の一九九八（平成十）年六月十二日、当時、六歳だった純子ちゃんが行方不明になった。

純子ちゃんはその年の春に小学校に入学したばかりで、いつも一緒に帰っている友達がいた。しかし、その日友達は風邪で学校を欠席していた。純子ちゃんは、ひとりで下校した。

学校から純子ちゃんの自宅まで、およそ一キロの距離だった。その中間ほどにある日用雑貨店の店主が、純子ちゃんが小石を蹴りながら歩いている姿を目撃したことを最後に、消息が途絶えた。

普段なら遅くても四時には家に帰る娘が、夕方の六時になっても帰らない。娘の身を案じた母親が、学校と警察へ連絡を入れた。

通報を受けた所轄の生活安全課職員は、事情を刑事課の捜査員へ伝えた。

純子ちゃんが住んでいた群馬県坂井手《さかいで》市は、山が近く平野に比べて陽が早く翳《かげ》る地域だ。とはいえ、六月中旬の六時という時間帯は、まだ明るい。

捜査員は、寄り道をしている可能性もあると考え、少し様子を見ることにした。

しかし、純子ちゃんは夜の八時になっても帰らない。そこに至ってやっと警察は動いた。純子ちゃんに関わる目撃情報や幹線道路に設置されている防犯カメラの解析を急ぐ。だが、有力な情報が得られないまま三日が経った。

事件に関係があると思われる不審車両の目撃情報が寄せられたのは、純子ちゃんが行方不明になってから四日後のことだった。

坂井手市には、市内から五キロほど南にいったところに里山がある。遠壬山だ。早朝、暖炉用の薪《まき》を取るために山に入った地元の男性が、林道の脇に見慣れない白い軽ワゴン車が停《と》まっているのを見つけた。男性は、誰か早まったことをしたのではないかと不安になり、窓から車内を見たが、なかには誰もいない。自分と同じように薪を取りに来たか、野鳥観察にでも訪れた者の車だと思い、そのまま薪拾いに向かい、戻ってきた時には車は消えていた。そのときはさして気に留めなかったが、自宅に戻りたまたまつけたテレビで、四日前から行方不明になっている女の子がいまだ発見されていないと知り、気になって警察へ通報した。

純子ちゃんの両親や学校関係者からの聞き取りでは、純子ちゃんが家出をする理由も見当たらなかった。万が一、純子ちゃんが自らの意思で行方をくらましたとしても、まだ六歳の幼女が人目や防犯カメラをかいくぐり、姿を消せるはずがない。

大人の第三者が関与していると判断した警察は、車を目撃した男性の証言をもとに、新たに地取り捜査を徹底し、主要道路に設置されている自動車ナンバー自動読み取り装置、Nシステムの解析を命じた。そして翌日、日の出を待って、不審車両が停まっていたとされる周辺の捜索を開始した。

県警と所轄合わせて、およそ百五十名の捜査員たちが二メートルほどの間隔をとり、膝ほどまである雑草を捜索棒でかき分けながら丹念に足元を調べた。

男性が見かけた不審車両が、純子ちゃんの失踪に関与しているという確証はなにひとつない。それでも県警は、大量の捜査員を投入した。捜査の指揮を執っていた県警の捜査一課長、国分健也《こくぶけんや》の決断だ。国分は些細《ささい》な情報も見落とすまいと、躍起になっていた。初動捜査の遅れを、取り戻そうとしていたのだろう。捜索には、当時、所轄の刑事課に所属していた神場も加わっていた。

梅雨時の山中は、湿った土と強い草の匂いが立ち込めていた。捜索当日の未明から降り出した雨は、日の出前にはあがった。ほんのわずかな時間だったが雨量は多く、事件に繋がる手がかりは消し去られてしまった。

雨は群生している雑草や樹木には天からの恵みだが、事件を捜査している者にとっては、忌み嫌うものでしかない。匂いだけでなく、足跡や血液など、事件に関わる痕跡を流し去ってしまうからだ。

本部の鑑識課捜査員が連れている二頭の警察犬が、土に鼻をつけるようにしてあたりの匂いを嗅ぎまわっていた。捜せと命じられた匂いを懸命に辿ろうとしているのだが、捜査を開始してから三時間が経っても、吼《ほ》える気配はなかった。

里山の遠壬山は、標高はさほど高くないが、群馬県と栃木県の県境に横たわる大佃《だいでん》連峰と繋がっていて懐が深い。裾野付近で少女が発見されなければ、捜索範囲は山奥まで広がり長期戦になる。

ずっと曲げていた腰を伸ばして顔をあげると、頭上に覆いかぶさる樹木の枝の隙間から、灰色の空が見えた。いつ、また降り出してもおかしくない空模様だった。

捜索開始から四時間後、捜索棒であたりを調べていた神場は、棒の先端に抵抗を感じた。小枝に触れたような軽いものではない。もっと重い感触だ。

捜索棒を投げ出し、足元の草を両手でかき分けると、小さな足が見えた。靴は履いていない。裸足《はだし》だ。

その場に膝をつき、周辺の草を払い除けた神場は息を呑《の》んだ。地面の上に仰向けの状態で横たわっている少女がいた。純子ちゃんだった。衣服は身に着けていない。目は開いたままだ。ひと目で、死亡していることがわかった。

その後の捜査で、遺体発見現場付近で目撃された白い軽ワゴン車と類似した車を所有している人物が、被疑者として浮上した。八重樫一雄《やえがしかずお》——当時、三十六歳だった。

八重樫は、地元の人間で土地鑑があった。両親は早くに亡くなり、結婚もしていない。

純子ちゃんの遺体を司法解剖した結果、胃腸の内容物から、死亡推定時刻は行方不明になった当日の午後八時から十一時と推定された。直接の死因は、首を絞められたことによる、窒息死だった。

調べてみると、八重樫には事件当日のアリバイはなく、加えて少女へのわいせつ行為で捕まった前歴があった。

捜査本部は八重樫を本ボシと睨んだ。

調べを進めていくと、八重樫の車のタイヤに、現場付近のものとみられる土が付着している事実が出てきた。なにより逮捕の決め手となったのは、純子ちゃんの体内に残されていた犯人のものと思われる体液と、八重樫のDNAが一致したことだった。

八重樫は起訴されて裁判にかけられた。

弁護士は、八重樫が純子ちゃんと接触している目撃情報が皆無なことと、車のなかから純子ちゃんのものとみられる毛髪や指紋が検出されなかったことをあげ、無実を主張した。警察の取調べでは犯行を自供した八重樫も裁判では自供を翻し、一貫して容疑を否認した。しかし、自供とDNA型鑑定が決め手となり、懲役二十年の判決を受けた。

神場は、ニュースで愛里菜ちゃんが行方不明になったと知ったときから、十六年前の純子ちゃん殺害事件が頭から離れなくなっていた。

ふたりがいなくなった経緯は、酷似していた。

愛里菜ちゃんと純子ちゃんが住んでいた地域は別だが、愛里菜ちゃんの自宅がある尾原市と、事件当時、純子ちゃんの自宅があった坂井手市は隣接していて、車で三十分もあれば行き来できるほど近い。ふたりとも六歳という幼齢。下校途中に行方不明になったという経緯。そして今日、愛里菜ちゃんは純子ちゃん同様、遠壬山の山中で遺体となって発見された。

神場は、胸のなかがざわざわした。

八重樫は刑務所のなかで傷害事件を起こし、刑は満期になったと聞いている。まだ刑務所にいるはずだ。やつが犯人ではない。

ならば、純子ちゃん事件を真似《まね》た模倣犯か。その可能性も低い。わいせつ目的の犯行ならばわざわざ手間をかけて、事件を類似させる必要はない。

胸騒ぎはおさまらない。逆に大きくなっていく。

テレビのチャンネルを変えて、事件から意識を引きはがそうとした。しかし、無駄だった。別なドラマを観ても、テレビショッピングを眺めても、事件が頭から離れない。

神場は目の端で香代子を見た。香代子は神場に背を向ける形で横になっている。掛け布団の背中が、規則正しいリズムで上下している。歩き疲れて熟睡しているようだ。

テーブルの上に置いていた、自分の携帯が目に映る。神場は携帯を手にすると、香代子を起こさないようにそっと部屋を出た。

神場は部屋から一番離れた廊下の隅で、携帯を開いた。アドレス帳に登録している番号を呼び出し、通話ボタンを押す。

数回のコールで電話は繋がった。携帯の向こうから、弾んだ声がする。

「はい緒方《おがた》です。神《じん》さん、ご無沙汰してます」

画面に出た名前を確認したのだろう。緒方は神場の県警時代の呼び名を口にした。

緒方圭祐《けいすけ》は神場の元部下だ。年下の捜査員の多くが、親しみを込めて神場のことを神さんと呼ぶ。緒方は、群馬県警捜査一課強行犯係に所属している刑事だ。階級は巡査部長。いまから三年前に、二十九歳という若さで本部の捜査一課に抜擢された。それも強行犯係となれば、刑事のなかでは順調に出世の道を歩んでいる部類だろう。

声の様子で、神場からの連絡を喜んでいることが窺えた。少し癖のある短い髪をかき上げながら白い歯を見せて笑う、かつての部下の姿が浮かぶ。

緒方の快活な声に、わずかな寂しさを覚えた。現役の頃には感じなかったことだ。退職してまだ三か月しか経たないのに、気弱になっている自分に驚く。どうやら自分が思っていた以上に、警察手帳を返納したことが堪えているらしい。

感傷めいた気持ちを振り払い、緒方に訊ねた。

「忙しいところ悪いな。いま、いいか」

「ちょっと待ってください――」

緒方の後ろで聞こえていたざわめきが、遠のいていく。どこかへ移動しているようだ。背後の喧騒がなくなると、先ほどよりはっきりと緒方の声が耳に届いた。

「いま、廊下へ出てきました。ここなら、神さんの声がよく聞こえます」

緒方がいまいるのは、おそらく県警の四階の廊下だろう。四階には刑事部と第二会議室がある。県警に会議室は第四まであるが、一番広い第二は、捜査本部が立ち上がると「帳場」として使われていた。捜査員が集い、捜査会議を行う基地のような場所だ。

さきほどのニュースで女性アナウンサーが、所轄と県警が合同で捜査本部を立ち上げたと言っていた。少女の遺体が発見された場所の所轄は、県内でもっとも規模が小さい尾原署だ。多くの捜査員を常駐させるのは難しい。また、少女が行方不明になった段階から、事件に県警本部が絡んでいたはずだ。このような場合、本部に帳場を立てるのは当然の策だ。いまごろ第二会議室は、多くの捜査員でごった返しているだろう。

神場は腕時計を見た。寝床に就くまで常に身に着けている現役時代の習慣が、まだ抜けていない。

時刻は十時半を回ったあたりだった。

いつもなら当直を除き、大半の捜査員は帰宅している。しかし、捜査本部が立ち上がった場合、事情は変わる。事件の直接の担当となる所轄の刑事課や県警捜査一課の捜査員をはじめ、応援の警察官たちはしばらくのあいだ、県警の道場に泊まり込み、捜査にあたる。

「夜の会議は終わったのか」

訊ねると、今しがた、という答えが返ってきた。

緒方は神妙な声で訊ねた。

「神さんが電話してきた理由は、愛里菜ちゃん事件のことですね」

神場は明確な返答を避けて、事件の現状を訊ねた。

緒方は、いま警察が摑んでいる情報を端的に伝えた。

緒方の話によると、所轄の尾原署は、愛里菜ちゃんが行方不明になった今月の九日以降、事件と事故の両面から少女の行方を捜した。投入された捜査員は、本部からの応援も得て八十名を超えたという。愛里菜ちゃんが通っていた尾原市立第三小学校近辺から、帰宅経路、自宅周辺、子供が立ち寄りそうな公園、溺れた可能性も考え、ため池に至るまで捜索したが、重要な手がかりは得られなかった。

事件に関連があると思われる目撃情報が寄せられたのは、二日前の十三日。遠壬山に杉の伐採に訪れた者が、県道から脇に入った林道に、白い軽ワゴン車が停まっているのを見つけた。

型は古く、ボディのあちこちにへこみが目立った。

目撃情報を寄せた初老の男性は材木業を営んでいて、週に一度は山に入るが、いままで見たことがない車だったので記憶に残ったという。車は、男性が伐採した木を軽トラックの荷台に積んで山を下りるときには、もうなかったとのことだった。

「男性が車を目撃したのは何時だ。山を下りた時刻は」

話の途中で神場は口を挟んだ。

「車を目撃したのは午前八時。山を下りたのは夕方の四時です。山に入るとき、男性はいつも朝食を済ませるとすぐに出かけ、早めに山を下りるそうです。山は陽が落ちるのが早いので、この時期でも四時には、下山するとのことです」

緒方は報告を続ける。

男性はその日、車のことなど忘れて、いつもどおり家族で夕食を済ませて休んだが、翌日の朝のニュースで数日前から行方不明になっている愛里菜ちゃんがまだ発見されていないことを知り、警察へ車のことを知らせた。

愛里菜ちゃんの目撃情報や事件に関わりがあると思われる情報は、皆無と言ってもいいくらい乏しかった。焦りが募る所轄は、関連性が薄いと思われる情報であっても、全力で捜査にあたっていた。男性が通報した不審車両に関しても、すぐに徹底した捜査をはじめた。

男性から詳しい事情を聞き、遠壬山周辺の地取り捜査を進めたところ、男性が不審車両を目撃した前日の深夜、山に向かう白い車を見たとの情報が出てきた。

目撃したのは遠壬山の麓に住む女性で、家の外にある倉庫にゴミを置きに出たところ、前の道路を、白い車が山に向かって走っていくのを見たという。女性の家がある地域は、街の中心部から離れていて、夜の九時を過ぎると、車も人もほとんど見かけなくなる。静かな住宅地を、夜中に山へ向かっていく車などめずらしいので、記憶に残っていた。

「女性の目撃情報から、尾原署は白い軽ワゴン車が愛里菜ちゃん失踪となにかしら関連があるのではないかと疑い、今日、捜査員を総動員して不審車両が停まっていた周辺を捜索しました。そして午後の二時過ぎ、山中に放置されていた愛里菜ちゃんの遺体を発見しました。以上です」

ふいに、雨の匂いがした。

「今日、そっちは雨だったか」

無意識に訊ねていた。頭に浮かんだことを、そのまま口にしていた。

天気が事件となんの関係があるのか。そう思ったのだろう。緒方は訝《いぶか》しんでいるような声音で答えた。

「いえ、あやしい空模様でしたが、なんとか降らずにもちました」

神場は額に手を当てて、首を横に振った。

雨の匂いなどするはずがない。そんな気がしただけだ。宿のなかにいて、外の匂いがわかるわけがない。第一、いま雨など降っていない。

神場は気をとりなおし、話を本題に戻した。

「林道にあった白い軽ワゴン車と、女性が見た車は同一か」

神場の問いに緒方は、まだ判明していません、と答えた。

「男性のほうは、割合はっきり記憶しているのですが、女性の証言が曖昧でして。女性の自宅周辺の灯《あか》りといえば、道路わきに点在している小さな街灯だけです。薄暗いなかで、一瞬、通り過ぎた車の細部を覚えていないのは、当然だと思います」

「遺体発見時の状況は」

耳にするには、一番辛い情報を訊ねる。

遺体は現在、司法解剖に回っていて、結果が出るまで二、三日はかかる。それまでは、明確な死因や死亡推定時刻はわからない、と前置きして、緒方は答えた。

「現在わかっている愛里菜ちゃんの遺体の状況ですが――」

そこで、緒方の声が沈んだ。

「衣服は身に着けておらず、靴も履いていませんでした。おそらく、別な場所で殺され、全裸で遺棄されたものと思われます。遺体に殴られた痕や刃物などで刺された形跡はありませんが、陰部の裂傷が激しく、いましがた、体内から犯人のものと思われる体液が検出されたとの報告がありました」

神場は重く息を吐いた。

命を奪われることが避けられなかったのであれば、せめて、凌辱《りょうじょく》される恐怖と痛みを知らずに、あの世へ旅立っていてほしいと願う。

「それで、犯人に結びつく手がかりはあるのか」

いいえ、と緒方は短く答えた。

遺体発見後、周辺を念入りに捜索したが、今日の段階では、愛里菜ちゃんが身に着けていた衣服や、事件に関わりがあると思われる遺留品は発見されなかったという。

「さきほどの会議で、愛里菜ちゃんの衣服が現場周辺からも発見されなかった理由として、三つの可能性があがりました。ひとつは、犯人が愛里菜ちゃんの身元をわからなくさせるため、特定に繋がりそうな衣服を残さなかった。ふたつめは、犯人が自分の体毛や汗などの証拠を残さないため、隠滅した。三つめは、犯人に収集癖があり、愛里菜ちゃんが身に着けていたものを所持している、といった推論です」

「前のふたつは筋が悪いな」

神場はつぶやいた。緒方も同意する。

「その意見は会議でも出ました。ひとつめは、いくら衣服を隠蔽しても、遺体が発見されれば、警察が顔写真まで公表し捜している女児であることは、すぐにわかります。ふたつめは、犯人は有力な証拠となる体液を、愛里菜ちゃんの体内に残しています。自身の体毛や汗などより、よほど有力な手がかりです」

となると、犯人像は絞られてくる。収集癖がある異常小児性愛者による犯行だ。

この手のケースでは、犯人は幼児に対するいたずらなどで、警察に逮捕された経歴がある場合が多い。地域の変質者や不審者リストに載っている可能性がある。

愛里菜ちゃんを殺害した犯人が累犯者ならば、すぐ捜査線上に浮かんでくるはずだ。逮捕までそれほど時間はかからないだろう。そう思う一方で、事件というものは頭で考えるほど単純ではない、と訴えているもうひとりの自分がいた。

――事件ってのは生きてるんだ。

耳の奥で、今藤《こんどう》のだみ声が蘇った。

今藤隆司《たかし》は、神場が夜長瀬駐在所勤務を終えて、所轄の交通課から刑事課へ赴任したときの主任だった。

退職まであと三年という時期にもかかわらず、階級が巡査長だったのは、高卒採用のノンキャリアだったことに加え、現場主義で管理職というものに関心がなく、昇進試験を自ら受けようとしなかったことが理由だった。

出世を望んだことはないのですか、と酒の席で酔いにまかせて訊ねたことがある。今藤は手酌で日本酒を呑みながら、机にへばりついて決裁印を押しているのは性に合わない。現場のほうがいい、と答えた。

「この手で犯人を逮捕したときの喜びは、なにものにも代え難い」

そう言いながら、皺が目立つ顔に笑みを浮かべた。

今藤の喜びの裏に、その何十倍もの悔しさと悲しみがあることを神場は知っていた。限りなくクロに近い被疑者を決め手に欠けるため逮捕できなかったこともあるし、本来ならば擁護されるべき被害者がマスコミによって世間に晒《さら》され、好奇の目に耐えきれず自ら命を絶った事件もあった。

「罪を犯すのは生きている人間だ。被害を受けるのも生きている人間だ。事件ってのは生きてるんだ。俺はいつも、事件という名の生きた獣と闘っているつもりだ」

酒がまわると、今藤は部下にそう持論を唱えていた。

いまになれば、当時、三十四歳の働き盛りだった自分は、今藤の言葉を本当の意味で理解していなかったとわかる。頭では理解していたが、身をもって実感したのは白髪が目立ちはじめた五十路《いそじ》以降だった。

任官から退職するまでの四十二年のあいだに、神場は数多くの事件を扱ってきた。動機もわからず現場の状況も複雑で、犯人逮捕には時間がかかると思われた事件が、たったひとつの目撃情報から迅速な解決に至った事例がある一方、目撃情報や遺留品が多数発見されながらも犯人が特定できず、逮捕まで長い年月を要したものもある。そのたびに、今藤の言葉が鋭い錐《きり》のように胸に突き刺さった。

錐が刃《やいば》になったのは、十六年前に起きた純子ちゃん殺害事件だった。刃が切りつけた傷はいまも深く心の奥底《あくらつ》に残っている。今回の愛里菜ちゃんのように、幼女をわいせつ目的で殺害するという悪辣な類似事件が起きるたびに、傷はじくじくと痛む。

「神さん」

名前を呼ばれ、我に返った。昔の記憶を現在《いま》に引き戻し、緒方に詫《わ》びる。

「帳場が立ったばかりで忙しいところ悪かったな。一日も早い犯人逮捕を願っている」

携帯を切ろうとした神場を、緒方の声が引き止めた。

「四国はいかがですか」

神場は思わず眉間に皺を寄せた。

緒方に四国行きの話をした覚えはない。おそらく、幸知から聞いたのだろう。

緒方と幸知は、半年前から付き合っている。両親が旅に出る話を、幸知が自分の彼氏である緒方に話していても不思議ではない。むしろ当然だ。そうわかっていても、不快だった。緒方に伝えたことを幸知の口から聞いていれば、まだ穏やかでいられたかもしれない。いきなり緒方から四国行きについて訊かれたことで、自分たちはあなたに反対されても付き合っています、と暗に告げられたような気がした。

そう思うと、つい、言い方がぶっきらぼうになった。

「観光で来ているわけじゃないからな。いかがもなにもない」

神場の気持ちがわかっているのか、緒方は気を悪くした風もなく、真剣な口調で話を続けた。

「夫婦水入らずの旅の途中に申し訳ないのですが、もし、神さんが迷惑でなければ、捜査の進捗状況をこちらから連絡してもよろしいでしょうか」

神場は眉をひそめた。

「俺はもう現役じゃない」

緒方は神場を説得する。

「おっしゃるように、神さんはもう現役ではありません。退職した刑事が、直接、捜査に関わることはないでしょう。でも、俺が伝える情報から、事件に関する推理はできます。神さんが思う犯人像や捜査の方向性などを、先輩の意見として伺うことはできませんか」

神場は見えない緒方に首を振った。

「退職した俺は、一般の人間だ。事件の情報を漏らせば守秘義務違反になるぞ」

携帯の向こうで、緒方がかすかに笑う気配がする。

「それなら、俺はもう職務違反を犯しています。さきほど、いまの段階でわかっている情報を神さんに伝えました」

自分に職務違反を犯すような真似をさせておいて、いまさら、こちらの頼みを拒否するのか、緒方の声はそう言っていた。将棋に喩《たと》えるなら、どう足掻《あが》いても逃げられない「必至」の一手を指されたような感じだ。

返答に困っている神場に、緒方は王手をかけた。

「神さんはこの事件を、傍観できない。十六年前に担当した純子ちゃん殺害事件と重なるから、電話をかけてきたんでしょう」

返す言葉に詰まる。

図星だった。純子ちゃんと愛里菜ちゃんが自分のなかで重なり、じっとしていることができなかった。いま、緒方の申し出を断ったとしても事件が気になり、いずれこっちから、連絡を入れてしまうだろう。

神場は悩んだ末、大きく息を吐き緒方に言った。

「鷲尾《わしお》さんの了解をとれ。捜査本部の指揮を執っている課長の許可があれば、お前に職務違反をさせる俺の罪悪感も少しは軽くなる」

鷲尾訓《さとし》は、県警の捜査一課長を務めている男だ。神場の二歳下でまもなく還暦を迎えるが、学生時代に柔道で鍛えた身体はまだ四十代で通るほど引き締まっている。捜査畑一筋で現場に精通し、部下の意見を吸い上げ柔軟な捜査を行うことで有名だった。

鷲尾なら緒方の提案を受け入れるだろう。緒方から話を聞いて、それは職務違反ではなく善良な市民の協力を仰ぐというのだ、と豪快に笑う姿が目に浮かぶ。

神場の答えに、緒方は声を弾ませた。

「承知しました。鷲尾さんに許可を求めます。また連絡させていただきます」

緒方はそう言うと、電話を切った。

神場は携帯を閉じると、長い息を吐きながら天井を見た。

幸知と緒方を引き合わせたのは、神場自身だった。

いまからおよそ八か月前、緒方を自宅へ連れてきて夕食を食べさせたことがあった。そのとき幸知も家にいて食事を共にしたのだが、これがふたりが付き合うきっかけになった。

その日からしばらく経った日曜日、テーマパークに遊びに行ってくるという娘に、誰と行くのか訊ねた。幸知が口にしたのは緒方の名前だった。

「私たち、付き合ってるの」

いまの天気でも伝えるように、幸知はさらりと言った。それが、半年前のことだ。

緒方は今年で三十二歳になる。香代子の話だと、ふたりのあいだでは結婚の話も出ているらしい。

緒方はいいやつだ。性格は明るく、真面目だ。娘の男を見る目は正しいと思う。その一方で、緒方を娘の恋人として受け入れられない自分がいた。

神場がふたりの交際を認めない理由を香代子は、娘を持つ父親特有の心理と捉えているようだった。しかし、神場が反対する理由は別なところにあった。

携帯を手にしたまま廊下に佇んでいると、瓦屋根を軽く叩《たた》く音がした。

雨が降りはじめた。

神場は廊下の窓を開けた。夜気に混じって雨の匂いがした。今度は、幻ではなかった。

昨夜から降り出した雨は、朝になってもあがらなかった。

朝食を済ませた神場と香代子は、合羽《カッパ》を着て宿を出た。幸い雨は、道端の紫陽花《あじさい》の葉の上で軽く跳ね返るほどの小降りだった。徒歩で寺を回ることに支障はない。靴も、雨が降っても対応できるように、防水加工が施されたものを用意してある。

香代子の足取りは、前日の疲れを感じさせないものだった。歩道の真ん中にできた水《みず》溜《た》まりを、軽く飛び越えていく。

「膝は大丈夫なのか」

神場は後ろから声をかけた。

香代子は神場を振り返り、少し紅潮した頰を緩める。

「昨日ゆっくり眠れたし、今日は膝にサポーターを巻いているから楽」

それより、と香代子が歩速を緩め神場の隣に寄り添う。

「あなたこそ大丈夫なの。目の下に隈《くま》ができてる。昨日、あまり眠れなかったんじゃないの」

神場は咄嗟《とっさ》に目元を手の甲で擦った。

緒方との電話を切ったあと床に入ったが、時折、目が覚めた。いつもなら、朝方に尿意をもよおしたときだけなのだが、昨夜は三回も起きた。なにかの物音で目が覚めたとか、手洗いに起きたというわけではない。頭が冴《さ》えて熟睡できなかったのだ。

十六年前の純子ちゃんの遺体が思い出されたこともあるが、緒方との電話で三か月ぶりに現場の匂いを感じ、気が昂《たか》ぶったためだろう。

「昨日の事件のことが、そんなに気にかかる？」

神場ははっとして横を見た。香代子の声には、昨夜、緒方と電話をしていたことを知っているような響きがあった。

目が合う。心のなかを透かし見るような視線だ。

神場は目を背けると、白《しら》を切った。

「違う。俺はもう現役じゃない」

耳に、神場が歩き遍路に行くと告げたときの、香代子の言葉が蘇った。

――いままでずっと放っておかれたのに、退職したあとも置き去りにされるんですか？

夫の意識が退職してもなお事件から離れずにいると知ったら、香代子が悲しがるのではないかと思っての嘘だった。

結婚してから三十二年間、ずっと苦労をかけてきた。寂しい思いもさせた。刑事の役割を終え、夫はやっと自分のもとへ帰ってきたと香代子は思っているはずだ。その喜びに、敢えて水を差す必要はない、そう考えた。

八番札所の熊谷寺《くまだにじ》に着いたのは、八時半近くだった。宿を出たのが七時だから、一時間半かかった勘定になる。

旅に出る前に購入した歩き巡礼の手引書には、七番札所から八番札所までは、徒歩でおよそ一時間と書かれていた。時間がかかった理由が、雨で足元が悪いせいなのか、自分たちの足が遅いせいなのかはわからない。老いを認めたくない神場は、前者であることを願う。

重厚な仁王門をくぐり、納経を済ませる。本堂から戻る途中、四国で最大と言われている多宝塔を眺める。雨のせいでせっかくの色彩がはっきり見えない。神場がぼやくと香代子は、雨に煙る歴史ある建築物も趣があって素敵じゃない、と目を細めた。

多宝塔から山門へ続く階段を下りると、香代子は売店でクマのマスコットがついたお守りをふたつ買った。まだ先は長い。なにもここで荷物になるものを買わなくてもいいだろう、と神場はとめたが、香代子は耳を貸さなかった。

お守りを買った香代子は、袋から中身を取り出し、嬉しそうに眺める。なぜお守りにクマがついているのか訊くと、寺の名前にちなんでいるのだ、と答えた。

「このピンクのほうが幸知。可愛《かわい》いし交通安全も兼ねているから車のキーにつけるといいと思って」

「こっちの黄色いクマのは誰のなんだ」

訊いてから、後悔した。緒方さんのよ、という返事だったら、どんな態度をとればいいのかわからない。

が、神場の心配は杞憂《きゆう》に終わった。もうひとつのお守りは、マーサのためだという。犬にお守りなど聞いたことがない。そう言うと香代子は、黄色いクマのお守りを軽く振りながら微笑《ほほえ》んだ。

「マーサ、最近耳が遠くなってきたの。リードにつけておけば、持ったとき鈴が鳴るでしょ。それでマーサが散歩だと気づくかなと思って」

人間でいえば九十歳近い高齢だ。耳が遠くなっても仕方がない。

「鈴ならどこにでもあるだろう」

いつまでも不満を言う夫に、香代子は子供のように口を尖らせた。

「この子、鼻のとんがった感じがマーサに似てるでしょう。物はね、用を満たせばそれでいというものじゃないの。同じ買うなら、楽しい気分になる方がいいの」

そう言うと、香代子はいそいそと、クマのお守りを袋へしまった。

ひとつ千円もしないクマのお守りを買って、一万円の高い縫いぐるみを手に入れたかのような顔をする香代子に呆《あき》れながらも、好ましさを感じる。この無邪気さという名の強さがあったから、五年間の駐在時代を乗り越えられたのだ。あの、辛い出来事も——

「お待たせ。行きましょう」

手洗いに行っていた香代子が戻ってきた。

手引書によれば、熊谷寺から次の法輪寺《ほうりんじ》まで、徒歩でおよそ四十分とある。ということは、ふたりの足では一時間くらいかかるということだ。

急ぐ旅ではない。こうして、香代子の喜ぶ顔を見ながら歩くのも悪くない。

神場は隣を歩く香代子を見た。クマのお守りがよほど気に入ったのか、香代子は機嫌がよかった。結婚当時、流行《はや》った歌を口ずさんでいる。

香代子の少し音程が外れた歌を聞くのも、久しぶりだった。最後に聞いたのは、神場の同期が結婚するときに、助っ人《すけと》でコーラスを頼まれたときだ。男女混声コーラスで二十人ほどいたが、調子外れの声を、香代子はひときわ張り上げていた。歌い終わり、どう声をかけていいか戸惑っている周りに、香代子は満面の笑みを浮かべ、気持ちよかった、と言った。

こうして夫婦で歩いていると、長く忘れていた出来事が、水底に沈んでいた気泡のように、ぽつりぽつりと浮かび上がってくる。

蘇ってくる過去は、決して楽しいものばかりではない。香代子も同じだろう。だが、ふたりとも過去には触れず、ひたすら次の寺へと足を進めた。

十時に法輪寺に入り、納経を済ませて次の札所へ向かう。

阿波《あわ》市市場町《いちばちょう》にある切幡寺《きりはたじ》には、昼のちょっと前に着いた。雨が少し強まってきたこともあり、近くの食堂で昼飯をとることにした。

店は古い民家の一階を改築した簡素な造りだった。寺の近くということもあり、客はお遍路さんが多いのか、良心的な値段のメニューが多かった。ふたりは徳島県の郷土料理であるそば米雑炊《ごめぞうすい》を注文した。茹《ゆ》でたそば米が入った汁は、冷たい飲み物で冷えた腹に優しく、身体が温まる。

手早く昼食を済ませ店を出ると、切幡寺を打ち、十一番札所の藤井寺《ふじいでら》に向かった。

切幡寺から藤井寺までの距離はおよそ十キロあり、徒歩で二時間半はかかる。一度にこれだけの距離を歩くのははじめてだ。

藤井寺に向かう途中、吉野川《よしのがわ》を渡る。

日本でも有数の大河に、香代子が声をあげる。悠々と水が流れる光景からは、日本三大暴れ川と呼ばれる姿は想像できない。

「あなた、あそこ見て」

香代子が遠くの川面《かわも》を指さす。

川の浅瀬に、白い鳥がいる。白鷺《しらさぎ》だ。

あたりが小雨に煙るなか、白鷺の凛《りん》とした立ち姿は、そこだけ光が当たっているように浮き上がって見える。

橋のなかほどで香代子は足を止めた。欄干に腕を預け、遠くに見える緑の山々に目を凝らす。

「大きな川だけど、源流は神川みたいな感じなのかしら」

香代子が言う神川とは、駐在をしていた夜長瀬地区がある雨久良村を流れていた川だ。川幅はけっこうあるが、水深は浅く、夏になると子供たちがざるを持ってカジカや鮠《はや》を獲《と》る光景が見られた。

「きれいな川だったわね」

四国の広い空が自然豊かだった夜長瀬を思い出させるのか、巡礼の旅に出てから香代子は、駐在時代のことをよく口にする。

神場は夜長瀬の話を打ち切るように、ひとり先に歩き出した。

藤井寺の本堂のそばにある藤棚を見て、香代子は大きく息を吐いた。感嘆と無念が入り交じったような、長い溜め息だった。

「もう少し早い時期に来たかったわね。満開の藤は見事だったでしょうね」

寺の名の由来にもなっている藤棚は、すでに花の時期は過ぎ、葉だけを茂らせていた。雨に濡れた葉も目に鮮やかで美しいが、香代子の言うとおり、たくさんの紫の花で彩られる境内は、多くの人の目を惹きつけたであろうと思う。

咲き乱れる藤の花を見てみたかったと思う傍ら、開花の時期でなくてよかったとも思う。藤棚を見ているうちに、古い記憶が蘇ったからだ。

神場の脳裏に、駐在所の奥にある古い和室で布団に横たわっていた香代子の姿が浮かぶ。虚《うつ》ろな目をした香代子の枕元に、藤の花があった。

藤が飾られている花瓶は相当古いもので、納屋の奥にあったものだ。前の駐在が置いていったものなのか、そのもっと前からあったものなのかはわからない。

集落を巡回している途中、村田《むらた》の家の嫁の節子《せつこ》が「これ、お方《かた》さんへ」と、藤の花を神場に差し出した。お方さんというのは、雨久良村周辺の言葉で、奥さんという意味だ。

「きれいに咲いたから——」

節子の手から零《こぼ》れ落ちるようにしだれている紫の花は、ひどくきれいだが、どこか物悲しかった。

もらったはいいが、花を扱ったことがない神場には、どうしていいかわからない。

駐在所に戻ると、とりあえず納屋へ行って、花を入れられるものを探した。棚の奥に、埃《ほこり》をかぶった花瓶を見つけた。水道で洗い、花を挿して、寝ている香代子の枕元へ置く。閉じていた瞼を開けて、香代子が藤に顔を向けた。

「村田さんのところの花ね」

香代子はつぶやいた。

村田の家の見事な藤は、雨久良村で有名だった。

「くれたのは、節子さんでしょう」

節子が神場に花を手渡すところを見ていたかのように、香代子は言う。

「そうだ。よくわかったな」

香代子は、藤を見ながら訊ねた。

「節子さん、どうだった」

香代子の問いがなにを意味するのか、そのときはわからなかった。どう答えていいかわからず、会ったときの様子を伝えた。

「なにも言わなかったが、お前のことを心配しているみたいだった」

「起きられるようになったらお礼に行く」

香代子はそう言うと、再び目を閉じた。

しかし、香代子は節子に礼を伝えられなかった。神場に藤の花をくれた一週間後、節子は義父を殺した罪で、警察に逮捕されたからだ。

「節子さん、どうしているかしら」

香代子がぽつりとつぶやく。

神場は驚いて香代子を見た。

夫婦は次第に似てくるというが、本当のことかもしれない。時期が過ぎた藤棚を見て、香代子も三十年以上も前の出来事を、思い出したのだろう。

神場は香代子にかける言葉が見つからなかった。

節子が義父の武男《たけお》を殺した事件は、神場たちが夜長瀬駐在所に赴任した一年後に起きた。

泥酔した武男を節子が薪で殴り、気を失った武男の顔を水が張られた田圃《たんぼ》に押し付けて、溺死させたのだ。

節子が夜長瀬に嫁いできたのは、事件が起きる五年前のことだった。節子が三十二歳、武男の一人息子で節子の夫、幸助《こうすけ》が二十九歳のときだった。

節子は雨久良村にある須曽《すそ》という集落の出身で、三男四女の末っ子として生まれた。当時、そのあたりの土地では、女性の三十二歳という年齢は結婚適齢期を過ぎたものだった。顔立ちも性格もいい節子がその年齢まで結婚できなかったのは、子供の頃から身体が弱かったからだ。いまでこそ、嫁は家の働き手という考えは風化しつつあるが、昭和五十年代の寒村では、まだ根強く残っていた。いくら器量好しでも、働けない女は、なかなか嫁ぎ先がなかった。

節子が幸助と一緒になれたのは、雨久良村の村長の尽力があったからだ。

幸助は子供の頃の不慮の事故で、片足を引きずる暮らしをしていた。そのことが、幸助を内に籠る性格にさせたのだろう。年頃になっても女遊びひとつすることもなく、家で毎日ひとり酒を呑む暮らしを続けていた。

このままでは村田の家は代が途絶えてしまうと危惧した武男は、雨久良村の村長に誰かいい相手はいないだろうかと相談した。話を受けた村長が引き合わせた女が、節子だった。自分に引け目を持つ者同士、労《いたわ》りあいながらうまくやっていくのではないか、と考えてのことだったらしい。

村長から節子の名前が出たとき、武男はひどく狼狽《ろうばい》した。病弱な節子に田畑の仕事ができるはずがない。家の役に立たない嫁などいらない。そう不満をもらしたが、自分から相談を持ち掛けた手前、無下に断るわけにもいかず縁談の話を受けた。

なにより、節子を嫁にしたいという幸助の強い希望があった。幸助は家の働き手より、自分の嫁を切望していた。

舅《しゅうと》からは疎まれたが、夫となる男からは乞われる形で、節子は村田の家へ嫁いだ。

節子は武男の想像どおり、力仕事はできなかった。少し鍬《くわ》を振るえば眩暈《めまい》を訴え、無理をさせれば体調を崩し寝込む。

節子が働けない皺寄せは、幸助へきた。

いままでは、武男とキヨの働きで親子三人の生活費を賄っていたが、節子の食い扶持《ぶち》が増えた。夫である幸助が節子の面倒を見るべきなのだが、足が不自由なゆえに甘やかされてきたひとり息子は、人のために自分が苦労することを嫌った。

武男の嫁いびりは、次第にひどくなっていった。

節子に子供が授からなかったことも、辛くあたる理由のひとつだった。身籠ることがなかったのか、命が芽生えながらも結実することなく散ったのかはわからない。

毎日のように父親から聞かされる嫁の愚痴に嫌気がさし、幸助は出稼ぎに行くと言い出した。両親は必死に止めたが、幸助は勝手に家を飛び出し、東京で足が不自由でも勤まる仕事を見つけてしまった。

娯楽がたくさんある東京暮らしが楽しくなったのか、帰れば嫁の悪口を聞かされることに嫌気がさしたのか、出稼ぎに出た当初はひと月に一度帰省していた幸助の足は次第に遠のき、連絡も滞りがちになった。一年が過ぎたころには帰省は盆暮れだけになり、やがて仕送りも途絶えた。

ひとり息子に出て行かれた寂しさから、武男はますます節子への怒りを募らせた。事あるごとに暴言を吐き、酒を呑んでは手を上げる。

姑《しゅうとめ》のキヨは、自分と同じ嫁の立場にある節子を不憫《ふびん》に思い、なにくれと庇《かば》っていた。しかし、守り切れず、逆に武男から殴られることも多かった。

そんななか、事件は起きた。

キヨの知らせで現場にかけつけた神場は、舅の遺体を前に座り込んだまま放心している節子に、事情を訊ねた。

武男のいびりは日を追うごとにひどくなった。去年の冬は、それまでは天気がいいときだけ行かされていた薪取りが、その年の冬からは雪の日も行かされるようになった。片道一時間はかかる道のりを歩き、帰りは重い薪を背負って戻る。辛い思いをして帰っても武男は、薪が少ない、と文句を言い、疲れきっている節子を容赦なく殴った。

冬が過ぎて春になっても、武男のいびりは止まらない。初夏だというのにその日も、武男は節子に薪を取りに行くよう命じた。この日、節子は月のものが重く、床に臥《ふ》せっていた。しかし武男は許さない。苦しんでいる節子を叩き起こし、外へ放り出した。

腹の痛みに耐えかねて、節子はしばらく外でうずくまっていた。すると、武男が酒瓶を手に外へ出てきた。

「なにぼやぼやしてんだ。さっさと立て！」

そう叫ぶと節子の腕を摑み、山へ向かって歩き出した。

薪は納屋にたくさんあった。いまどうしても必要なものではない。まして、陽が落ちかけた時刻に山へ入るなど危険だ。あきらかに節子に対する嫌がらせでしかなかった。立っていられないほどの腹の痛みと、日々、繰り返される拷問のような仕打ちに、節子の神経は次第に麻痺《まひ》していった。

山から薪を背負い里に戻ってきたとき、体力が尽きた。もう少しで家に着くという田圃のあぜ道で、節子は座り込んだ。

「先に帰ってください。少し休んでいきます」

節子がそう言うと武男は、地面にしゃがんでいる節子の腹を足で思い切り蹴り上げた。たまらず節子は呻《うめ》いた。勘弁してくださいと訴えるが、武男はやめない。苦しむ節子に向かって酒臭い息で冷たく言い放った。

「子を産めない腹など、なくてもええじゃろうが。お前はどこもかしこも役立たずじゃ」

そこから先のことはよく覚えていない、と節子は駐在所での取調べで答えた。

事件の第一発見者はキヨだった。薪を取りに行くと言って出かけた夫と嫁が夜になっても戻らないことを心配して様子を見に行くと、月明かりに浮かび上がる田圃のあぜ道に、節子が座り込んでいた。

節子に近づいたキヨは、息を呑んだ。

節子の足元には、田圃に顔を埋《うず》め、うつ伏せに倒れている武男の姿があった。武男の後頭部は、ぱっくりと割れていた。

駐在所の隅に置いてある椅子の上で、キヨは声をあげて泣きながら嫁を庇った。

「節子はなにも悪くない。悪いのは私だ。私があいつを殺せばよかった」

殴られた痕なのだろう。節子の顔や腕には青あざができていた。おそらく、服で隠れている部分にもかなりあるはずだ。

深夜になって、集落から一番近い葛町の所轄の捜査員が、パトカーで舅を殺した嫁を引き取りにきた。神場は取調べの記録を渡し、被疑者に情状酌量の余地があることを伝え、パトカーに乗せられて集落を出ていく節子を見送った。

節子が武男を殺した話は、瞬く間に集落中に伝わったらしく、駐在所の前には人だかりができていた。大人の大半が顔を揃《そろ》えている。

住人たちは一様に、複雑な表情をしていた。

夜長瀬の者たちは、誰もが節子に対する度を越した武男の仕打ちを知っている。神場は住人の口から、節子への同情や擁護の声が聞こえてくるものと思っていた。しかし、違っていた。

多くの者が口にした言葉は、節子を非難するものだった。

たしかに節子は人を殺《あや》めた。それは、どのような事情があっても許されないことだ。

だが、裁判に情状酌量というものがあるように、節子が舅を殺すに至る経緯を知っているならば、少しは節子を庇う声があってもいいのではないか、と神場は思った。

人々が——特に男たちの多くが、役立たずの嫁をあてがわれた武男は運が悪かった、孫も抱けず、息子もいなくなった武男が嫁に当たる気持ちはわかる、と口々に言った。

武男の暴力には触れず、病弱で子宝に恵まれなかった節子を責める男たちの口振りに、山間《やまあい》の集落がいかに時代錯誤な価値観を抱いているかを、神場は痛感した。と同時に、この土地でしばらく暮らしていかなければいけないことを思い、陰鬱な気分になった。

男たちの心無い言葉に胸を痛め駐在所のなかに戻ると、香代子が立っていた。

土間に続いている座敷の入り口に立ち、柱に寄りかかっていた。血色の悪い顔は悲しみで歪《ゆが》み、目が赤い。かける言葉が見つからず、神場は無言で香代子に近づくと、震えている身体を支えて、床へ連れて行った。

布団に身を横たえると、香代子はようやく聞き取れるほどの細い声で神場に言った。

「ごめんなさい」

神場の目に、花瓶に生けてある藤の花が映った。萎《しお》れたその花は、俯《うつむ》きながらパトカーに乗り込んだ節子を思わせた。

夜長瀬には、最低でもあと二、三年はいなければならない。

神場は自分に問いかけた。

——お前、ここでやっていけるか。

不安を断ち切るように首を振ると、神場は香代子の粥《かゆ》を作るために台所へ向かった。

2

自分は弱い人間だ。

神場がはじめてそう思ったのは、小学六年生のときだった。

神場が通っていた小学校は市町村合併に伴い出来た市立小学校で、一学年九クラスもある田舎にしては大きな学校だった。新築されて間もない校舎は、卒業するまでずっと木の香りがしていた。ただ体育館は予算の関係で、敷地にあった旧町立小学校のものをそのまま使っていた。三年以内に体育館を新設することは、関係者の喫緊の課題だった。

校舎の建築を請け負ったのは地元の柄本《えのもと》建設で、社長の息子が同級生だった。柄本航大《こうた》という児童だ。父親は県議会議員として念願の政界へ進出を果たし、母親はPTAの会長を務めていた。

航大とは五年生から同じ学級だった。成績は下から数えた方が早く、体格が良かった割には運動神経も芳しくなかった。

輪をかけてひどかったのが、本人の性格だ。

父親はトラック一台の砂利運搬業からのし上がった人物で、地元の公共工事で潤ったのちに立ち上げた建築業を、県内有数の建設会社にまで育て上げた野心家だ。我が子が通う小学校へ多額の寄付をして発言力を保持し、PTAを集票マシーンのように扱っていた。地域では、地元選出の国会議員へ取り入り引退後の後釜を狙っているとの噂《うわさ》が、真《まこと》しやかに囁《ささや》かれていた。

一方の母親も、口煩《くちうるさ》い保護者として有名だった。航大が学校で最高学年にあたる六年生になったことを機にPTA会長に納まったが、それ以降は口煩さがさらに増し、なにかあるとすぐに学校を訪れては教師を槍玉《やりだま》に挙げていた。

生まれつきの性格なのか、家庭環境がそうさせるのか、航大は常に自分が上にいなければ気が済まない性質《たち》だった。

テストでも運動でも一番になれない航大は、両親の権勢を笠に着てクラスを支配しようとした。自分に逆らったり、気に食わない態度をとった児童は、徹底していじめ抜いた。

航大には常に取り巻きが五、六人いて、航大の命令一下、ターゲットになった児童へ陰湿ないじめを繰り返していた。

いじめはいつも小さな嫌がらせからスタートして、やがてひどくなっていく。

クラスメイトは、ターゲットを無視していた。仲良くすると、自分に火の粉が降りかかるからだ。教師に告げ口などしようものなら、今度は自分がターゲットにされる。

いじめは、ターゲットが土下座して詫びるまで続けられた。傘下に入り、二度と航大に逆らわない、と誓うまで許されることはなかった。航大の傍若無人ぶりはそれほどひどかった。

神場もほかの児童と同じように、見て見ぬ振りをした。

神場の実家は兼業農家で、父親は日雇いで柄本建設の現場に出ている。母親も同じ工事現場で、賄い方として働いていた。自分が航大に歯向かうと両親が職場を追われてしまう、そう子供心に心配していた。

だから、親友の雄介《ゆうすけ》がターゲットになったとき、神場の気持ちは大きく揺らいだ。

家が近所の雄介とは、兄弟同然に育った。学校が終わると毎日のように遊び、夕飯を一緒に食べることもあった。互いの家に泊まったことも、幾度もある。

雄介へのいじめがはじまったきっかけは、航大の嫉妬からだった。

航大は勉強が苦手だったが、絵の才能があった。商工会議所の偉いさんが審査員になっている絵のコンテストで入選したことがあり、絵だけはクラスメイトの誰にも負けない自負があったらしい。夏休み前の地区コンクールで自分を差し置き入選した雄介に、あからさまな不快感を示した。

雄介の叔父が違う学区の小学校で図工の教師をしていることを指摘し、買収でもしたのかと面と向かっていちゃもんをつけた。叔父の名誉を損なわれたと思ったのだろう。短気な雄介は、お前と違《ちが》わい、と顔を真っ赤にして怒鳴り返した。

ここまで強く、航大に口ごたえした児童は、雄介がはじめてだった。航大はショックを受けたのか、その場では頬をぴくつかせて雄介を睨みつけただけだったが、翌日から雄介への凄絶ないじめがはじまった。

取り巻きたちは給食のスープへ唾を入れたり、雄介の上履きをゴミ箱に捨てたりする。神場は、見ているしかなかった。雄介を庇えば、矛先はたちまち自分に向かう。自分が爪弾《つまはじ》きにされるだけならまだしも、両親が職を失ってしまうかもしれない。そう思うと、怖くて雄介に近寄れなくなった。

神場は雄介を避けるようになった。登下校の時間をずらし、教室でも口を利かない。教室にぽつんとひとりでいる雄介を見ると、心が痛んだ。

——このままでは自分は駄目な人間になる。

——でも、親に迷惑をかけたくない。だが、卑怯《ひきょう》な人間にもなりたくない。

神場は心のなかで葛藤を繰り返し、夏休みに入ったある日、教師に伝える覚悟を決めた。

航大の暴走を止められるのは、もう先生しかいなかった。学校全体でいじめの問題に取り組まない限り事態は改善しない。そう思った。

神場の学校では、校庭の隅にある畑に、学級ごとにへちまを植えている。夏休みのあいだ、クラスメイト全員に、当番制で水やりが割り振られていた。

その日の午後、当番だった神場は、畑の脇にある倉庫から如雨露《じょうろ》を出し、水を汲《く》みに行った。水をやり終わったら、担任の教師に話をすると決めていた。夏休みなら児童の目はない。担任に、自分が言ったことは内緒にしてもらうつもりだった。

重い如雨露を手にして畑に行こうとしたとき、渡り廊下で担任の男性教諭と、来年定年を迎える用務員が立ち話をしている姿を見つけた。ちょうどいい。ふたりの話が終わったら担任に声をかけよう。そう思い、神場は校舎の陰に身を隠した。

神場がいることに気づかず、ふたりは話し込んでいた。

「柄本さんのところの息子、どうにかならんもんですかねえ。あの子のせいで、かなりの児童が泣いてるって話じゃないですか。なかには登校拒否をおこしている子もいるって聞いてますよ」

モップに腕を預けながら、用務員は半ば担任を責める口調で言った。用務員の孫は、たしかこの学校の五年生だったはずだ。孫の口から、耳に入ったのかもしれない。

神場の胸は躍った。

自分が言わなくても、航大のいじめが担任の知るところとなった。普段から道徳や友情について口煩く注意している担任は、すぐにでも動くだろう。クラスで聞き取りを行い、事実を確認するはずだ。いじめが行われていると知れば、おそらく親を呼んで、話し合いの場が持たれる。これで雄介へのいじめも止《や》む。クラスメイト全員が救われる。

だが、神場の喜びは、次に担任が発したひと言で、冷水を浴びたように消え失《う》せた。

担任は小さく息を吐くと、腕を組みながらつぶやいた。

「そうなんですよ。本当に困ったものです」

神場は水でいっぱいの如雨露を、地面に落としそうになった。

担任は、クラスでいじめが行われていることを、すでに知っていたのだ。しかも、溜め息交じりにつぶやいた声には、まるで切実さがなかった。

担任は淡々と言葉を続ける。

「学校が、柄本家から多額の寄付金をもらっていることはご存じでしょう。子を叩けば親が痛がる。航大の両親の機嫌を損ねれば、今度は私が校長から責められるんですよ。お前は学校あげての一大事業を潰す気なのかってね。校長の頭のなかには、自分が退職する三年後までに新設する体育館の建設費を、どう工面するかしかないんですよ」

如雨露を持っている手が震えた。

学校は、いじめを知りつつ黙認しているということか。

人の気配に気づいたらしく、担任が神場の方へ顔を向けた。校舎の陰に自分のクラスの児童がいることを認めると、用務員との話を切りあげて近づいてきた。

「なんだ、今日はお前が水やり当番か。ところで、お前いつからここにいたんだ」

神場は咄嗟に嘘をついた。

「いま来たところです」

担任はほっとしたように息を吐いた。

「そうか、ご苦労だな。今日も暑かったから、へちまたちも咽喉《のど》が渇いてるだろう。たっぷり水をやってくれ」

頭を撫《な》でて立ち去ろうとする担任の背中に、神場は声をかけた。

「あの――」

担任が振り返った。

「なんだ」

航大のいじめの件を言おうとしたが、金縛りにあったように声が出ない。

「どうした」

引き止めながら何も言わない神場に、担任は眉根を寄せた。

神場は懸命に伝えようとしたが、口から出てきた言葉は、なんでもありません、だった。

それは、純子ちゃん事件の捜査会議のときも同じだった。

自分は人生で、二度、逃げた。

「痛い」

前を歩いていた香代子が、短い悲鳴をあげた。

神場は、地面に落としていた視線をあげて、香代子を見た。

こう配のきつい斜面に丸太を並べただけの山道で、香代子は立ち止まっていた。手にしている金剛杖で、倒れそうになる身体をようやく支えている。

「大丈夫か、足でもくじいたか」

杖をつきながら大股で斜面を登り、香代子のそばへ行く。

香代子は神場に顔を向けると、済まなそうに笑って首を振った。

「地面の葉っぱで、滑っちゃっただけ。大丈夫」

ほっとすると同時に、苛立《いらだ》ちがこみあげた。

「あれほど足元に気をつけろと言っただろう。山道もジグザグに歩けと言ったのに、お前はまるで駅の階段でも上がるようにまっすぐ歩いていく。人の言うことを聞かないからそうなるんだ。怪我《けが》がなかったからいいものの、なにかあったら途中で引き返さなきゃならんのだぞ」

妻の身を案じて出た言葉だった。しかし香代子は、神場は妻の身体の心配ではなく、お遍路を途中で断念しなければならなくなることの方を危惧している、と受け取ったようだった。

少し拗《す》ねたように、すみません、と小声で詫びる。

誤解を解こうとしたが、照れが先に立ち、素直に言葉が出なかった。

遍路の心構えのひとつに、不瞋恚《ふしんに》がある。無闇に怒らない、ということだ。

不瞋恚戒を破ってしまったことを悔い、気まずくなった場の空気を和ませようと、神場は穏やかに言った。

「俺は駐在時代に、嫌になるほど山を歩いたから山道には慣れている。お前は不慣れなんだから、慎重に歩いた方がいい」

神場の柔らかな言い方に、香代子の機嫌は直ったようだ。わかった、と明るい声で言うと、滑らないよう気をつけながら、神場の忠告どおり斜面をジグザグに歩いていく。

神場もあとに続いた。

神場と香代子は、十二番札所の焼山寺《しょうさんじ》へ向かっていた。

昨日泊まった、藤井寺の近くにあるお遍路宿を出たのは、朝の七時だった。

藤井寺から焼山寺までの道中は、遍路ころがしと呼ばれる難所のひとつに数えられている。距離はおよそ十三キロ。男性の足で六時間、女性だとおよそ七時間はかかる。午後の二時くらいに焼山寺に着き、ゆっくりとお参りをして、その先にある遍路宿に泊まる予定を立てていた。

神場は腕時計を見た。すでに昼を過ぎている。

ふたりは藤井寺と焼山寺の中間地点である柳水庵《りゅうすいあん》という仏堂を過ぎて、次の目印である浄蓮庵《じょうれんあん》を目指していた。そこで、コンビニで買っておいたサンドイッチを、昼食代わりにするつもりだった。

ふたつの庵《いおり》のあいだは距離にして二キロほどだ。険しい山道が続くことを思うと、短い距離とは言えない。しかも、予定よりもだいぶ遅れている。万が一にも、着いたときには寺が閉門していたという事態は避けたい。そう思うと、自然に足早になった。

しかし、焼山寺への道のりは、想像以上にきつかった。

遍路ころがしの本当の意味を知ったのは、柳水庵から十分ほど歩いたころだった。柳水庵から浄蓮庵までの行程はけもの道のように細く、足場がひどく悪い。加えて、仰ぎ見るような急こう配が長く続いていた。

多少の起伏は息を切らしながら乗り切ってきた香代子も、息が絶え絶えになっている。

神場は香代子が背負っているリュックに手をかけた。

「俺が持つ」

荷を軽くすれば、少しは楽になると考えた。が、神場の心遣いを、香代子は断った。

この苦労も修行だと言う。

「楽して巡礼をしても、意味がないでしょ」

香代子は額に浮かんだ汗を、首に下げているタオルで拭いながら微笑んだ。

言われてみればそのとおりだった。なにかを得るためには、必ず代償が伴う。いままでの人生で、神場もそれは痛感していた。

「そうだな。じゃあ、行くぞ」

神場は香代子の前に出た。足場がいい場所を選んで歩く。お前はあとをついて来い。暗にそう告げた。夫の思いを感じ取ったらしく、香代子は神場が歩いた足跡に、自分の歩を重ねてこう配を登りはじめた。

途中、地蔵を祀《まつ》っている場所があり、ふたりはそのたびに足を止めて手を合わせた。

ひたすら歩き続け、足が上がらなくなってきたころ、目の前に階段が現れた。その先に、大きな銅像が見える。弘法大師像だ。背後に巨大な一本杉があった。左右内《そうち》の一本杉と呼ばれているものだ。

やっと浄蓮庵に着いた。大師像に合掌する。

小鳥の囀《さえず》りと澄んだ山の大気に包まれた大師像は、見る者を敬虔《けいけん》な気持ちにさせた。香代子も神妙な面持ちで、静かに手を合わせている。

ここで遅めの昼食をとることにする。

一本杉の後ろに、通夜堂《つやどう》らしき古い木造の建物があった。ふたりは建物の横にある敷石に腰を下ろすと、リュックからサンドイッチとお茶のペットボトルを取り出した。

香代子が差し出した紙製のおしぼりで手を拭い、野菜とハムを挟んだサンドイッチに齧《かじ》りつく。普段は味気なく感じるコンビニのサンドイッチを、神場ははじめて、美味《うま》いと感じた。

若い頃は、インスタント食品や総菜の弁当など、あるものを手当たり次第に腹へ詰め込んでいた。食えるときに食う――が、刑事の鉄則だったからだ。しかし、歳を重ねるにつれ、人工的な味を舌が受け付けなくなった。いま、一番美味いものは何かと訊かれたら、妻が漬けた糠漬《ぬかづ》けで食べる晩酌後の白飯だ、と迷わず答える。

腹が満たされると、神場は改めて周りの景色に目を向けた。

今日は朝から天気に恵まれていた。山の斜面に群生している杉木立の合間から、青空が見える。

頭上から降り注ぐ木漏れ日とそよ吹く風、木の香りが漂うなか、どこからともなく聞こえてくる小鳥の囀りが、五感に心地よい。いまのような気持ちを、まさに清々《すがすが》しい、と言うのだろう。こんな胸のなかが透明になったような感覚を抱いたのはいつ以来かと考えるが、思い出せなかった。

隣を見ると、香代子が携帯であたりの写真を撮っていた。幸知にでも送るのだろう。爽やかな景色に感嘆の声をあげる姿が目に浮かぶ。

穏やかだった神場の心が、急に騒《ざわ》めいた。

事件が起きたらすぐに動かなければいけない。気を抜いてはいけないと常に臨戦態勢でいた、現役の頃の感覚だ。

今日のように天気がいい日中の山は、厳かで美しい。だが、荒れた天候の日や、陽が落ちたあとは別世界となる。人工的な灯りがない山中は闇に包まれ、真夏でも寒気のするほど気温が下がる。聞こえるのは、風に揺れる草木の音や、野生動物の鳴き声だけだ。泣いても喚《わめ》いても、誰も助けには来ない。

——十六年前、こんな山奥に連れてこられた幼い純子ちゃんの恐怖はいかばかりだったろうか。

神場は脳裏に浮かんだ想像を打ち消すように、頭を左右に振った。

同僚から誘われて近場の山にトレッキングに行ったときも、有名な写真家が撮った神々しい山の写真集を見たときも、美しいと神場が感じるのはわずかな時間で、眺めているうちに荘厳たる景色は、梅雨時の鬱蒼《うっそう》とした山中を這《は》いずり回ったときの記憶に取って代わられる。どんなに素晴らしい山の景色も、神場のなかでは、十六年前の純子ちゃんの遺体発見時へと繋がる。

いまもそうだ。

呼び覚まされる十六年前の記憶が、今日はさらに鮮明だった。

二日前に愛里菜ちゃんの遺体が発見されたためかもしれない。純子ちゃん殺害事件と類似した犯罪が起きて、忘れようとしている古傷のかさぶたが剝がれ、再び膿《う》みはじめた。

緒方からは、二日前の夜に電話で話してから連絡はない。電話を切ったあと携帯に、鷲尾さんの了解をとりました、と簡単なメールが入っただけだ。

緒方には、捜査に進展があったか、事件解決に関わる重要な情報が入ったときだけ連絡しろ、と伝えていた。事が動かないのに連絡を受けても意味がない。協力するとは言ったが、自分は引退した身だ。分は弁《わきま》えている。あくまで自分は外部の人間であり、捜査に口を出す立場ではない。

連絡がないということは、捜査に進展がないということだ。不審者や前歴者の洗い出しや、不審車両の特定に時間を食っているのだろう。

神場は白衣の合わせに手を入れると、ストラップで首からぶら下げている携帯を取り出した。

音は出ないようにしている。着信かメールが入れば、バイブレータが作動するように設定していた。やはり、緒方から連絡はない。

隣にいる香代子が、自分の携帯を神場に差し出した。

「ねえ、これ見て」

見ると画面に、一本杉と大師像が写っていた。よく撮れている。

受け取って覗き込んだ。画面をスクロールすると、眼下の景色や石段、庵などがデータに収められていた。

「いいんじゃないのか」

そう言うと、香代子は満足そうに笑った。

ペットボトルの茶を飲み干し、そろそろ歩き出そうかと考えていたとき、人の近づく気配がした。

杉の巨木の向こうから、男性がこちらに向かって歩いてくる。菅笠に上下とも白衣という出で立ちで、首に紫色の輪架裟《わげさ》を巻いている。小柄な体躯《たいく》にもかかわらず、登山用の大きなリュックを背負っていた。小学校に入学したばかりの子供が、買ってもらった大きなランドセルを背負った姿を思わせる。

男は近くまでくると神場たちに気づき、丁寧にお辞儀した。神場たちも会釈をする。

菅笠を脱いだ男は、ふたりから少し離れたところに腰を下ろした。均整のとれた身体付きから、歳は神場のひと回りほど下に見える。しかし、頭には白髪が目立ち、目元にはその年齢にはそぐわない深い皺が刻まれていた。そのせいか、妙に老け込んで見える。肌は白衣にも負けないくらい白かった。病み上がりに見えなくもない。

男はリュックからペットボトルの水を取り出すと、一気に半分ほど飲んだ。手の甲で口元を拭い、長い息を吐く。

香代子はポーチから塩飴をふたつ取り出すと、男に近づいていった。

「よろしかったら、これ、どうぞ。水分だけじゃなく、塩分も摂《と》った方がいいですよ」

初対面の相手から飴を差し出された男は、少し驚いたように小さな目を丸くした。が、すぐに両手を合わせてお辞儀をしてから受け取った。施しを受ける、托鉢《たくはつ》の僧侶のような仕草だった。

「この道はきついですね」

古くからの知人であるかのように、香代子は言葉をかける。香代子はなんの計算もなく、他人と打ち解ける。昔から人に好かれる理由のひとつだ。

普段から口が重いのか、人見知りなのか、男は、はあ、と曖昧な返事をしただけだった。

境内に、静かな時間が流れる。

先に立ち上がったのは、男だった。男はほんの五分ほど休憩をとると、香代子に飴の礼を述べ、石段に向かった。

自分たちも、いつまでも休んではいられない。男が石段の向こうに消えるのを見届けると、神場は腰を上げた。香代子を促し、先を急ぐ。

石段を下りて山道に出ると、男の背が見えた。神場たちが歩いてきた方向へ向かっている。

香代子も気づいたらしく、あら、と意外そうに声を漏らした。

男は霊場を逆に回っている。逆打《ぎやくう》ちだった。

お遍路は、必ずしも一番霊場からはじめなければいけないというものではない。何番から出発してもいい。回り方も、霊場を順番通りに打っていく順打ちや、逆に回る逆打ち、ばらばらに回る乱れ打ちなどがある。一度の旅で八十八か所すべてを回るのか、幾度かに分けて回るのかも、人それぞれだ。巡礼に決まった形はない。みな自分に合った方法で、旅をする。とはいえ、お遍路の大半は順打ちだ。手引書の多くは、札所が番号順に記載されているし、道中にあるお遍路さん用の道しるべも、順に沿った矢印が記されている。指示どおりに回るほうが、道にも迷いづらい。

それでも、年間、十万人を超えると言われているお遍路さんのなかには、敢えて逆打ちで回る者がいる。逆打ちの理由はいくつかあるようだ。一回の逆打ちは順打ち三回分のご利益があるとか、弘法大師は常に霊場を順に回っていらっしゃるので逆打ちのほうが弘法大師に会える、と説く者もいる。神場の持っている手引書にはそれしか書いていなかったが、神場は巡礼の経験がある知人から、もうひとつの理由を聞いていた。逆打ちをする者は人には言えない重いものを背負っている、との説である。道標に沿って進む順打ちより、頼るものがなく進む逆打ちの方が格段に苦労は多い。深い業を背負っている者は、敢えて辛い道のりを選び、己を強く戒めるのだという。

長い警察官人生で、人を見る目はそれなりに養われている。初対面でも、その人間がどのような人生を送っているか見当がつく。世の中への不平不満や他人への妬《ねた》み嫉《そね》み、悔恨などのネガティブなもの——あるいは逆の、自分自身に対する自信や満足感、矜持《きょうじ》といったポジティブなものが、身体から滲《にじ》むように伝わってくるからだ。

神場は、山道を下り小さくなっていく男の背を見つめた。

浄蓮庵で神場は、男はなにか重いものを背負っているのではないかと思った。

神場にそう思わせたのは、男の目だった。

男の目は、どこか虚ろだった。眼窩《がんか》は朽ちかけた老木の洞《うろ》のように暗く、深い闇に満ちていた。

神場は同じ目を見たことがあった。前橋刑務所で昔見かけた尊属殺人犯の目だ。ふたりの目はひどく似ていた。

ふいに袖を引かれた。顔を向けると、香代子が心配そうに神場を見ていた。

「もう少し、休んでいきましょうか」

立ち止まった理由を、まだ足の疲れが取れないせいだと思ったらしい。

神場は男の方を見やった。ちょうど、くの字に曲がった道の奥へ消えるところだった。

男の姿が見えなくなると、神場は白衣の背中でリュックを軽く弾ませた。

「いや、大丈夫だ。行こう」

今日の目的地である焼山寺へ続く道を、ふたりは歩き出した。

第二会議室に戻った緒方は、コンビニ弁当を長机の上に置いた。被害者宅近辺の聞き込みから戻る途中に購入したものだ。飲み物は験《げん》を担いで抹茶入りの濃いお茶にした。普段はペットボトルの麦茶を飲むが、帳場が立っているあいだはこの銘柄にしている。すっきりとした飲み口とお茶に入っているカフェインで、頭が冴えるような気がするからだ。

緒方は弁当に箸をつける前に、お茶を一口飲んだ。小さく息を吐く。カテキンとカフェインが、胃のなかに沁《し》み込んでいく気がした。

実際、これを飲みはじめてから、お宮入りの事件はまだなかった。被疑者はすべて捕まっている。

帳場として使われている部屋のなかは、人がまばらだった。ほとんどの捜査員が、地取りや鑑取《かんど》り、遺留品捜査のため出払っている。緒方も昼食を終えたら、この事件でコンビを組んでいる後輩の高見《たかみ》と一緒にまた聞き込みに出る予定だ。どんな些細なことでもいいから、犯人に結び付く手がかりが早くほしい。

弁当に箸をつけたとき、後ろから声をかけられた。

「ご苦労だな」

鷲尾だった。県警の捜査一課長で、今回の愛里菜ちゃん殺害事件の指揮を執っている。立ち上がって捜査の報告をしようとする緒方を、鷲尾は手で制した。腰を浮かしかけた高見も、椅子に尻を戻す。

鷲尾は長机を挟んで緒方たちの向かいの椅子に座った。

「どうだ、なにか摑めたか」

緒方は箸を置くと、いえ、と首を振った。

「愛里菜ちゃんの自宅周辺で、行方不明になった当日に愛里菜ちゃんと接触した人物や、遠壬山山中で目撃された白い軽ワゴン車と類似した車両の目撃情報を確認しましたが、いまのところどちらも空振りです。午後は、愛里菜ちゃんが通っていた音楽教室の関係者を当たる予定です」

緒方は被害者の周辺を探る鑑取りを担当していた。

鷲尾は不機嫌そうな顔で、椅子の背にもたれた。

「ほかの捜査員からも報告を受けたが、学校の近辺で不審な人物や車の目撃情報は出ていない。犯人は最初から愛里菜ちゃんを狙っていた、というわけではなさそうだな」

鷲尾の言葉に、緒方は肯いた。

愛里菜ちゃん個人を特定して狙っていたのだとしたら、犯人は愛里菜ちゃんを元から知っている人物か、どこかで見かけて気に入り誘拐する機会を窺っていた人物ということとになる。となると、愛里菜ちゃん宅か学校の近辺に、犯人の影がわずかでも見え隠れするはずだ。

しかし、いまの時点では、愛里菜ちゃんが見知らぬ人物に声をかけられたとか、誰かと立ち話をしていたという目撃情報はない。それに両親の話によると、愛里菜ちゃんは内気で人見知りが激しい。学校の担任も、小学校に入学して二か月経ってもクラスメイトに馴染《なじ》めず、休み時間もひとりでいることが多かったと証言している。

緒方は宙を睨み、鷲尾に言った。

「犯人は、幼女なら誰でもよかったんだと思います」

鷲尾が緒方に同意する。

「やつらは、幼いということだけが重要なんだ。顔かたちや性格なんてものは、どうでもいい」

鷲尾が犯人を複数形で表現したのは、幼女にしか欲情しない性犯罪者の存在が念頭にあるからだろう。ロリコンという言葉はまだしも耳に優しい。アニメやゲームの世界では相変わらず、美少女ブームは続いている。しかし現実には、鬼畜の所業としかいえない事件が起きている。被害者は、性交渉というものがなにかも知らない年齢で、唯一無二の人間としての尊厳さえ無視される。ただ幼いというだけで、心と身体に一生消えない疵《きず》を負わされる、ともすれば命さえ奪われてしまう。被害者本人や身内が抱くやり場のない憤怒《ふんぬ》がいかほどのものなのか、まだ子供を持たない緒方は想像するしかない。が、想像するだけで、犯人に対して反吐《へど》が出そうだった。

自身の怒りを鎮めるように、鷲尾は話の矛先を変えた。

「ところで、あれから神さんから連絡はあったか」

鷲尾が言うあれからとは、二日前、神場が徳島に入った翌日の夜に、電話で話したときのことだ。

神場は警部補で退職した。階級は警視である鷲尾の方が上だが、鷲尾は以前から、年長者への敬意と親しみを込めて、さんづけの愛称で呼んでいた。

鷲尾の問いに、いえ、と緒方は答えた。

娘の幸知とは昨夜、電話で話をしていた。が、幸知は巡礼をしている両親には触れなかった。緒方も当然、幸知に事件のことは話していない。

刑事の娘である幸知は捜査関係の保秘について、よく心得ていた。いまどんな事件を手がけているのか、報道されている事件の真相はどうなのか、など一切訊かれたことがない。昨夜も、当たり障りのない話をしただけだ。仕事が落ち着いたら、いま上映されている全米を泣かせた映画を観に行こう、と約束して電話を切った。

一課の同僚は、緒方が神場の娘と付き合っていることを知らない。父親の許しが出ないのに周囲に公言し、外堀から埋めるような卑怯な真似はしたくなかった。

緒方は言葉を選びながら、鷲尾に言った。

「おそらく神さんたちは、今日はまだ徳島を回っているはずです。それ以上のことは、俺にもわかりません。詳しい日程も訊きませんでした。夫婦水いらずの旅を、あれこれ詮索するのも気が引けて……」

自分から事件に引き込んでおきながら、一方で、神場にゆっくりと巡礼の旅を続けてほしいと願っている自分がいた。

緒方の気持ちを察したのか、鷲尾は肩を竦めた。

「まあ、神さんはもう退職した身だ。言い換えるなら、自由の身だ。我々がとやかく言える立場じゃない。ただ――」

鷲尾は薄く、口角をあげた。

「神さんが後ろで一枚嚙《か》んでると思うと、嬉しくてな。つい、いまどうしているのか気になる」

捜査畑で陽の当たるところを歩いてきた鷲尾は、駐在勤務が長く、裏方の仕事を多くしてきた神場を、ある意味尊敬していたようだ。

――神さんは偉いよ。俺だったらあんな僻地に三日も居れば、腐って途中で仕事を投げ出したかもしれん。ほかにもいろいろあったろうが、よく勤めあげたもんだ。

神場の送別会でめずらしく酔った鷲尾は、手洗いで隣り合わせた緒方にそう漏らした。

緒方は同意した。

――まったくです。村の駐在さんから刑事になって華の県警一課へ栄転したのは、神さんがはじめてじゃないですか。

酒席での連れ小便ということもあって、緒方は上司に向かい気安く口を利いた。

用を足し終えた鷲尾はズボンのファスナーをあげながら言った。

――それだけの能力が、あったということよ。神さんの粘り強い捜査と事件の筋を見る目は、県警でも三本の指に入る。まっ、お前も頑張れ。

椅子から立ち上がると、鷲尾は緒方と高見に向かって言った。

「ま、頑張ってくれ」

あのときと同じような言葉を残すと、鷲尾は部屋から出て行った。

立ち上がって、ドアに向かい頭を下げる。高見も慌てて真似る。よほど緊張していたのだろう。椅子に腰を戻すと、高見は長い息を吐いた。

緒方は警察学校卒業後、二十三歳のときから二年間、前橋市内の交番に勤務した。その後三年間、管区の機動捜査隊勤務を経て巡査部長を拝命し、所轄の刑事課に配属となった。念願の県警捜査一課強行犯係へ異動が決まったのは、三年前だ。そのときの班長が、神場だった。

配属当初は、口が重くて冗談のひとつも言わない神場が苦手だった。酒の席でも人と打ち解けることはなく、いつもどこか構えているような態度でいる。雑談を振っても、気のない返事しか返ってこない。

いま振り返れば、当時の自分が、警察の花形と呼ばれる捜査一課に配属されて、浮かれていたのだとわかる。統率力があるやり手の班長の下《もと》で、手柄を立てたいという思いが強く、自分が望む上司像と違う神場の姿に、正直、失望していた。

神場に対する見方が変わったのは、捜査一課に配属されて三か月後のことだった。前橋市内のアパートで、立てこもり事件が起きた。同棲《どうせい》相手と口論になった男が逆上し、女を監禁して籠城したのだ。男は包丁を持っているという。

男は二十二歳、女は十八歳の未成年だった。

立てこもり事件の前線に立つのは特殊犯係だったが、手隙の強行犯係もバックアップとして捜査を補佐することになった。

アパートの住人に聞き込みを行ったのは、緒方たちの班だ。

住人の話から、女は身重であることが判明した。すでに妊娠九か月だという。

警察の五時間に及ぶ説得の末、男は女を解放した。男は銃刀法違反および逮捕監禁容疑の現行犯で所轄に身柄を拘束され、被害者である身重の少女は、待機していた救急車で病院へ運ばれた。

それから二週間後、いつものように緒方は早めに出勤し、先輩たちの机を拭いていた。どこの刑事部屋でも、掃除とお茶汲みは新入りの役目だ。

刑事部屋の隅にある給湯室で茶の準備をしようとした緒方は、出勤してきた神場を見て目を丸くした。中年の男にはおよそ似つかわしくない、花柄の可愛い紙袋を手にしている。本人も照れ臭いのだろう。人目につかないようこそこそと、自分のロッカーへ紙袋を押し込んでいる。

神場は普段から、余計な荷物を持たない。身軽に迅速な行動をとるためだ。通勤用の鞄《かばん》すら、使わない。

気になった緒方は、神場に訊ねた。

「神場さんが一課《カイシャ》に荷物を持ってくるなんてめずらしいですね。誰かへのプレゼントですか」

神場は驚いたように振り返り、ばつが悪そうに首を竦めた。

「見てたのか」

そう言うと、ふたりしかいない刑事部屋で声を潜めた。

「赤ちゃんが生まれた。女の子だ」

一瞬、親戚の話かと思った。だが、すぐに、立てこもり事件の被害少女のことだと気づいた。

「もしかして、あの少女の赤ちゃんですか」

緒方が確認すると、神場は困ったように首の後ろを掻《か》いた。

「なにを買っていいかわからんから、女房に選んでもらった」

事件のあと、少女は産科がある搬送先の病院に、そのまま入院していた。事件のショックのせいで、切迫早産になったためだ。

少女は母子家庭で育ち、親と呼べる人間は母親しかいなかった。その母親は二年前に再婚して、新しい家庭を築いている。子供のころから反抗的だった娘とは反りが合わず、今回起きた事件でふたりの関係はさらに悪くなった。神場は親子の関係を改善させようと試みたが、駄目だった。母親は、事件が起きたのは勝手に家を出ていって勝手に子供を作った娘の自業自得だ、と言い放ったという。

事件の加害者である男は、起訴されて判決を待つ身だ。父親としての役割を果たせるはずがない。少女はひとりで子を産み、育てなければならない。

神場はプレゼントの紙袋が入っているロッカーの扉に手を当てながら、やりきれない表情をした。

「すべての人間が、本人の意思とは関係なく、この世に産み落とされる。望まれて生まれてくる命と、そうでない命――だが、命の重さは変わらん。どの命も、この世に生を享《う》けたことを祝福されるべきだ。祝福する人間は、ひとりでも多い方がいい。その人間が、自分とは赤の他人の、刑事であってもな」

無情にも人の命が奪われる事件を、神場は数多く見てきている。だから、命の尊さを誰より知っているのかもしれない。

このとき緒方は、神場に抱いていた自分の考えが間違っていたことを知った。表面上は、感情が乏しく冷淡に見えるが、その裏側には人間に対する深い慈愛が隠されている。

——尊敬できる刑事に会えた。

緒方は自分の机に向かう神場の背中を、昨日までとは違う目で見つめた。


長机でコンビニ弁当を食べていた緒方は、動かしていた箸を止めて、部屋の前方にあるホワイトボードを見た。上部に太字で「愛里菜ちゃんの無念を晴らす!」と記されている。宮嶋《みやじま》管理官の字だ。

犯人に結び付きそうな有力な情報は、遺体発見現場近くで目撃された白い軽ワゴン車以外、まだ得られていなかった。

幹線道路に設置されているNシステムや、愛里菜ちゃんが通っていた学校や自宅近辺、現場の最寄り駅や近くのコンビニなどに取り付けられている防犯カメラの映像解析も急いでいるが、いまのところ、問題の白い軽ワゴン車に該当する車両や幼女を連れた不審人物の映像は見つかっていない。

現場周辺の聞き込みを担当する地取りの捜査員からも、事件に結び付く目撃情報が出たという知らせはなかった。捜査本部に集結した八十名に及ぶ捜査員たちは、ただ黙々と捜査を進めている。

――それにしても白い軽ワゴン車は、どこから来てどこに向かったのか。

緒方はそれがずっと、気にかかっていた。

住民の目撃情報以外の報告が、あまりになさすぎる。脇道を使ったとしても、どこかで防犯カメラの網に捕らえられるはずだ。車が煙のように消えるなどということは、あり得ない。もし不審車両の画像が、このままNシステムにも防犯カメラにも残っていなかったとしたら、犯人はどんなトリックを使ったのか。

見るともなしに、窓の外へ視線を向けた。

厚い灰色の雲が、梅雨時のうっとうしい空を覆っている。

「雨……大丈夫でしょうか」

隣にいる高見がぽつりとつぶやいた。

緒方は空を見つめたまま言う。

「あと一時間、持つかどうかといったところだろう。時間との勝負だな」

雨が降れば、現場に残されているかもしれない犯人の血液、体液、体毛、下足痕《ゲソコン》などの遺留物が消えてしまう。いまごろ捜査員全員が危惧しているはずだ。

緒方は空を睨んだ。

――なにがあっても、絶対に犯人を捕まえる。

おそらく、四国の空の下で神場も同じことを思っているだろう。

窓に、ぽつりと滴があたった。

「きましたね」

高見が空を見やりながら、恨めしげに言う。

窓にあたる滴は数を増し、あっというまに本降りの雨になった。

食べかけの弁当をビニール袋に包んで、机の下のゴミ箱に捨てた。

立ち上がり高見に命じる。

「行くぞ」

高見の表情が引き締まった。

「はい」

緒方は唇をきつく結び、部屋のドアへ向かった。

3

神場は歩きながら、菅笠越しに空を見上げた。晴れた空を、カモメが気持ちよさそうに飛んでいる。地上の暑さなどカモメにとっては関係がないらしい。

神場は昔から雨男だった。大事な場面で天気に好かれた覚えは、ほとんどない。が、巡礼の旅に出てからは、思いのほか好天に恵まれている。

神場と香代子は、二十四番札所の最御崎寺《ほつみさきじ》を目指していた。

神場と香代子が歩き巡礼をはじめて、二週間近くになる。二日前に徳島県内にある薬《やく》王寺《おうじ》へ参り、次の寺がある高知に向かった。県境を越えたのは昨日だ。小さな漁港がある室戸《むろと》市の佐喜浜町《さきはまちょう》に泊まり、今朝、宿泊した民宿を発《た》った。

二十三番札所の薬王寺から最御崎寺までは、距離にしておよそ七十五キロある。歩き慣れている者の足でも二日はかかる道のりだ。

徳島県内のうちは内陸の道を歩くが、高知県との県境にある水床《みとこ》トンネルを抜けると、ひたすら海沿いの道が続く。晴れた日は、目の前に広がる広大な海と空の美しさを眺めながら歩を進められるが、荒れた天気の日は辛いと思う。海から吹く強風と強い雨に打たれながらの道程は、ただでさえ長い道のりが、さらに遠く感じられることだろう。

神場は今日の天気に感謝しながら、鼻腔《びこう》の奥で潮の香りを楽しんだ。

前を歩いていた香代子が、ふいに立ち止まった。

「あなた、見て」

香代子の視線の先には、海から突き出た巨大な岩柱があった。ふたつの岩柱は、紙垂《しで》がつけられたしめ縄で繋がれているる。夫婦岩《めおといわ》と呼ばれているものだ。岩に波がぶつかり飛沫《しぶき》をあげている。初夏の光を受けて白く光る波頭を、足を止めてしばし眺める。

夫婦岩は、佐喜浜町を出て室戸岬町へ向かう途中にあった。最御崎寺まで、まだ遠い。ひと休みするにはちょうどいい場所だ。

神場がそう言うと、香代子は肯いた。

駐車スペースに備え付けられたガードレールに腰を掛け、ペットボトルの水を飲む。

前方から走ってきた一台の乗用車が、神場たちの前で速度を緩めた。運転席側の窓が開き、年配の男性が声をかけてきた。

「ごくろうさま。天気が良うてよかったですな」

白衣姿で金剛杖を持っている神場たちは、ひと目で巡礼者だとわかる。

「おかげさまで。ありがとうございます」

香代子が笑みを見せ、深々と頭を下げた。神場も香代子に合わせてお辞儀をする。男性は好々爺《こうこうや》の顔を見せて会釈を返すと、車の速度をあげて神場たちの前を通り過ぎて行った。

「みなさん、温かいわね」

車が見えなくなったカーブの先を眺めながら、香代子は感慨深げにつぶやいた。

巡礼をはじめてから、地元の人から何度となく声をかけられた。その誰もが、お遍路をしている神場たちを労《ねぎら》ってくれる。なかには、家に入ってお茶でも飲んでいかないか、と誘ってくれた女性もいた。先を急いでいるからと、ありがたい申し出を断り次の札所へ向かったが、あとになって、女性の心遣いを素直に受ければよかっただろうか、と少し悔いた。

巡礼の地である四国には、お接待という風習がある。苦難の旅を続ける弱者への援助、助け合いの心から生まれたものだという。いかにも日本的な心遣いだが、その助け合いの気持ちを、四国の人々は大切に育んできた。

子供たちは、巡礼者は弘法大師の化身であると教わり、自分の代わりにお参りしてくれているのだ、と聞いて育つ。そう教えられて大人になった人のなかには、その日の寝床に困っている巡礼者を自宅に招き入れて食事を振る舞ったり、わずかではあるが現金を渡す者もいるそうだ。巡礼者は基本的にお接待を断らずにありがたくお受けすべきである、と手引書に書いてあったことを、あとから思い出した。神場が読んだ手引書は三十年以上前に刊行されたもので、お接待というのは古き良き風習だろう、と思い込んでいた。

神場は子供の頃、人から道を訊かれたら教えてあげなさい、と教えられていた。人に親切にすることが当たり前の道徳だった。

しかし、時が過ぎるとともに、その教えは変わった。

誘拐や性的被害の事案が増え、大人たちは子供に、知らない人には不用意に近づかないようにしなさいと教えざるを得なくなった。

幸知がまだ小学生の頃、家族で食卓を囲んでいるとき、テレビドラマで大人から道を訊かれた子供が、大人を案内する場面が出てきた。

「あーあ、だめだよ」

テレビを観ていた幸知は、そう言って口を尖らせた。

「知らない人についていっちゃいけないんだよ、学校の先生がそう言ってた」

幸知は自慢そうに小鼻を膨らませた。

神場は反論できなかった。心のなかでは、困っている人を助けるべきだと思ったが、子供が被害に遭う事件をこの目で見ていたからだ。

そのときに、いまは自分が子供の頃に正しいと思っていた道徳が通じない時代だ、と思った。だから、見ず知らずの人間に施しをする風習が、いまだに残っているとは思っていなかった。

その考えが間違っていたと知ったのは、巡礼をはじめてからだった。お接待と呼ばれる思いやりの文化は、四国にはいまも根づいていた。

高い空と広大な海、青々とした緑をまとった美しい山々を見ていると、世知辛いことが多くなったいまの時代、四国だけが弘法大師の頃のまま、時間が止まっているのではないかと感じる。文明や文化は時とともに進化したが、弘法大師の精神は、そのまま地元の人間の心のなかで息づいているのだと思う。

波の音を聞きながら、神場は愛里菜ちゃんを思った。

愛里菜ちゃんは、犯人にどのように連れ去られたのだろうか。力ずくで車に押し込まれたのか、それとも、道を訊ねるような方法で、言葉巧みに車内へ引き込まれたのか。いずれにせよ、幼い子供の純粋な気持ちを踏みにじり、鬼畜のように殺害した罪は、どんな理由があろうと許されるものではない。こうしているいまも、胸に強い怒りが込み上げてくる。

「そろそろ行きましょうか」

ハンカチで汗を拭いていた香代子が、ガードレールから腰を上げた。

「ちょっと待ってて」

香代子はそう言うと、近くにある公衆トイレへ向かった。いざとなれば、脇道に入り用足しができる男と違い、女は行けるときに手洗いに行かないと長い道中で困る場合がある。香代子も手洗いを見つけると、必ず立ち寄るようにしていた。

香代子がトイレに入ったことを確かめると、神場はリュックの脇ポケットから手帳を取り出した。現役時代の習慣で持ち歩いているものだ。

ページを捲《めく》り、目的の箇所を開く。愛里菜ちゃん殺害事件の情報を書き込んだページだ。

遺体が発見された日から三日後の十八日に、司法解剖の結果が出た。

県警から電話をかけてきた緒方の話によると、死斑や死後硬直、遺体の損傷と腐敗状況、胃腸の内容物から、死亡推定時刻は、行方不明になった六月九日の夜九時くらいから翌十日の深夜零時前後までの、およそ三時間とみられている。遺体の損傷と局部の裂傷は、死後のものと判定された。犯人は、愛里菜ちゃんを誘拐し、さほどあいだを置かずに殺害した。その後、愛里菜ちゃんの遺体を凌辱し、山中へ遺棄したのだ。

「直接の死因は、窒息死です。愛里菜ちゃんの口のなかから、タオルのものと思われる繊維が多量に検出されました。おそらく、声を出されることを恐れて、口のなかに詰め込んだんでしょう。そのことにより気道を塞がれて、愛里菜ちゃんは死亡したと思われます」

犯人は暴れられることを防ごうとしたのだろう。愛里菜ちゃんの手首には、強く押さえつけられた際につく鬱血痕があったという。

「ということは、犯人はおよそ二日間、愛里菜ちゃんの遺体を手元に置いていたということか」

神場は訊ねた。

愛里菜ちゃんの遺体が発見された山中で、不審車両が目撃されたのは六月十二日だ。その前日に近所の住人が、深夜に山に向かう白い軽ワゴン車を目撃している。犯人はおそらくそのときに、愛里菜ちゃんの遺体を山中に遺棄した。それまでの二日間、犯人は愛里菜ちゃんの遺体とともにいたことになる。

携帯の向こうから、緒方の悔しそうな声がした。

「愛里菜ちゃんの遺体が、遺棄されるまでどこに放置されていたのか、まだわかっていません」

愛里菜ちゃんがどこで殺害されたのか、犯人がどのような場所に住んでいるのか、いまのところなんの情報も摑んでいないという。

「犯人が独り暮らしで部屋を訪ねてくる人間もいない環境ならば、遺体を手元に置いていた可能性はあります。逆に、同居人がいるならば、遺体を手元に置いておくことは不可能に近いでしょう。同居人がいた場合、遺体を住居とは別の場所に移して、その後、山中へ運んだものと考えられます」

神場は同意した。同居人が共犯ならば話は別だが、幼児への性犯罪で共犯がいたという前例は聞いたことがない。

「口腔内から検出された繊維の特定は、できてないのか」

神場の問いに、緒方は言いづらそうに答える。

「綿百パーセントの繊維で、色は白。寸志で配られる安価なタオルや、ホームセンターなどで売られているハンドタオルと同じものだそうです。どこの家にも一枚はある、よく見かけるものだそうです」

「ほかに、遺体から特殊な物質や、犯人に結びつく有力な証拠は発見されていないのか」

有力といえるかどうか、と前置きしてから緒方は答えた。

「ひとつは、愛里菜ちゃんの手の爪から、犯人のものと思われる皮膚片が採取されたことです。おそらく、口腔内に布を詰め込まれる際に犯人の腕を掴み、爪に食い込んだものでしょう。もうひとつは、愛里菜ちゃんの身体に付着していた土です」

愛里菜ちゃんの遺体が発見された山中は、粘土質の土壌で形成されている。愛里菜ちゃんの身体からは、粘土質以外の成分の土——川原によくある砂状の土がついていたという。

「川……か」

つぶやきながら、愛里菜ちゃんの自宅がある尾原市内を流れる河川を思い浮かべた。

周りを山に囲まれている尾原市には、大小いくつもの川が流れている。それらはやがて一級河川の羽真川《はまがわ》に合流し、太平洋へ注ぐ。本流と支流を含めて十以上にものぼる川のなかから、愛里菜ちゃんの身体に付着していた土がどこの川原のどのあたりのものかを特定するのは、かなり骨の折れる仕事だ。そう易々《やすやす》とはいかないだろう。

ふたつとも、すぐに犯人に辿り着ける情報ではなかった。

爪から採取された犯人のものと思われる皮膚は、DNA型鑑定の重要な試料になる。しかし、それは被疑者が捕まったあとのことだ。指紋と同じで、被疑者に前科があり、すでに指紋やDNAを採取され、情報が登録されているならば照合は可能だが、初犯で警察がデータを持っていない場合、犯人に辿り着く情報にはならない。

土にしてもそうだ。犯人の住居や隠れ家、もしくは職場が、川と近い場所にあるという推測は成り立つ。しかし、たまたま犯行時に立ち寄っただけという可能性も捨てきれない。あるいは、以前靴などに付着して持ち帰った川原の砂が、住居に残されていたということもあり得る。

要するに、十八日の緒方との電話の時点では、愛里菜ちゃんが殺害されてから九日経つというのに、犯人特定に結び付く有力な情報は得られていない、ということだった。新しい情報が入ったら連絡をよこせ、と言って、神場は緒方との電話を切った。

あれから八日が経つが、そのあいだに緒方から連絡があったのは三回だけだった。どれも振るわない報告だった。

一度目と二度目は、司法解剖の結果を聞いた日から二日置きにあり、どちらも、愛里菜ちゃんの周辺の聞き込みの報告だった。愛里菜ちゃん本人や家族が、人間関係や金銭トラブルを抱えていたという情報はなく、怨恨による犯行でないことがほぼ裏付けられた。

三度目の連絡は昨日の夕方にあった。遺体が発見された遠壬山周辺から捜査範囲を広げ、Nシステムの解析も、隣接する市町村全域に広げた。不審車両と類似した車を六台ほど発見し調べたが、すべて事件とは無関係であることが判明した。

「車が見つからないなんて、まるで手品のようです」

携帯の向こうで、緒方は溜め息をついた。吐いた息が、ひどく重く感じられた。

「車の足取りさえ摑めれば、一気に捜査が進むのに……」

緒方は滅多に弱音を吐かない。その緒方が弱気な言葉を口にするということは、捜査本部の士気がかなり低下しているのだろう。捜査が難航していることに加え、連日の泊まり込みによる疲労が、捜査員たちを蝕《むしば》みはじめている頃だ。

退職するまでのあいだ数えきれないくらい帳場に立ってきた神場には、捜査本部での仕事が捜査員にとってどれほど辛いものかよくわかっていた。捜査本部が設置された所轄に寝泊まりし、朝から晩まで聞き込みや聴取に追われる。それでも、犯人に近づいているという実感があればまだいい。事件解決への手がかりも犯人に結び付く有力な情報もない状況が、捜査員にとっては一番辛い。まさに、いまの状況だ。

落ち込んでいる元部下を、神場は鼓舞した。

「魔法のように見える手品だって、ちゃんと仕掛けがあるんだ。車が見つからない理由は、必ずある。焦るな」

元上司の励ましに、緒方は素直に感謝の意を述べて電話を切った。

焦るなとは言ったが、神場も心穏やかではなかった。

まだ人の目や刑事の勘に頼ることが多かった昭和の時代とは違い、科学的手法や捜査機器が発達した現在、目撃された車が盗難車両で被疑者が割れないということはあっても、車自体の足取りが掴めないことはまずない。

捜査は長丁場になる――

長年、現場に携わってきた者の勘だった。

このままでは、未解決事件になるのではないかという危惧とともに、我が子を失った親を思い、心が痛んだ。

神場は十六年前、凌辱されて殺された金内純子ちゃんの遺体確認に立ち会った。

遺体の確認を行ったのは、両親だった。

解剖から帰ってきた純子ちゃんの遺体は、警察の遺体安置所へ収容された。

ひんやりとした部屋のなかに立ち尽くす両親は、疲労と絶望に包まれていた。我が子が行方不明になってから食事もろくにとっていなかったのだろう。頬は彫刻刀で削り取ったように削《そ》げ落ち、リノリウムの廊下を歩く足取りは萎えたように弱々しかった。

それでも、父親は気丈に振る舞おうとしていた。遺体が置かれているベッドの前に立つと、案内した神場に深々と頭を下げ、目の前の白いシーツを捲った。

首元までシーツを下げて子供の顔が現れたとき、母親はその場にくずおれた。悲痛な呻きが漏れる。

父親は、亡骸《なきがら》を目に焼き付けることが自分の使命でもあるかのようにシーツを足元まで下げて、全身を包帯で巻かれた娘の身体を眺めた。

父親はシーツを元に戻すと、ようやく聞き取れるほどの小さな声で言った。

「娘です」

あのときの遺体安置所の空気の重さと冷たさと、コンクリートの壁に反響していた母親の泣き声は、いまでも鮮明に覚えている。いや、忘れられずにいる、と言ったほうが正しいだろう。

神場は目を閉じた。耳に響いてくる波の音に、純子ちゃんの母親の泣き声が重なる。まるで自分を責めているようだ。息苦しくなり、意識が遠くなりかける。

「お待たせ」

ふいに聞こえた妻の声で、我に返った。

目を開けると、手洗いから戻った香代子が目の前に立っていた。なにやら嬉しそうな笑みを浮かべている。

「なにを笑っているんだ」

冷静を装い神場が訊ねると、香代子は手洗いの方に視線をやった。

「あそこのお手洗い、汲み取り式でトイレットペーパーも置かれてない古いものなの。でもね、小さな手洗い場にこのくらいのお地蔵さまがあった」

香代子は右手の親指と人差し指で、五センチほどの幅を作った。

「誰かが、私たちのようなお遍路さんに、頑張ってください、って伝えたくて置いていったんだと思う。やっぱり一緒に巡礼に来てよかった。こういう優しさに出会えることって、なかなかないもの」

単に誰かが忘れていったものじゃないのか、そう言いかけて神場はやめた。

香代子はすべての出来事を、善として捉えることが多かった。何事においても、人の優しさや労りを第一に考える。香代子の考え方は、何事も疑ってかかることを旨とする仕事に就いていた神場にとって、心が落ち着くものだった。常に人に疑惑の目を向けることで、ともすればささくれ立ちそうになる心のバランスを、香代子の温情が保ってくれていたような気がする。

「そうか、よかったな」

そう言葉を返し、神場は腰掛けていたガードレールから立ち上がった。

室戸岬町にある青年大師像を過ぎ、弘法大師が求聞持法《ぐもんじほう》の修行をしたという御厨人窟《みくろど》に着いた。

誰もいない洞窟のなかは、静謐《せいひつ》に包まれていた。ひんやりとした空気が心地いい。なかは静かで、聞こえてくるものといえば、微《かす》かな波の音と、天井から落ちる水滴の音だけだ。日中でも、深い横穴のなかは仄暗《ほのぐら》い。灯っている数本の蠟燭《ろうそく》の小さな炎が、やけに眩《まぶ》しく映る。

そばにある納経所で朱印をもらい、御厨人窟をあとにする。

目的地である最御崎寺に着いたのは、昼の一時半だった。昼食は途中、道端に腰を下ろし、コンビニのおにぎりで済ませた。

札所に対する崇敬の念は、寺の大きさや場所などとは関係なく、神場は同じように持っている。しかし、二日がかりで辿り着いた二十四番札所に抱く思いは、ひときわ大きかった。

仁王門の前で腰を伸ばし、空を仰ぎ見る。白い薄雲の棚引く空の青さが、目に染みた。手水舎で手と口を清め、仁王門をくぐる。

門の横に、一言お願い地蔵と呼ばれる地蔵群があった。巨木の根元に光背を持つ石地蔵が鎮座し、その足元に親指ほどの小さな地蔵がいくつも並んでいる。小さい地蔵の多くは、赤い前掛けをつけていた。新しいものから色褪《いろあ》せたものまである。小さな地蔵を供えて拝むと、ひとつだけ願い事を叶《かな》えてくれるという言い伝えがあるらしい。

香代子が地蔵に手を合わせ、何事か願っている。

自分だったらなにを願うだろう。答えが見つからないまま、神場は香代子の背中を見ていた。

「どうぞ」

振り向いた香代子が場所を譲る。

言われて戸惑う。何を願えばいいのか、すぐに浮かばない。

「俺はお前の後ろから拝んだからいい」

ぶっきらぼうにそう言うと、香代子は神場の心を見透かしたように、くすりと笑った。

「まあ、いいか。こういうのは気持ちの問題だからね」

境内を歩いていると、表面にいくつかの窪《くぼ》みがある岩があった。鐘石《かねいし》と呼ばれているものだ。岩の上に置かれている小石で窪みを叩くと、鐘のような高い音がする。その音は冥途まで届くと言われているらしい。窪みを叩き、手を合わせて本堂へ歩を進める。

本堂を参拝し、納経所で朱印をもらうと、室戸岬の展望台へ向かった。門から一、二分で着く。

室戸岬の先端にある展望台からは、広大な海と空が一望できた。海坂《うなさか》を描いた水平線がどこまでも広がり、心地よい海風が吹いてくる。

「ああ、そうか」

海を眺めていた香代子が、隣で唐突に声をあげた。

「なにが、そうか、なんだ」

神場が訊ねると、香代子は得意そうに答えた。

「この景色、どこかで見たことがあると思ったら、朝比岳から見たときのだった」

朝比岳は、神場が駐在時代に住んでいた雨久良村のすぐそばにある山だ。駐在時代に一度、集落の住人に連れられて香代子とともに登ったことがある。まだ雪が残る早春の時期で、山菜採りに誘われたのだ。

雨久良村は山に囲まれている。朝比岳から海が見えたはずはない。

「なにを言ってるんだ。あそこから海なんか見えなかったじゃないか」

神場が言うと、香代子はじれったそうに、首を振った。

「違うの。実際に海を見たとか見ないじゃなくて、自然に圧倒される感じが似てるのよ」

香代子は再び海に目を戻した。

「あなたと一緒にはじめて夜長瀬に行ったときは、こんななにもないところでどうやって暮らしていこうかと途方に暮れたけど、駐在勤務を終えて離れるときは少し寂しかった」

香代子は感慨深げに、目を細めた。

「いろいろあったけど、みなさん最後は、あなたが夜長瀬を離れることを惜しんでくださったわね」

香代子が言ういろいろとは、駐在勤務の当初にあった住人との確執のことだ。

交通手段やネットが普及したいまは違うだろうが、情報が遮断されていた三十年ほど前の山村は、ひどく閉鎖的だった。

力関係で言えば、警察よりも消防団をはじめとする村の自警団の方が強かった。ときには法よりも、古くから続いている村の風習や掟《おきて》が物事を差配した。よそ者の駐在は、村の風習を乱す輩《やから》と捉えられていた。

望んで出向いた土地ではなかったが、拝命した以上、職務はまっとうしなければならない。そう考えていた神場は、一日も早く村人と心を通わせようと懸命だった。

農家の朝は早い。

神場も農作業の繁忙期は朝の五時に起きて手早く朝飯を済ませ、自転車に跨《また》がり田圃のあぜ道を走った。

「おはようございます。朝から精が出ますね」

顔を合わせる村人のひとりひとりに声をかけた。

明るい声が返ってくることを願ったが、それは叶わなかった。多くの住人は、神場の声を無視するか、ちらりと横目で見るだけで、返事をする者はいなかった。たまに頭を下げるのは、若くして村にやってきた嫁だけだった。ときには、村の男衆から、冷たい声を浴びせられた。

「そんな機嫌取りしても、無駄やけ」

「わしらにはわしらのやり方がある。構わんでくんろ」

歓迎されないことは、前任者から聞いていた。しかし、声に出して言われると、やはり堪えた。一日の仕事を終えて、狭い茶の間で香代子と夕飯を食べていると、つい愚痴が出た。

「ここの集落の者は、みな冷たい。俺なんか、いてもいなくても同じなんだ」

弱音を吐く夫を、香代子は励ました。

「いまはまだ、みんな、あなたのことをわかっていないだけよ。あなたが一生懸命、村の人の暮らしを守ろうとしている姿を見ていれば、きっと心を開いてくれる」

嫁いですぐに、夫の転勤に伴い寒村に住まなければならなくなった香代子の方が、心細いはずだった。そんな表情を微塵《みじん》も見せない香代子の心遣いは、自棄になりかけた神場の心を支えた。五年間の駐在時代を乗り切れたのは、妻の存在があったからに他ならない。

「いまとなれば、夜長瀬にいた時間は短かったわね」

香代子のつぶやきに、心で肯く。

転任した当時は、時間が過ぎるのが異様に遅く感じられた。早く時が過ぎ、所轄の小さな交番でもいいからこの土地を離れたい。そればかり望んでいた。

しかし、ある事件をきっかけに、その気持ちが変わった。駐在生活が四年を数えた年の秋に村で起きた窃盗事件だ。その事件は頑《かたく》なだった住民の心を和らげ、神場の刑事への道を開いたものだった。

夜長瀬に転任してから五年目の年明け、所轄の上司から電話が入った。事件からおよそ三か月後のことだった。春の人事で異動が決まったという。

上司が口にした異動先を聞いて、神場は驚いた。所轄の交通課だった。しかも、署長推薦が取れたから刑事選抜試験を受けろ、と言う。

「本当ですか」

思わず訊き返した。

電話の向こうで上司は笑った。

「そんなに驚くことはないだろう。お前の夜長瀬での功績を思えば当然の処遇だ」

上司が言う功績が、三か月前の窃盗事件を指しているのはすぐにわかった。

所轄で待ってる、そう言って上司は電話を切った。

警察官になった者の多くは、いずれ刑事になりたいと思っている。しかしそれは簡単なことではない。

なによりもまず、実績がいる。犯人の検挙数や警察表彰の数など、目立つ手柄をあげない限り、刑事選抜試験を受けるための署長推薦は貰《もら》えない。各警察署から推薦されるのは年にひとりかふたりだから、そもそもが狭き門だ。首尾よく試験に通れば、三か月の捜査専科講習を受けることになる。講習を経ても、すぐに刑事になれるわけではない。刑事の空きがなければ、刑事課長からお声はかからない。刑事登用資格の有効期限は三年だ。三年過ぎる前に空きができなければ、資格は失効する。一からやり直しだが、そのころには後輩に追い抜かれ、推薦枠から外される可能性が高い。

刑事になれるもなれないも、運次第という面は、なきにしもあらず、だった。

幸いにも神場の場合、試験に受かったあとはとんとん拍子で、所轄の刑事課に呼ばれた。

神場は海を見やりながら、警察官人生の転機となった事件に思いを馳せた。

稲の収穫が終わり、農家の納屋に米袋が積まれるようになった頃、村で盗難事件が発生した。保管している米袋が、夜中のうちに盗まれるという事案だ。被害に遭ったのは、一軒や二軒ではない。村人から報告を受けて調べたところ、夜長瀬駐在所の管区内にある夜長瀬、河上、馬杖の三集落のなかで、三十件にも及ぶ被害が報告された。

三集落には、およそ三百二十世帯がある。被害に遭った家が三十軒ということは、十軒に一軒が米泥棒に遭っているという計算になる。かなり大きな数字だ。

当時、村には、防犯カメラはおろか暗闇を明るく照らすネオンのような灯りもなかった。陽が落ちた集落は闇につつまれ、ところどころに立っている電信柱上の電灯と、点在している民家の灯りが目につくだけだった。

目撃者もなく、防犯カメラの設置など望めない状況では、地道な張り込みに頼るしかない。とはいえ、窃盗は毎日発生しているわけではなく、加えて、被害に遭う集落もそのときどきで違い、予測が立てられるものではなかった。

所轄の上司に報告すると、秋の交通安全運動に人手を取られ、応援は出せない、とにべもなく言われた。

犯人を取り押さえるには、もはや、夜回りをしながら、あてずっぽうに張り込むしかなかった。

行き当たりばったりの捜査がうまくいくはずもなく、はじめての被害が出てから、ひと月が過ぎても犯人は捕まらない。時折、夜中に大きな荷物を背負った者が道を歩いていたとか、納屋で物音がして様子を見に行ったら大きな影が素早く出ていった、という情報が寄せられたが、どの情報も犯人を特定できるものではなく、むしろ、村人のさらなる疑心暗鬼を招いた。

夜長瀬管区の世帯には、普段は表には出ない、古くから続く確執があった。

その確執が生まれたのは当時からさらに三十年前、朝比岳の麓にダムを建設する話が持ち上がったのが発端だった。そのダムは朝比ダムと命名され、いまも使われている。ダム建設の説明のために、建設会社の社長と自治体の担当者が集落にやってきた。ダムの建設工事期間はおよそ八年間で、そのあいだ、千人近くに及ぶ作業員が入れ代わり立ち代わり工事現場に出入りし、集落に建設する飯場に寝泊まりすることになる。建設費用は総額五百十五億円にのぼる規模だった。

住人の意見は真っ二つに分かれた。

自分たちの祖先が代々守ってきた土地をよそ者に荒らされたくない、という反対意見と、ダムの建設によってもたらされる恩恵──道路の整備や、娯楽や歓楽施設、スーパーの出店など、村の活性化を優先すべきだという賛成意見だ。

半年に及ぶ協議の結果、見ず知らずの人間が押し寄せることによる治安の乱れを防ぐため、村に駐在所を置くこと、またダム建設に関わる作業で住民の生活に不都合が生じた場合、妥当な補償金を支払うという条件で、ダム建設は着手された。

ダムは九年後、予定から一年遅れで完成した。

その間、村には様々な変化があった。

建設作業員たちの暮らしを担保するために、日用雑貨店ができ、飲食店が増えた。村にはいつのまにか、小さな呑み屋が数軒まとまった地域ができた。

郷里や家族のもとを離れて住み込みで作業に従事している作業員の大半は、仕事が終わったあと呑み屋で過ごした。

作業員のすべてが、穏やかな性格の者とは限らない。飯場を転々と渡り歩く作業員のなかには、半ば投げやりな人生を送っている者もいて、彼らは酒を呑むと殴り合いの喧嘩沙汰を起こすことがよくあった。

そのころから夜長瀬駐在所管区内は、頑なによそ者を受け付けないことで有名になっていった。

ダムが完成し、重機が運び出され作業員たちが引き上げると、村はもとの静けさを取り戻した。建設中にできた店は、ダムの完成と同時に閉ざされ、経営者や従業員はたちどころに散って行った。村に残ったものは、朝比岳から吹き降ろす空《から》っ風《かぜ》と、ダム建設に賛成した者と反対した者のあいだに生まれた、埋まりようのない確執だけだった。

その確執も、代が替わるとともにだいぶ薄れたが、なくなることはなかった。なにかしらいざこざが起きると、両者がダム建設当時の古い遺恨を口にする。

米の盗難が起きたときもそうだった。

ダムのかつての賛成派と反対派に分かれて、相手を中傷し合うようになった。

夜中に見かけた人影が、どこの村の誰に似ていたとか、あそこの家は借金で苦しんでいるから人さまのものに手をつけかねない、などの憶測や中傷が飛び交い、大人たちの仲違《なかたが》いは子供にまで及んだ。

そのとき、小学校三年生だった江美《えみ》という子が、ひどいいじめを受けた。

村に学校と呼べる場所は、ひとつしかなかった。村から遠く離れた隣町の分校で、小学校と中学校が一緒になっているものだ。学校の生徒は全員で六十人余り。教師の数も少なく、小学生は二学年ひとクラスで授業を受けていた。

当時、小学校の三年生は八人しかおらず、学年のなかで江美は、ダム建設に賛成した唯一の家の子供だった。

祖父母や両親たちが家で口にする昔の遺恨を、子供たちは我がことのように受け止め、江美をいじめた。

江美がいじめを受けていると知ったのは、いつものように村をパトロールしていたときだった。山裾にある古い神社の前を通ったとき、道端に赤いものを見つけた。雑草のなかに置かれている鮮やかな色が目につき、自転車を降りて近づいた。ランドセルだった。

こんなところに、どうしてランドセルがあるのか。もしや、登校途中に寄り道をして、山に迷い込んだのではないか。

心配になった神場は、神社へ続く階段を上り、境内で声を張り上げた。

「誰かおるんか」
二、三度呼んだとき、神社の祠《ほこら》のなかで物音がした。
何かいる。

急いで駆け寄り祠の扉を開けると、なかに江美がいた。祠の奥に身を潜めながら、いまにも泣きそうな顔で、神場の顔を怖々と見つめている。怪我をしている様子はない。

神場はほっとしながら訊ねた。

「どうした。いまは学校にいる時間だろう。途中で腹でも痛くなったんか」

江美はなにも答えない。ただじっと、神場を見つめている。追い詰められた兎《うさぎ》のような怯《おび》えた目から、神場は江美が大きな悩みを抱えていることを察した。

「なんぞあったんか。よかったらおじちゃんに話してみんか。かんくさんなら、江美ちゃんの悩みを解決できるかもしれんぞ」

かんくさん、というのは、この地方の駐在の呼び名だ。

神場の言葉に、江美はしばらく悩んでいたが、目から大きな涙を零すと堰《せき》を切ったように泣きはじめた。

クラスのみんなが自分を裏切り者と呼んで仲間外れにする、と江美は訴えた。

「私、なんにも悪いことしとらん。どうして裏切り者なのかもわからん。わからんよ、かんくさん、わからんよ」

泣きじゃくる江美の頭を撫でながら神場は、一日も早く米泥棒を見つけ出さなければいけないと思った。大人たちの諍《いさか》いが子供たちにまで広がっている。この状態が長く続けば村は崩壊してしまう、そう思った。

神場はその夜から毎晩、泥棒が襲いそうな農家の張り込みを続けた。

窃盗にあった家を丁寧に調べてみると、米が収納されている納屋が人目につかない奥まった場所にあり、加えて、逃走しやすいように裏道に面している民家が被害に遭っていることがわかった。

とはいえ、窃盗が起きそうな条件を備えている管区内の民家は、八十世帯にも上る。その一軒一軒を、夜のあいだ順番に回って歩くのだ。あてずっぽうと言われても、否定できないやり方だった。

連日、張り込みを行う夫を心配した香代子は、一日くらいゆっくり休んだほうがいい、と勧めたが、神場は張り込みを続けた。なんの罪もない子供が心を痛める姿が、疲れた身体を突き動かした。

連夜の捜査が実を結んだのは、張り込みを続けて三週間が過ぎたときだった。その頃の神場は身体には疲労が蓄積し、張り込み中につい転寝《うたたね》をすることがあった。

その夜もそうだった。佐藤という農家の納屋の陰に身を潜めじっとうずくまっているうち、ふいにひどい眠気に襲われた。

転寝したのは、ほんの数分くらいだったと思う。

納屋の引き戸が軋《きし》みながら開く音で、目を覚ました。

納屋の陰から入り口を覗くと、月明かりの下でふたりの男が動いているのが見えた。

あたりの様子を窺いながら、足音を忍ばせて納屋に入っていく。

米泥棒だ。

直感した神場は、腰にぶら下げていた警棒を手にすると、もう片方の手に懐中電灯を持ち、そっと入り口に近づいた。

なかを覗くと、ふたりの男が米袋を運び出そうとしているところだった。

「動くな！　警察だ！」

神場は懐中電灯を照らすと、ふたりの男に向けた。

いきなり照射を受けたふたりは、眩しさに目がくらんだのか、腕で目元を覆い、わずかに怯《ひる》んだ。その隙を、神場は逃さなかった。ひとりの男の膝がしらを警棒で力任せに叩き、返す刀でもうひとりの男の脇腹を打った。

膝がしらを叩かれた男は、その場に崩れ転げまわった。骨がいかれたのか、しばらくは立ち上がれないようだ。が、脇腹を打たれた男は一瞬、腰をくの字に折っただけで、すぐさま神場に立ち向かってきた。

身体ごとタックルされて、背中から地面に倒れる。一緒に倒れた男は、大きな図体からは考えられない素早さで立ち上がると、仲間を見捨て、入り口に向かって駆け出した。

神場は男の足にしがみついた。必死だった。

男は空いている方の足で、神場の横腹を力任せに蹴り上げた。靴のつま先が腹にめり込み、吐きそうになる。それでも神場は、男の足を離さなかった。

米泥棒と格闘していると、物音を聞きつけた家の住人が納屋へ駆け込んできた。佐藤家の長男、三平《さんぺい》だ。神場と同い年で三十二になる。

事態を把握した三平は、扉のつっかい棒を手にし、神場を蹴り上げている男の肩を狙って振り下ろした。

男が悲鳴をあげてその場に倒れる。

三平は納屋の壁に掛けてあった荒縄を手に取ると、男の手足をぐるぐる巻きにした。呻きながらのた打ち回っている男をつっかい棒で威嚇しながら、神場に声をかける。

「かんくさん、大丈夫かよ」

地面に倒れて荒い息を吐いている神場を、三平が心配そうに覗き込んだ。答えようにも腹の痛さで声が出ない。神場はただ何度も肯いた。

神場は三平の手を借り、佐藤家の三輪トラックでふたりを駐在所へ連行した。驚いて出てきた香代子に事情を話し、予備の手錠を持ってこさせる。ふたりの手と手を手錠で繋ぎ柱に括《くく》りつけると、神場はようやく安堵の息を吐いた。

所轄へ窃盗犯逮捕の連絡を入れると、神場は一睡もせず、朝までふたりの男を見張った。男たちは観念したのか、大人しくしている。神場は眠い目を擦り、犯人逮捕に至るまでの経緯と捜査記録を、書類に書き込んだ。

夜が明けると神場は、ふたりの男の事情聴取を行った。

男たちは住居を持たず、全国を転々としながら窃盗を繰り返していた。田や畑の収穫物や、家財道具を売りさばき、生計を立てていたという。気配を悟られぬよう、現場から離れた場所に車を停め、歩いて犯行を行っていたようだ。あとで確認すると、佐藤家から二百メートルほど離れた草地に、塗装が剝げたおんぼろの軽トラックが停まっていた。

管区内から盗んだ米は、群馬県内で窃盗品の売買を引き受けている男に、売り渡していたらしい。故買人の素性を訊ねたが、男たちはこれに関しては黙秘した。

昼過ぎに、所轄から二台のパトカーがやってきた。いままでにない騒ぎに、村の住人たちが、駐在所の近くに集まってくる。

パトカーに乗ってきた三人の刑事たちに、神場は聴取でわかったことを伝えて犯人を引き渡した。神場が書いた逮捕記録を受け取った年配の刑事は、書類を捲りながら、痣《あざ》の残った神場の顔をじっと見つめた。

「派手にやったみたいだな。ひとりは膝、もうひとりは肩をやられとる」

「被害者宅の住人が加勢してくれたおかげです」

そう言って、神場は俯いた。住民の目が面映い。

年配の刑事はにやりと笑うと、神場の肩に手を置いた。

「それに、書類もようできとる」

「ありがとうございます」

憧れの刑事に褒められ、嬉しさに顔が熱くなる。

年配の刑事と神場のあいだに、三十代と思《おぼ》しき刑事が割って入った。

「神場巡査は、刑事になる気はあるかい」

はい、と勢い良く返事をした。

「夜長瀬は何年になる」

年配の刑事が訊いた。

「今年で五年目です」

年配の刑事は訊いておきながら、それについては何も言わなかった。ただ、何か納得したように肯いている。

「このたびはご苦労さまだった」

疲れている神場に労いの言葉をかけると、刑事たちは車に乗り込んだ。

運転手の若い制服警官が短くクラクションを鳴らし、ゆっくり車を発進させる。

神場は香代子とともに、頭を下げて見送った。

パトカーが見えなくなると、神場は遠巻きに見ていた住人たちに向かって叫んだ。

「見てのとおり、犯人は村の人間じゃなかった。もう、これ以上、いがみ合うのはやめようや。今回の事件での一番の被害者は、窃盗にあった家じゃない。村の子供たちだ」

身に覚えがあるのだろう。村人たちの何人かが目を伏せた。

「盗まれた米はもう戻らないが、来年になればまた収穫できる。だけど、大人たちの諍いで傷ついた子供の心は、ずっと治らないのかもしれないんだぞ。大人たちが、過去の因縁を断ち切らなければ、孫子《まご》の代までいがみ合いが続く。子供たちに、これ以上辛い思いをさせちゃあ、だめだろう」

誰も反論する者はいなかった。

ひとり、またひとり、住人が無言で神場の前から立ち去っていく。

誰もわかってくれないのか。

神場は自分の非力を恨んだ。が翌日、駐在所の前に、米や茄子《なす》、じゃがいもなど、採れたての農作物が置かれていた。酒まである。神場の気持ちをわかってくれたのだ。

駐在所の入り口に置かれた村人の気持ちを見ながら、香代子が神場の腕を取った。

「あなた、よかったわね」

神場はひと言、ああ、とだけ答えた。それ以上なにか言うと、声が震えてしまいそうだった。

何日も張り込みを続け、窃盗犯を格闘のすえ逮捕した神場の働きは、村長から事細かく所轄の上司に伝わった。

「米泥棒を逮捕しただけではなく、古くから村に残る因縁を解きほぐすきっかけを作ってくれた。あんひとはかんくさんとしても優秀だが、人としてもよう出来てるお人だ」

村長はそう言って、神場を手放しに褒めたらしい。

辛い駐在勤務をしながら村人たちの尊敬を得たことは、刑事選抜試験の署長推薦を受けるにふさわしい実績となった。あとで知ったことだが、犯人を連行した年配の刑事が、刑事課長にも口添えしてくれたらしい。定年退職する自分の代わりにと、推薦してくれたようだ。

夜長瀬駐在所での最後の夜は、村人のほとんどが集まり、公民館で送別会を開いてくれた。

なかには涙を流して別れを惜しんでくれる者もいた。いじめを受けていた江美の母親だった。娘はおかげで、いまは楽しく学校に通っている、と神場の手を取りながら頭を下げた。

それを見ていた村長は、相好を崩して言った。

「なにか欲しいものはないか、かんくさん。米でも酒でも、なんでもくれてやるぞ」

神場は笑いながら答えた。

「欲しいものはないです。俺の頼みは、次に来るかんくさんによくしてやってほしいということだけです」

神場の望みを聞いた村長や村人たちは恥ずかしそうに顔を見合わせると、肯きながら、こぞって神場に酌をした。


神場は波の音を聞きながら、空を眺めた。

あのときは、別れを惜しんでくれる村人たちへの感謝の気持ちと、刑事への道が開かれた喜びに浸っていたが、いまとなれば手放しに喜んではいられなかったのだとわかる。刑事になることがなければ、十六年前の事件を担当することはなく、自分の不甲斐《ふがい》なさを悔い続けることもなかっただろう。いま、こうして四国を巡礼することもなかったかもしれない。

急に膝に痛みを感じた。ずっと歩いてきた疲れが出たのだろう。古傷が痛むように、じくじくと疼《うず》く。

黙り込んでいる神場の顔を、横から香代子が心配そうに覗き込んだ。

「具合でも悪いの」

首を振る。

こんな膝の痛みなど、子供を惨殺された親の苦しみに比べたら、いかに小さなものか。

神場は唇をきつく結ぶと、俯いていた顔をあげた。

「行くぞ」

腕を預けていた鉄製の柵から身を起こし、神場は次の巡礼地へ向かって歩きはじめた。

4

緒方はスーツの上着を脱ぐと、フローリングの床に放り投げた。

部屋の壁際に置いてあるパイプベッドに、倒れるように横たわる。

緒方が住んでいるのは、単身者専用の官舎だった。築二十年の建物はところどころ傷んでいて、なかは狭い。玄関から続く廊下の横に流し台がある。洗面所兼用の台所だ。台所の向かいには旧式の風呂と手洗いがあり、奥に六畳ほどの和室があった。

部屋のなかには、ベッドを除けば、小さな座卓とテレビが置いてあるくらいだ。服は押し入れに吊り下げている。殺風景で寒々しい空間だが、いまの緒方にとっては、これ以上ないほど安らげる場所だった。

緒方が自分の部屋に帰るのは、三週間ぶりだった。

愛里菜ちゃん殺害事件の捜査本部が立ち上がってから、緒方はずっと県警の道場に寝泊まりしていた。

捜査本部の経験は、警察官になってから今度で四回目になる。帳場が立つと、捜査員はしばらくのあいだ、自宅へ帰ることはできない。捜査本部が設置された所轄に泊まり込みになる。食事は仕出しの弁当、風呂はシャワーのみ、道場に布団を敷いての雑魚寝だ。

捜査本部にはじめて加わったのは、警察官になって五年目のときだ。交番勤務を経て管区の機動捜査隊に配属されて三年目の秋、強盗殺人事件の応援に駆り出された。

最初は地取りを、あとは遺留品や証拠品の出所を探るナシ割りのための聞き込みを、徹底的にやらされた。任されたのは下足痕《ゲソコン》から割れたスニーカーの販売ルートで、その中国製の安価な商品は、県内だけで千足以上売られていた。靴屋を一軒一軒回り、聞き込みを行ったが、レシートのレジロールから販売の日付は特定できても、誰に売ったか覚えている店員はほとんどいなかった。

藁《わら》の山に落ちた針を捜すような捜査で、徒労感だけが募った。身体は悲鳴をあげているのに、布団に入っても頭が冴えて眠れず、疲労は限界に達していた。所轄に泊まり込んで一週間が過ぎたころ、同じ機動捜査隊の先輩に弱音を吐いた。

もう限界です。そう訴える緒方を見据えながら先輩は言った。

「俺たち捜査員よりも、辛い思いをしている人がいる。事件の被害者と遺族だ。その人たちの辛さや悲しみを思ってみろ。いま口にした言葉を、お前はまだ言えるのか」

緒方はそれ以上、何も言えなかった。

事件は発生から二週間後に犯人が逮捕され、捜査本部は解散した。あれから五年が経つが、緒方は以後、どんなに辛い捜査でも泣き言を口にしたことはない。弱音が出そうになると、先輩の言葉を思い出し自分を叱咤《しった》した。

しかし、帳場が長引けば、疲労は溜まる。頭では遺族の苦しみを理解してはいるが、身体が苦痛を訴える。いくら自分を戒めても、ときに心が折れそうになる。

いまがそうだった。こんなに長く、帳場に泊まり込んだのははじめてだったし、なにより、捜査が難航していることが、疲れを増幅させた。

人をやる気にさせるのは、報酬系の脳内物質だ。たとえ他人から褒められなくても、自分の努力がわずかでも実っていると実感できれば、人は奮起する。

今回の事件には、それがなかった。事件解決へ向けてどれほど努力を積み重ねても、まったく報われない。犯人の輪郭どころか影すら見えないのだ。

ベッドに横たわったまま手を頭の後ろで組み、天井を見上げた。

警察学校時代の訓話が脳裏に蘇る。

――事件というのはパズルみたいなものだ。バラバラだったピースが、あることをきっかけに、バタバタとはまっていく。完成したパズルには、犯人の姿が描かれている。

君たち捜査員は、地取りや鑑取りといった個々の捜査で、ピースを集めなければならない。ピースを手に入れたときは、自分がどの部分を持っているのかわからないだろう。だが、捜査を進めるごとにピースが揃いはじめ、少しずつ犯人の姿が浮かんでくる。パズルが完成したら、あとは逮捕するのみだ。いいか、君たちが頭に焼き付けておかなければならないのは、捜査は互いの協力なしでは解決に至らないということだ。言い換えるなら、テレビドラマのようなスタンドプレーをしていては、未解決事件が増えていくばかりだ。いま私が話したことを肝に銘じて、事件解決を己の使命とし、職務を遂行してもらいたい。

まだ現場を知らない緒方は、この訓話に感銘を受けた。ノートにメモを取り、暗記するほど清書した。

しかしいま、何度も読み返し、肝に銘じたはずの訓話が、揺らぎはじめている。方位磁石も利かず、標識はおろか、けもの道すら見当たらない樹海で、小さな栗鼠《りす》を殺した鼬《いたち》を捜せと言われても、無理ではないのか。鼬の毛の色、住処《すみか》、好物、身体の特徴など、なにひとつわからない状況で、どう捜し出せというのか。

パズルのピースがほとんど見つかっていない状況を前に、虚《むな》しさが募ってくる。

あのときの講師ならどうするだろう。県警捜査一課長を務め、数々の難事件を解決した名物ＯＢの顔が頭に浮かぶ。

お前らの努力が足りない、と叱り飛ばすだろうか。それとも、捜査員たちに奮起を促すだろうか。

おそらく――と緒方は思った。そのどちらも、疲れ切っている捜査員たちのやる気を引き出すカンフル剤には、ならないだろう。

停滞している現場の士気を高めるものは、ただひとつ。犯人逮捕に結び付く可能性を秘めた、糸口だ。その糸が、結果として犯人と繋がっていなかったとしても、それはそれでいい。捜査員たちは、犯人に辿り着けるという希望がほしいのだ。その望みさえあれば、捜査の混乱や見立て違いによる意見の衝突はあるにせよ、闘志が失われることはない。目の前に人参《にんじん》をぶら下げられた馬のように、必死に走る。

緒方は顔を横に向け、座卓の上の週刊誌に目をやった。帰り際、捜査本部の指揮を執っている鷲尾から譲り受けたものだ。

独身寮へ帰るため、県警の裏口から出たとき、鷲尾とかち合った。近くのコンビニで、煙草《たばこ》を調達してきたという。

「寮に戻るのか」

緒方は、すみません、と詫びて頭を下げた。上司より早く帰宅することに気が引けた。

「謝ることはない」

鷲尾が労いの言葉を続ける。

「ずっと泊まり込みで疲れただろう。今日はゆっくり休んで充電してこい。捜査は体力勝負だからな」

鷲尾の言葉には、捜査はまだ長引くというニュアンスが含まれていた。

緒方は鷲尾が小脇に抱えている雑誌に目をやった。新聞社系の出版社が発行しているもので、いま世間が注目している時事ネタの特集を組み、識者が左がかった見解を述べることで有名なリベラル系の週刊誌だ。

鷲尾が雑誌の類を読んでいるところを、緒方はそれまで見たことがなかった。むしろ、鷲尾はその手の週刊誌を嫌っていた。なかに載っている記事は、発生した事件を主観のみで分析し、政治や捜査機関の怠慢を責めることを主な目的としていた。事件の解決や防止に、なんら役立つものではない。単に、世の中の不満と不安を煽《あお》るだけだ、と日頃から唾棄していた。その鷲尾が、毛嫌いしていた週刊誌を持っていることが、不思議だった。

緒方の視線に気づいた鷲尾が、ばつが悪そうに、雑誌を手に持ち替える。

「いつ読んでもくだらないな。相変わらずの反権力と反日だ」

ではなぜ購入したのか。

緒方の疑問を、顔色から察したのだろう。

鷲尾は手にしていた週刊誌を、緒方の胸に乱暴に押し付けた。

「当然のことだが、なにひとつ今回の捜査に役立つ情報はない。だがな、こんなもんでもたまには、消えそうになる炎を燃やすガソリンになることもある」

緒方の頭は、いま入手している情報を整理するだけで手一杯だった。週刊誌の記事を読んでいる余裕はない。

強引に手渡され、仕方なく受け取った。表紙が目に入る。

特集記事の見出しが、大きく印刷されている。

『繰り返される児童の性犯罪被害』

緒方は、横をすり抜けていった鷲尾の後ろ姿を目で追った。ちょうど、裏口から見える廊下の角を曲がり、姿を消したところだった。

緒方はその場で、週刊誌の特集ページを開いた。裏門の外灯を頼りに、特集記事を目で追う。冒頭だけ読むつもりが、気がつくと六ページにわたる記事をすべて読み終えていた。

週刊誌を小脇に抱え、県警の四階を見上げる。ブラインドが下ろされた広い窓に、煌々《こうこう》と電気がついている。捜査本部が置かれている会議室の灯りだ。

鷲尾の言葉に間違いはなかった。週刊誌の特集記事は、ガソリンとまではいかないが、消えかかっていた犯人逮捕への執念を再び呼び起こす、灯油くらいにはなった。

緒方はベッドの上に身を起こすと、腕を伸ばし週刊誌を手にとった。

表紙を捲り、特集記事を読み返す。

内容は、今回起きた愛里菜ちゃん殺害事件を受けて、ここ二十年のあいだに全国の耳目を集めた、児童を狙った性犯罪を取り上げたものだった。法務省が作成している犯罪白書のデータを基に、この二十年のあいだに、十三歳未満の年少者が被害にあった性犯罪を、グラフ付きで掲載している。

強制わいせつおよび強姦《ごうかん》件数を示すグラフの帯は、平成九年から右肩上がりになり、平成十五年をピークに減少している。

平成九年から犯罪件数が増えた理由を、テレビでよく見かける犯罪ジャーナリストが分析していた。

記事のなかでジャーナリストは、世間を震撼《しんかん》させた事件が影響している、と述べていた。その年に神戸で起きた連続児童殺傷事件だ。犯人は十四歳の少年で、被害者のひとりは当時小学六年生の男児だった。行方不明になった三日後、男児は首を切断された状態で発見された。

史上まれにみる猟奇殺人の犯人が未成年者だったことは、世間に大きな衝撃を与えると同時に、犯人の少年を神のごとく扱う輩を生み出した。彼らは当時少年院に収監された少年を、いまでもネット上で新興宗教の教祖のように崇《あが》めている。

昭和の時代、人気絶頂のアイドルが自殺をし、彼女のあとを追う自殺者が増えたときがあった。記事を書いたジャーナリストはそのときの現象を持ち出し、神戸の連続児童殺傷事件が、幼児に性的な欲求を抱いている者たちを触発し、結果、児童に対する性犯罪が増加したと分析していた。

犯罪件数の推移が記されたグラフの横に、世間が注目した未成年強姦殺人事件が数件記載されていた。被害者の年齢は、下は六歳から上は十一歳まで。そのなかに平成十年に群馬県の山中で起きた金内純子ちゃん殺害事件があった。純子ちゃんが行方不明になり、遺体で発見され、犯人逮捕に至るまでの経緯が簡略に記されていた。

記事は、現在、ネットで取引されている児童ポルノ画像が事件増加の要因であると指摘し、警察のサイバー犯罪対策と防犯への取り組みの甘さを糾弾することで結ばれていた。

緒方は手にしていた週刊誌を丸め、片手で握りしめた。

胸に怒りが湧いた。なにに対してなのかはわからない。捜査現場の苦労も知らず数字の分析だけで悦に入っているジャーナリストに対してなのか、事件を材料にして反権力を叫びたいだけの出版社に対してなのか、いまだ愛里菜ちゃん殺害事件の犯人に辿り着けずにいる自分たちの不甲斐なさに対してなのか。おそらくそのすべてに対してなのだと思う。

緒方は額に手を当てて、顔を左右に振った。

疲れで、神経がささくれだっている。シャワーではなく、久しぶりに浴槽に湯をはって風呂に入り、今日はもう寝よう。

その前に。

緒方は携帯を手にした。十時半。まだ起きているだろうか。

電話をかける。数コールで繋がった。

携帯の向こうから、高くもなく低くもない、心地よい声がした。

「もしもし、お疲れさま」

二日ぶりに聞く恋人の声に、苛立っていた気持ちが鎮まっていく。

緒方は幸知に訊ねた。

「まだ寝ていなかったかな」

幸知が携帯の向こうで、うん、と答えた。

「いまマーサを、夜の用足しに連れてって帰ってきたところ」

事件の捜査中は、普段なら聞き流すような言葉に過敏に反応してしまう。飼い犬と一緒とはいえ、夜に女性がひとりで出歩くことに危惧を覚える。

「あまりひと気のないところには、行かないほうがいい」

過敏になっている緒方の思いを察したらしく、幸知は安心させるように明るい声で言った。

「家の庭先に出しただけだから大丈夫よ。それに、いざとなったらマーサがいるしね」

そう言ってから、幸知は可笑《おか》しそうに笑った。

「とはいっても、もうマーサはおばあちゃんだから、ボディガードは無理か」

幸知は軽い冗談で言ったつもりらしいが、緒方は笑えなかった。

「戸締まりをしっかりしてくれよ」

緒方の真剣な口調に、少し間が空く。幸知が真面目な声で訊ねた。

「疲れてるみたいね」

「いや」

即座に否定した。恋人の前で、愚痴をこぼしたい気持ちはある。だが弱音を吐くことは、犯人への降伏のように思えた。

緒方の心情がわかっているのだろう。幸知は静かな声で言った。

「お父さんも現役の頃、私が疲れてるみたいって言うと必ず、いや、って答えた」

脳裏に、神場の顔が浮かぶ。目の下に隈を作り、頬が削げるくらい疲れていても、神場が弱音を吐くところを見たことはなかった。

ふいに、ぶっきらぼうだが温かみがある神場の声が、聞きたくなる。

神場が巡礼に出かけてから、およそ二十日が経つ。そのあいだに幾度か連絡をとっているが、このあいだ話したのは三日前、高知県にある三十四番札所種間《たねま》寺《じ》を参り、その日の宿に着いた頃だった。何の新しい情報も伝えられない緒方を神場は、頑張れ、と励ましてくれた。その優しさが、疲れている身に沁みた。

「神場さん、いまどのあたりかな」

訊くと幸知は、両親はいま三十七番札所の岩本寺《いわもとじ》周辺の宿にいると答えた。

「本当は、今日中に岩本寺をお参りしたかったらしいんだけど、お寺に着いたのが閉門したあとだったんですって。明日、岩本寺をお参りして、次の札所に向かうって母が言ってた」

そのあと、たわいもない雑談を交わし、もう一度、戸締まりを確認するよう注意を促し電話を切った。

緒方は携帯のネットで、岩本寺を検索した。高知県を流れる四万十川《しまんとがわ》のそばにある寺で、前の三十六番札所からかなり距離がある。おそらく二日ほど歩き通しだったはずだ。神場の携帯番号を押しかけてやめた。歩き疲れてもう休んでいるだろう。なにより、捜査の進展がなにもなく、報告できないことに気が引けた。

先ほどベッドの上に放り投げた週刊誌に目をやる。

この特集記事を神場が読んだら、どう思うのだろう。

純子ちゃん事件が起きたとき、緒方は高校一年生だった。事件を知ったとき、まだ女性とは呼べない幼女に性的関心を抱く心理がわからず、どんなやつが犯人なのかと想像を巡らせた。事件解決の一報がニュースで流れ、犯人の男の顔がテレビ画面に映し出されたときは、この男によって幼女の命が奪われることはもうないと安堵した。犯人を逮捕した警察に、心から敬意を表した。

しかし、自分が警官になり刑事課に所属するようになると、県警の輝かしい実績であるはずの純子ちゃん事件は、内部では世間と違う扱いをされていた。正しくは、一部の人間はまるで腫物のように、事件に触らず遠ざけていた。一部の人間とは、緒方より歳も階級も上で、純子ちゃん事件発生当時、県警と所轄の幹部だった者と、純子ちゃん事件の捜査に携わっていた捜査員たちだ。

後者には、鷲尾や神場が含まれていた。当時、鷲尾は所轄の刑事課長で、神場はその部下だった。ふたりとも、純子ちゃん事件の捜査に、第一線で当たっていた。

いまから三年前、緒方が県警の捜査一課強行犯係に配属されたとき、歓迎会が開かれた。酒が進むと席の移動がはじまり、そこかしこに人の輪ができた。

気がつくと、緒方は鷲尾と神場の三人で、酒を酌み交わしていた。

どうして純子ちゃん事件の話になったのか、覚えていない。いまにして思えば、ふたりから切り出すはずはないのだから、きっと自分の方から話を持ちかけたのだろう。

犯人が逮捕されたとき、自分がいかに警察の優秀さに心を打たれたか。あの事件をきっかけに、刑事を目指したと言っても過言ではない、と群馬県警を褒め称《たた》えた記憶がある。

力説する緒方とは裏腹に、卓の向かいで猪口を手にしているふたりは無言だった。唇を固く結び、苦行に耐えているような顔をしていた。

ふたりの様子がおかしいことに気づいた緒方は、恐る恐る訊ねた。

「俺、なにか気に障ることを言いましたか」

神場は猪口を座卓に置くと、いきなり立ち上がった。

「用足しに行ってくる」

緒方の問いを無視し、神場は部屋を出ていった。

やはりなにか自分は、ふたりの機嫌を損ねるようなことを言ったのだ。そう思った。

緒方は猪口を置くと、膝を擦って後ろに下がり、鷲尾に頭を下げた。

「すみません」

自分がなにをしたのかはわからないが、とにかく詫びなければと思った。

鷲尾が素早くあたりに目を走らせ、頭をあげろ、と命じる。

命令に従い頭をあげたが、顔はあげられなかった。

俯いている緒方に、鷲尾は声を潜めて言った。

「純子ちゃん事件のことは口にするな。特に、俺や神さんの前ではな」

自慢することはあっても、忌避したくなるような事案ではない。理由がわからず、顔をあげて目で問うた。

かなり酒が入っていたのだろう。素面《しらふ》では口にしないであろう言葉を、鷲尾は放った。

「あの事件は、県警にとって忌むべきものだ。俺も神さんも、二度とあんな事件が起きないことを祈っている」

これで話は終わりだ、とでも言うように、鷲尾は猪口に残っていた酒を一気に呑み干し席を移動した。

手洗いに行くと言って部屋を出ていった神場は、酒席には戻ってこなかった。おそらくあのまま帰ったのだ。

緒方はベッドの上に、仰向けになった。

白く灯る蛍光灯を見つめる。

純子ちゃん事件で何があったのかはわからない。しかし、鷲尾も神場も、十六年前に起きた事件を、いまでも心の傷として抱えていることは確かだ。そして今回、愛里菜ちゃん殺害事件が起きた。

純子ちゃん事件を思い出したくない、だが、愛里菜ちゃん殺害事件を無視することもできない。いまごろ神場は、巡礼をしながら葛藤しているのだろうか。自分が背負っているものと。

先が見えないなかで、ひとつだけ明確にわかっていることがあった。

愛里菜ちゃんを殺した犯人を必ず逮捕する、ということだ。

性犯罪は繰り返されるケースが多い。ふたり目の被害者が出る前に、なんとしてでも犯人を捕らえなければならない。

風呂に入らなければと思うが、身体が動かない。頭と身体が相反している。少し考えてから、緒方は身体が発している声を優先することにして、風呂は諦めた。

いまは寝る。明日、動くために眠る。

緒方は着替えることも忘れ、深い眠りについた。

5

神場の横で、天井を見上げながら香代子が感嘆の声を発した。

「すごい」

三十七番札所、岩本寺の本堂の天井は、格子を組んだ格天井《ごうてんじょう》になっていた。正方形の木枠のなかに、数えきれないほどの画《え》がはめ込まれている。題材は決まっていない。花や動物、自然、人物など様々だ。蓮、猫、月、花魁《おいらん》、マリリン・モンローまでいる。

「楽しいわね。見ていて飽きない」

香代子が画を眺めながら微笑む。

たしかに飽きない。どんな人が、どのような思いで描いたものなのか想像する。あの黒猫は、描いた人の飼い猫だろうか、あの桜はどこに咲いているものなのか。なぜ、月を描こうと思ったのか。

作者を思い浮かべながら天井を眺めていると、一枚の画が目に留まった。小さな女の子を描いたものだ。照明が行き届かない本堂の奥にあるせいか、どことなく人目を避けているような印象を受ける。

神場は女の子の画の下に立った。

眉の上で切りそろえた前髪と、はにかんだような笑みが愛らしい。歳の頃は三歳か四歳くらいか。

この画を描いた人物は、この子とどんな関係なのだろう。親か親族か、それとも、単に想像上の子供を描いたのか。

画を見つめているうちに、脳裏にひとりの男の顔が浮かんだ。須田健二。神場に、夜長瀬駐在所への異動を勧めた先輩だ。大きな身体に似合わない、人懐こい目が懐かしかった。

須田は絵が上手《うま》かった。学生時代、柔道部に所属し、自他ともに認める体育会系の猛者《もさ》が、ふとした時間の合間に描くスケッチは、絵画などまるでわからない門外漢の神場にも、ひと目でデッサンの基礎的素養が窺えるものだった。

須田の話によると、母親が美術学校の出で、子供の頃に絵画の基本を教えてくれたのだという。

神場が褒めると須田は、同じ課の女性職員の顔を描いたスケッチを、手のなかでくしゃっと丸めて自嘲気味に笑った。

「こんな特技、似顔絵専門の捜査官でもなけりゃ、なんの役にも立たないけどな」

自分の絵の才能を自慢することなどなかった須田が、腕を誇るようになったのは、子供が生まれてからだ。

子に恵まれたのは、須田が三十七歳のときだった。結婚してから七年目に授かった子宝を、須田は文字通り宝物のように大切にした。

須田に子供が生まれたとき、神場は所轄の刑事課に赴任して一年が経っていた。

香代子とともに産院へ見舞いに行くと、ちょうど授乳を終えた我が子を、須田が腕に抱いていた。

神場と香代子の見舞いを、須田と須田の妻、祥子《しょうこ》は喜んだ。須田はその場で、早くも親ばか振りを発揮した。

「目鼻立ちが整ってて美人だろう」

腹が満たされて満足しているのか、赤ん坊は父親の腕のなかですやすやと寝ていた。赤子というだけあり、肌は真っ赤だった。閉じている瞼は厚ぼったい。

のちに香代子から、赤ん坊は生まれてから数日のあいだ、分娩《ぶんべん》のときに圧迫された影響で瞼や唇などが腫れぼったくなることがあると教えられた。いまとなれば、はっきりしない顔立ちは、新生児特有のものだったとわかる。だが、そのときは生まれもった顔の造りなのだと思った。お世辞にも可愛いとは言い難い赤ん坊を美人だと褒めそやす須田を、神場は半ば呆れながらも微笑ましく見つめた。

我が子に須田は、幸恵《さちえ》と名付けた。幸せに恵まれる人生を歩んでほしいとの願いを込めてつけたらしい。

須田は暇さえあれば、子供の話をした。周りが呆れるほど、同じ話を繰り返す。特に、酒の席になると止まらなかった。最初は、首が据わっただのよく笑うだのという近況報告が、酒が進むと言葉だけでは足らず、懐から手帳を取り出しメモ欄に似顔絵を描きはじめる。昨今の父親ならば、携帯の画像を見せるところだろうが、当時はそんな文明の利器はない。笑顔、泣き顔、寝顔、愛娘《まなむすめ》の姿を生き生きと描く。まさに画才の見せどころだった。

須田はよく、神場と香代子を自分の住む官舎に呼んで、夕食をご馳走《ちそう》してくれた。刑事課に異動した神場を、以前と変わらず可愛がってくれていたこともあるが、娘を見せたいという思いもあったらしい。

親が心を開いている相手だからなのか、幸恵は人見知りをすることもなく、神場と香代子に懐いた。

まだ離乳していない幸恵は、乳臭かった。甘ったるい匂いに、なんとなく気恥ずかしさを覚えた。が、この匂いをずっと抱いていたいと思ったこともたしかだ。

伝い歩きがはじまり身体全体が引き締まってくると、幸恵の顔立ちがはっきりとしてきた。その頃には、自分の娘を美人だと褒める須田の言葉は、あながち親のひいき目ではないと神場も思うようになっていた。大きな目の下に形のいい鼻が収まり、唇はふっくらとしている。

「将来、どんな男を連れてくるんだろうな」

まだおしめも取れていない娘を抱きながら、須田はよくそうつぶやいていた。この器量なら、年頃になったらきっと悪い虫がたくさん寄ってくるだろう。幸恵の未来を案ずる須田の気持ちも、わからなくはなかった。

思えば、あのころが須田にとって、一番幸せなときだったと思う。

「可愛い子ね」

気がつくと、隣に香代子がいた。神場が見ていた女の子の画を見上げている。

神場は天井に目を戻した。

急に心が重くなった。一枚一枚の画が、人の人生の、大切な断面のように思えてくる。何百人もの知らない人間の人生が、伸《の》し掛かってくるようで息苦しくなった。

「出るか」

神場の言葉に、香代子は無言で肯いた。

本堂から出た神場は、眩しさに目を細めた。

梅雨の晴れ間の陽光が、空から降り注いでいる。本堂の横で枝を広げている楓《かえで》の緑が目に鮮やかだ。境内を歩いているふたり連れの若い女性が、楽しそうに笑っている。明るい声に、先ほどの胸の閊《つか》えが、少し軽くなる。

本堂の隣にある大師堂の前に、数人の巡礼者が列を作っていた。

香代子が言うには、奥之院の本尊である矢負地蔵大菩薩《やおいじぞうだいぼさつ》が開帳されているのだという。

「普段は秘仏だから、お姿を拝見できるのは貴重なのよ」

巡礼の手引書で知った情報を、自慢げに話す。香代子は続けて、その菩薩にまつわる言い伝えを神場に教えた。

「昔、信心深い狩人《かりゅうど》がいてね。もう殺生は止めたいと願うんだけど、年貢の取り立てが厳しくて、悩んだ末に自分の胸を矢で射抜くの。気を失って目が覚めると、自分の胸に傷はなく、代わりに傍らにあったお地蔵様の胸に、自分の胸を貫いたはずの矢が刺さっていたんですって。それからそのお地蔵様は、矢負地蔵大菩薩と呼ばれるようになったらしいの」

「地蔵が狩人の身代わりになったのか」

「そうよ」

香代子は真面目な顔で答える。

参拝を終えた順に、大師堂から人が立ち去る。

神場と香代子は地蔵菩薩の前に立った。普段は見ることが叶わない秘仏は、半跏《はんか》と呼ばれる格好で台座に腰掛けていた。口元に慈悲深い笑みを湛《たた》えている。

地蔵菩薩をじっと見ているうちに、胸に言い知れない苛立ちが込み上げてきた。

須田の妻、祥子が急逝したのは、幸恵が一歳の誕生日を迎えた翌週だった。

須田が非番の日、祥子は須田に幸恵を預けて、車で買い物に出かけた。食料や日用品を買い込み帰宅する途中、祥子は事故に遭った。反対車線を走行してきたトラックが、中央線をはみだし、祥子が運転する軽自動車と正面衝突したのだ。原因は、トラックを運転していた男の居眠りで、祥子の車両は大破。祥子は臓器損傷で死亡した。須田からあとで聞いた話によると、ほとんど即死だったらしい。斎場で亡き妻の骨が入った骨壺《こつつぼ》を抱きながら、苦しまなかったのがせめてもの救いだ、と須田はぽつりとつぶやいた。

須田は、忌引きが明けるとすぐに仕事に復帰した。

幸恵は近くの保育園へ預けた。須田には、幼い幸恵の面倒を見てくれる身内がいなかった。両親はすでに他界し、兄弟はいない。祥子の親族も、脳梗塞で下半身が不自由になり介護施設へ入っている母親が、ひとりいるだけだった。

最愛の妻と、子の母親を失った須田のやつれ方はひどいものだった。ろくに食事もとっていないのか、眼窩は落ち窪み、頬はげっそりと削げている。

須田が幸せそうに微笑むのは、幸恵といるときだけだった。

警官の仕事は、定時に終えられるものではない。保育園の迎えの時間を大幅に過ぎることも、たびたびだった。そんなとき、須田に代わって幸恵を迎えに行くのは、香代子の役目だった。

子供がいない香代子は、幸恵の面倒を見ることを自ら申し出た。ときに幸恵と須田の夕飯もこしらえ、四人で食卓を囲んだ。母を失ったこともわからず、幸恵は嬉しそうに香代子が作った食事を食べた。

眠ってしまった幸恵を背負い、自宅へ帰ろうとする須田に、まとまった休みをとってはどうかと勧めたことがある。心身ともに疲れている須田には休養が必要だと思ったし、幸恵も父親との密な時間を求めているように思えた。

須田は神場の助言を受け入れなかった。背中で寝息を立てる娘を肩越しに見つめながら言う。

「俺はこいつのたったひとりの父親だ。こいつを育てる義務がある。働かなければ食ってはいけない。感傷に浸っていては生きていけないんだ」

須田は、見送るために官舎の外まで出てきた神場に、申し訳なさそうに頭を下げた。

「いつも奥さんに甘えてばかりですまない」

背中から幸恵が落ちそうになるほど腰を曲げる須田を、神場は慌てて下から支えた。

「なにを言ってるんですか。幸恵ちゃんの世話は、俺たちが好きでしているんです。俺も香代子も、幸恵ちゃんが可愛いんです。逆に俺たちが、大事な娘さんを預からせてくれてありがとうございますって、須田さんに礼を言わなきゃいけないくらいです」

須田はそれ以上、なにも言わなかった。黙って車に乗り込むと、助手席に座らせた幸恵にシートベルトを着けた。

運転席の窓を開けて、須田が神場を見つめる。目には深い感謝の色が浮かんでいた。視線に込められている思いを、神場は無言で受け取った。自分の気持ちが伝わったと感じたらしく、須田は小さく肯いて車を発進させた。

祥子が亡くなってから一年ほどは、何事もなく時間が過ぎた。日々、繰り返される日常のなかで、須田は娘の笑顔に支えられながら、愛妻を失った辛さと悲しみを、乗り越えはじめていた。

そんな須田に悲劇が襲いかかったのは、祥子が亡くなって一年半が過ぎたころだった。

幸恵は二歳半ばになっていた。その年齢特有の反抗期を迎え、なにに対してもイヤイヤと首を振る。幸恵のはじめての反抗期に手こずりながらも、健やかな成長をみんなで喜んでいた矢先だった。

夏の夕方だった。周りを山に囲まれた盆地は、熱を含んだ大気の逃げ場がなく、陽が落ちてもじっとりと暑い。所轄の古い建物は空調の利きが悪く、署内にいる職員たちは、うんざりした表情で仕事をこなしていた。

刑事部屋に緊急無線が流れたのは、神場が用足しに行こうと立ち上がりかけたときだった。繁華街の裏路地で、交通課の課員が、職質を行った相手から刃物で刺されたという一報だった。無線から流れてきた被害者の名前に、神場は椅子から腰を浮かせた姿勢のまま動けなくなった。

須田だった。

犯人はその場で逮捕された。言っていることが支離滅裂で、クスリをやっている可能性が高いという。須田は到着した救急車に乗せられ、病院へ搬送中とのことだった。

無線を聞いている神場の頭に、真っ先に浮かんだのは、幸恵だった。

すぐに自宅へ連絡を入れ、電話に出た香代子に事情を伝えた。

「いますぐ幸恵ちゃんを保育園へ迎えにいってくれ。須田さんが搬送された病院がわかり次第、連絡する」

あまりに突然のことに、事態が呑み込めていないのだろう。いま起きていることがどれほど重大なことか理解するまで、しばらく香代子は絶句していた。

「あなた、須田さんは……」

やっと出たのが、そのひと言だった。それ以上のことは、怖くて訊けないようだった。

「須田さんがどんな状態なのか、まだなにもわからない。とにかく、お前は幸恵ちゃんと一緒に、いつでも病院に来られるよう待機していてくれ」

はい、と絞り出すように答えると、香代子は慌ただしく電話を切った。と同時に、無線から連絡が入った。須田を乗せた救急車は、まもなく、現場から三キロほど離れた場所にある総合病院へ到着するという。臓器の損傷が激しく出血が多い。須田の意識はないらしい。

神場はすぐに、須田が運び込まれた病院へ向かった。

手術室の前には、須田と巡回を共にしていた若い警察官がいた。神場の姿を見ると、ビニール製の長椅子から立ち上がり、いまにも泣きそうな顔で言った。

「一緒にいながら、こんなことになってしまい、すみません」

神場に向かって、膝につくぐらい頭をさげる。

「須田さんは」

容態を訊ねると、顔をあげた若い警察官は、神場から目を逸らした。言葉にしなくても仕草が、状態は厳しいことを物語っていた。

病院の公衆電話から、香代子へ電話を入れた。電話に出た香代子に病院の名前を告げ、幸恵とともにすぐに来るよう伝える。

「急げ」

神場のひと言で、香代子は須田が置かれている状況を悟ったようだった。すぐ行きます、と返事をし、香代子は電話を切った。

幸恵を抱いた香代子が病院へ駆けつけたのは、十五分後のことだった。顔が蒼《あお》ざめ、走ってきたせいか息を切らしていた。

手術室の前で口を利くものは誰もいなかった。事情を知らない幸恵だけが、あたりを物めずらしげに眺め、自分を抱いている香代子に目に付くものの名前を訊ねている。

手術開始から二時間が過ぎたとき、手術室の扉が開いた。壁に取り付けられている表示灯には、まだ、術中を知らせる赤いランプがついている。青い手術着を着たまま、執刀医はあたりを眺めて、重々しい声で訊ねた。

「ご親族の方、もしくは会わせたい方がいらしたら、すぐに呼んでください」

神場をはじめ、あとから駆けつけた交通課の課長や捜査員たち、その場に居合わせている誰もが口を利けなかった。

神場の後ろにいた香代子が、幸恵を抱いたまま執刀医の前に歩み出た。

「この子、被害者の――須田さんのお子さんです。たったひとりの、肉親です」

香代子の答えに、執刀医は須田の家族構成を察したらしく、辛そうに唇を引き締めると、幸恵を抱いた香代子へ、手術室に入るよう促した。

香代子が目で、神場もついてきてくれるよう訴える。

課長をはじめとする同僚たちは、廊下に留《とど》まった。誰もが、須田と一番交流を持っていたのは神場たちだと、知っている。自分たちは立ち会うべきではない、と判断したようだった。

手術室のなかは、心電図のモニターと人工呼吸器の音だけが響いていた。

手術台の上に須田が横たわっていた。身体にかけられた白いシーツの脇から、いくつものチューブが、周りの医療機器に繋がっている。顔は土色で、すでに生気はなかった。

助手の医師と心電図のモニターを監視している看護婦のほかは、誰もいない。それは、すでに手術は終わり、執刀医が須田の救命を諦めたことを示していた。

「手を尽くしましたが、失血と腎臓の損傷が激しく、これ以上、手の施しようがありません」

執刀医は、いまの須田の状況を詳しく説明していたが、神場の頭にはなにも入らなかった。ひとつだけわかったのは、須田は二度と目を覚まさない、ということだった。

手術台の脇に立ち、須田を見下ろした。ただ、見下ろす。それしかできなかった。

部屋のなかに、須田を呼ぶ声がした。

幸恵だった。

香代子に抱かれたまま、幸恵は自分の父親へ手を伸ばした。

「おとうしゃん」

舌足らずな言い方で、幸恵が父を呼ぶ。

香代子は、急いで幸恵を須田へ近づけた。

幸恵は須田の頬を、小さな手でぴたぴたと叩いた。

「おとうしゃん、あしゃよ。おきて、おとうしゃん」

見ていられなかった。目から溢《あふ》れそうになる涙を堪《こら》えるのが精いっぱいだった。

香代子が、頬を濡らしながら幸恵を励ます。

「そうよ、幸恵ちゃん。お父さんを起こさないと。朝ですよ、お父さん、起きなさい」

起きなさい、起きなさい、と香代子は繰り返す。輪唱のように幸恵が香代子のあとを追う。

「おきなしゃい、おきなしゃい、おとうしゃん」

多くの者の祈りは届かず、須田はまもなく息を引き取った。

地蔵菩薩を見つめる神場は、手にしている金剛杖を強く握りしめた。

事件、事故、病、様々な理由で、人は望み半ばにして死に至る。ひとり娘を残して逝かなければならなかった須田の無念は、どれほどのものだったろうか。

脳裏に、十六年前に山中で発見した純子ちゃんと、先日のニュースで見た愛里菜ちゃんの顔が浮かぶ。子供を奪われる悲しみと、子を残して逝かねばならない辛さ、どちらが重いのか。

いや、と神場は心で首を振った。感情は比べられるものではない。悲しみはその人のものでしかなく、当事者は抱えた辛さに、ひたすら独りで耐えるしかない。

神場は地蔵菩薩を睨んだ。

神や仏が人を救えるのならば、なぜ人の苦しみはなくならないのか。いま目の前にいる秘仏が、本当に、自ら命を絶とうとした狩人の身代わりになったのだというなら、なぜ、須田や祥子の身代わりになってくれなかったのか。

神場の問いに、秘仏はなにも答えない。穏やかな目をして、神場を通り越し、さらなる虚空を見つめているだけだ。

神場は、巡礼をしている自分が愚かに思えてきた。

辛い思いをしながら札所を回って、読経をし、仏に手を合わせる。そんなことをして、なんの意味があるのか。神も仏も無情だ。何びとも救われることはない。

本尊の真言を唱え終えた香代子が、いつまでも手を合わせない神場を急《せ》かした。

「後ろの方が待ってるわ。早くお参りをしていきましょう」

言われて振り返ると、参拝を待っている巡礼者がいた。すぐ後ろにいる年配の女性は、ごゆっくり、とでも言うように、優しい笑みを浮かべて神場に軽く会釈をした。

神場は地蔵菩薩に手を合わせることなく、素早くその場から離れた。

様子がおかしいと気づいたのだろう。足早に大師堂を立ち去ろうとする神場を、香代子が追いかけてきた。

「どうしたの。地蔵菩薩さまを拝みもしないで立ち去るなんて」

「本堂で拝んだからいいんだ」

足を止めず、無愛想に答える。

笠を深く被り、いまの自分には明るすぎる日差しを遮る。

――巡礼をやめようか。

思いついたことが、口から出そうになる。その言葉を、神場は咽喉の奥に押し込めた。

巡礼の旅は、自分が関わった事件の、被害者の弔いのためにはじめたものだ。信心があろうがなかろうが、途中で旅をやめてしまっては、被害者たちの魂に顔向けできない。

そう思い返した。

――それに。

神場は白衣のポケットから、携帯を取り出した。

緒方から連絡はない。

ここで引き返したら、十六年前の純子ちゃん事件と、まだ犯人が捕まっていない愛里菜ちゃん事件から、目を背けることになる。そんな思いもあった。

神場は足を止めて空を見上げると、大きく息を吐き、後ろから足早についてくる香代子を振り返った。

香代子は神場から少し離れたところで立ち止まった。距離をとり神場の様子を窺っている。

神場は意識して、普段と変わらない声で言った。

「次の寺までの道のりは長い。空がいいうちに、少しでも先へ進もう」

表情が和らいだ夫に、安心したのだろう。香代子はほっとしたように微笑み、仁王門に目を向けた。

「その前に、ひと休みしない？」

香代子について仁王門を出ると、すぐそばに和菓子屋があった。

「これください」

店の奥に声をかけ、香代子は桜貝の形をした落雁《らくがん》をふたつ買った。

店の外に置かれている、緋毛氈《ひもうせん》が敷かれた木製のベンチに腰掛け、ペットボトルのお茶と一緒に口にする。疲れた身体に、和三盆の甘さが優しい。

「この桜貝の落雁はね。小室《おむろ》の浜に弘法大師さまが桜を見に行ったとき、すでに桜は散ってしまっていて、大師さまは嘆かれたんですって。そうしたら、浜辺にいた貝たちが一斉にその身を桜に変えたという伝説があるらしいの」

香代子は食べかけの落雁を見ながら、つぶやいた。

「きれいな伝説ね」

麗しい浜辺に弘法大師が立ち、その足元で波打ち際にあった貝の姿が、一斉に桜の花びらに変わる。たしかに美しい光景だ。

落雁を食べながら香代子は、なにか思いついたようにぱっと顔を輝かせた。

「これ、日持ちするから、幸知へ買っていってあげよう」

まだ道中は長い。荷物になるからやめた方がいいと止めたが、香代子は聞かなかった。

「荷物が重くなったら、前に買ったクマのマスコットがついたお守りと一緒に宅配便で先に家へ送るわ。このあいだの電話で、早く欲しいって言ってたし」

香代子は優しさを湛えた目で、神場を見た。

「私たちが見たものや食べたものを、写真やお土産を通して、幸知にも見せてあげたいの」

香代子と幸知は、三日と空けずに電話をしている。よくそれだけ話すことがあると呆れながらも、仲が良いふたりの姿が嬉しくもあった。

桜貝の形をした白い落雁を見て喜ぶ幸知の顔が目に浮かぶ。

神場はそれ以上、止めなかった。

土産を買い終えた香代子は、菓子の包みをリュックにしまい、神場を見上げた。

「行きましょうか」

香代子は満足げな顔で、歩きはじめた。妻を追う形で、神場も岩本寺をあとにした。

6

総欅《そうけやき》造りの重厚な仁王門をくぐると、神場は腰を伸ばして顔をあげた。

午前の早い時間だというのに、空は抜けるように青い。雲ひとつない日本晴れだ。

隣にいた香代子が、菅笠をわずかにあげて、眩しそうに目を細めた。

「やっと、ここまで来たのね」

神場たちは、四十番札所の観自在寺《かんじざいじ》を訪れていた。順打ちだと、愛媛県に入り最初にある寺だ。一番札所の霊山寺からはもっとも離れた場所にあり、四国霊場の裏関所と呼ばれている。

歩き巡礼をはじめてから、およそひと月が過ぎた。気象庁はまだ、四国の梅雨明けを発表してはいないが、おそらくここ数日のうちに宣言することだろう。七月の中旬に差し掛かったこの時期、例年ならば四国は、そろそろ梅雨が明けるころだ。実際、降り注ぐ日差しの強さは、すでに夏の到来を告げている。

手水舎で手と口を洗い、身を清める。水の冷たさが心地いい。

本堂へ向かう途中、前を歩いていた香代子がふいに足を止めた。

「あなた、これ」

神場を見て、笑みを零す。

「可愛いわね」

香代子が指さす先には、蛙《かえる》の石像があった。長年、雨風にさらされたせいで、表面は色がまだらになっている。幼い子供がうずくまったくらいの大きさだ。蛙の背には、二匹の子蛙が負ぶさっていた。親蛙は仁王門を向いているのに対し、一匹の子蛙は巡礼者を迎えるかのように参道に顔を向け、その後ろに張り付いている子蛙は空を向いている。

「栄《さか》かえる」だ、と香代子が言う。手引書で知ったらしい。

蛙の容貌は、子供や若い娘が喜びそうな、アニメやマンガのキャラクターとはかけ離れている。人為的な愛嬌《あいきよう》を加えず、見たままの蛙をそのまま大きくしただけのものだ。しかし、目の前の栄かえるには、香代子の言うように、不思議な愛らしさがあった。

「撫でると、ご利益があるみたいよ」

蛙のそばの石碑に、文字が刻まれている。子孫繁栄や金運、健康長寿のご利益を謳ったものだ。

香代子はひとつ息を吐いて目を閉じると、なにかを願うように蛙の頭を撫でた。

願掛けが終わり、振り返って促す。

「あなたもどうぞ」

「俺はいい」

神場はぼそりと言った。

そのまま本堂に向かって歩き出す。

後ろから、香代子の含み笑いが聞こえた。

「あなたは若い頃から、蛇や蛙が苦手でしたからね」

香代子の言うとおり、神場は子供の頃から爬虫類《はちゅうるい》や両生類が苦手だった。体毛のないぬめぬめとした皮膚が、生理的に受け付けられない。

香代子は神場が、蛙が嫌いだから石像を撫でないと思ったようだが、そんな子供じみた理由で、願掛けを避けたわけではない。

神場は札所を回りながら、自分の半生を振り返っていた。振り返れば振り返るほど、信心への疑問を抱きはじめていた。

人生は不条理なものだ。人は自分の意思とは関係なくこの世に生を享け、産み落とされる。人に、生まれる場所や時代の選択権はない。まして、親を選ぶことなどできない。生まれながらにして不幸を背負わされている者もいれば、誰の目から見ても幸福が約束された環境に生まれる者もいる。

世は理不尽だ。いくら努力しても報われない人間や、神や仏に縋《すが》っても幸せになれない人間が、間違いなくいる。本人に非がなくとも、艱難辛苦《かんなんしんく》の茨《いばら》の道で、ぼろぼろになり朽ち果てる者がいる。天災、人災を問わず、人生の半ばで命を奪われる者もいる。刑事という仕事柄、理不尽な仕儀で奈落の底に突き落とされたり、無残な形で命を落とした者を、数多く見てきた。そうした被害者を思い出すたびに、願を掛けることになんの意味があるのだ、という思いが募ってきた。

そもそもこの巡礼に、意味はあるのか——

被害者を救えなかった自分への、慰めに過ぎないのではないか。単なる自己満足ではないのか。

空は晴れていても、心のなかに鬱々たる雲が湧いてくる。巡礼の旅を続ければ続けるほど、陰鬱な思いが、重く立ち込めてくる。

寺を回るごとに無口になっていく夫に、香代子は気づいているのかいないのか、願掛けを避ける理由を特に訊ねてこなかった。いつもと変わらない笑顔でやり過ごし、神場のあとになり先になり、巡礼を続けている。

本堂に参り、納経所で朱印をもらうと、山門を出た。

次の寺を目指して歩きはじめたとき、香代子が神場を呼び止めた。

「あなた、ちょっと寄り道しない？」

少し足を延ばして、海岸に行きたいという。

神場は呆れて嘆息した。

「海なんか、ずっと見てきたじゃないか」

高知に入ってから、海沿いの道をひたすら歩いてきた。海がない群馬で暮らしているとはいえ、ここ数日は飽きるほど見ている。いまさら、改めて見ることはない。先を急いだ方がいい。

神場は窘《たしな》めた。

が、香代子は神場の意見に従わなかった。海が見たいのではないという。

「じゃあ、いったい、海岸に行って、なにをするんだ」

声がわずかに尖る。

香代子は神場の苛立ちを無視し、海へ続く道の先を眺めた。子供のように天真爛漫《てんしんらんまん》な口調で言う。

「展望タワーに上りたいの」

この先に、湾が一望できる展望タワーがあるという。

「回転昇降式で地上百メートル以上も上るんですって。天気がいい日は九州のほうまで見えるらしいの。頂上からの光景は壮観だって、前に読んだ四国のガイドブックに書いてあった。天気が悪かったら諦めたけど、こんなに晴れてるんだもの。見てみたいと思わない、ねえ？」

言葉では訊ねているが、声には、なにがなんでも肯かせようとする強引さがあった。急ぐ旅ではない。それに、現役時代は、仕事とはいえ自分の都合に合わせた生活を妻に強いてきた。引退したいま、ささやかな罪滅ぼしとして、妻のわがままを聞くべきなのではないか、と神場は思った。

「少しだけだぞ」

香代子が顔を輝かせ、軽やかな足取りで海に向かって歩きはじめる。

小高い山の上にある展望タワーの展望室は、二十分間隔で運行していた。高い建物がないなかで、赤と白のペンキで塗られた鉄塔だけが、空に向かって伸びている。

料金を払い乗り込むと、展望室がゆっくり回転しながらあがっていく。

天辺《てっぺん》までくると、香代子は感嘆の声をあげた。

「きれいね。やっぱり来てよかった」

香代子の言葉に異論はなかった。付き合う形でついてはきたが、遠回りしてよかったと素直に思う。それほど、展望タワーからの景観は素晴らしかった。

真っ青な空と、澄んだ海に浮かんでいる小島の冴え冴えとした緑が美しい。胸のなかの暗鬱な雲が、わずかに晴れてくる。

海面に行儀よく並んでいる筏《いかだ》を指さし、香代子が自慢げに言う。

「あれは真珠の養殖をしているのよ。筏の下にたくさんのアコヤ貝が吊るされていて、長い時間をかけて真珠を育てているの」

真珠の養殖の情報も、ガイドブックで知ったのだろう。

思えば、香代子は真珠のネックレスをもっていない。幸知の学校の入学式や卒業式につけていたものは、数千円の偽物だ。神場の給料は、家のローンの支払いと娘の学費であらかた消えていた。高価な本物を買う余裕など、家計にはなかった。

「真珠のネックレスが欲しいのか」

もしかしたら、香代子が暗に、買ってほしいとねだっているのかと思った。

ローンの一括返済で半分消えたが、退職金はまだ残っている。いまなら、少しばかりいいものを買ってやれる。

香代子は意外そうな顔で神場を見ると、すぐに噴き出した。

「いやだ。そんなつもりで言ったんじゃないわよ。私なんかが本物つけたって、偽物にしか見えないもの」

それに、と言って香代子は視線を海面に戻した。

「もし買うんだったら、幸知に買ってあげて。あの子の方が、私よりもこれから身に着ける機会が多いもの」

幸知が結婚して、子供が生まれたときのことを考えているのだろう。

頭に緒方の顔が浮かび、苦い気持ちになる。

理由はふたつあった。ひとつは、幸知を刑事の妻にしたくないからだが、もうひとつは、愛里菜ちゃん殺害事件に、進展が見られないからだ。

緒方から電話があったのは、昨日のことだった。宿に着き、夕食のあと寛《くつろ》いでいたときに携帯が鳴った。

画面を見なくても、緒方からだとわかった。幸知ならば、香代子の携帯へ連絡をする。退職したいまの神場に連絡を寄こす者は、緒方くらいしか思い浮かばなかった。

携帯を開くと、やはりそうだった。

神場は携帯を手に、廊下へ出た。

香代子は巡礼の途中でたびたび入る電話が誰からなのか、詮索はしなかった。現役時代の習慣がいまだに残っているのか。うすうす愛里菜ちゃん事件がらみの連絡だと察して、敢えてなにも言わないのか。いずれにせよ、詮索されないのはありがたかった。

携帯に出ると、緒方の弱々しい声がした。

「いま、よろしいですか」

覇気のない声音から、新しい情報はないとすぐにわかった。定期的な連絡だ。

神場の予想どおり、事件に進展はなかった。唯一、新たにわかった情報は、愛里菜ちゃんの遺体に付着していた砂状の粒子が、佐々保川《ささほがわ》周辺のものと酷似している、と判明したことぐらいだった。

佐々保川は羽真川の支流で、アユ漁が解禁になると、多くの釣り人の姿が見られる川だ。支流とはいえ、全長は十五キロにも及ぶ。広大な範囲のなかから、愛里菜ちゃん殺害事件に結び付くなにかしらの痕跡を見つけ出すことは、川底からひと粒の砂金を捜し出すくらい難しい。

ただ、ひとつはっきりしたのは、その砂は犯人の身体に付着していたものである、ということだった。愛里菜ちゃんが通っていた小学校から自宅までのあいだに、佐々保川はない。通学路から佐々保川の川原までは三キロも離れている。小学一年生の子供が、ひとりで歩いていける距離ではないし、佐々保川に向かって歩く愛里菜ちゃんの目撃情報もなかった。犯人は佐々保川周辺になんらかの関係がある。それが捜査本部の見解だった。

「ですが、それがわかったからといって、捜査に大きな進展はありません。前から会議で言われていたことですが、その砂が犯人の身体についていたものだとわかっても、犯人が近くに住んでいるのか、勤務先が佐々保川近辺なのか、たまたま立ち寄っただけなのか、今の段階では調べようがありません」

警察が手に入れる情報には二種類ある。被疑者を絞り込むために役立つものと、被疑者が浮かんでからしか、意味をなさないものだ。あらかじめ、被疑者が絞り込めている事件なら、佐々保川の川原の砂は有力な情報になり得る。しかし、今回のように、被疑者の見当が摑めない事件では、ほとんど意味をなさない。いま欲しいのは、前者の情報だ。現在、警察が入手している情報は、不審車両の目撃証言以外、犯人のＤＮＡ、川原の砂など、すべて被疑者があがってからしか、使い物にならないものだ。唯一の手がかりである不審車両に関しても、いまだ、所有者はおろか、該当車両の特定にすら至っていない。

「要は、事件解決に向けて、なにも進展はないということだな」

神場がそう言うと、携帯の向こうで緒方が、すみません、と小声で詫びた。

捜査が進まないのは、緒方のせいではない。

神場は快活な口調を装い、話題を変えた。

「声に力がないな。ちゃんと飯は食ってるのか」

「はい、食べています」

「捜査に必要なのは体力だけじゃない。持続する気力も大切だ。仕事に没頭するのはいいが、たまには息抜きも必要だぞ」

言ってから、はっとした。

緒方にとっての息抜きは、幸知との交流ではないのだろうか。そう思うと、気が重くなった。

「飯と睡眠だけは、きちんととれよ」

神場は唐突に話を切り上げると、電話を切った。

切れた携帯を手に、しばらく廊下に佇んだ。

緒方と幸知の交際を、どうしても認める気持ちにはなれなかった。


展望タワーを下りると、周辺を散策することにした。どちらから誘ったわけでもない。自然に足が、遊歩道へと向かった。海から吹く風と、あたりに茂る緑の匂い、明るい日差しが心地よかった。

岬の突端に、休憩所があった。木の板を数枚渡しただけの簡易なものだが、日陰を作る屋根もあるし、スチール製のベンチもある。ふたつあるベンチは横に並んで、海が眺められるように置かれていた。

ベンチにひとり、巡礼姿の男が座っていた。背もたれに身を預け、ぼんやりとした様子で海を見ている。

岬へ続く遊歩道を歩いてきた神場の目からは、男の背中しか見えない。

香代子は、爽やかな海風を、胸いっぱいに吸い込んでいた。ベンチに腰掛けている男など、気にも留めていない様子だ。

しかし、神場は男が気にかかった。どこかで会ったことがある。長年、人を熟視してきた元刑事の直感だった。

休憩所がある敷地は、さほど広くはない。海を見ようとすれば、自然にベンチとの距離が近くなる。

落下事故防止用に設置された、錆《さ》びた鉄製の柵から身を乗り出し、香代子が海を眺める。

香代子に寄り添い、神場はそっと男の方を窺った。

視線を感じたのか、男の目が神場に向けられた。

やはり――

十一番札所の藤井寺から次の寺である焼山寺へ向かう山道の仏堂で、出会った男だった。

男の顔立ちは、特徴があるものではない。道ですれ違ったくらいでは、記憶に残らない凡庸なものだ。しかし、一度見たら忘れられないものを男は持っている。目だ。

浄蓮庵で会ったときに見た、男の目――深く穿《うが》たれた窪みのなかに、暗い闇が沈んでいた。

会釈して男の前に立つと、声をかけた。

「また会いましたね」

男は小さく顎を引き、会釈を返した。

「その節は、ごちそうさまでした」

ベンチから立ち上がり、頭を下げる。

たったふたつの飴玉を、男は律儀に覚えていた。

普段、自分から話しかけることなどほとんどない夫が、旅先で人に声をかけたことに驚いたのだろう。香代子は何事かと、柵を離れて神場のそばに駆け寄ってきた。男を見て、怪訝《けげん》そうな表情を見せる。

「ほら、浄蓮庵でお会いした――」

神場のひと言でやっと思い出したらしく、ああ、と得心の声を漏らしたあと、香代子は丁寧に頭を下げた。

神場は男が座っているとなりのベンチに腰を下ろした。横に、香代子も腰掛ける。

当たり障りのない会話をしながら、神場はさりげなく男を観察した。

よく見ると、白衣や菅笠、首にかけている輪袈裟は、まだ新しいものだった。神場たちと同じく、おそらく今回がはじめての巡礼なのだろう。男が身に着けているもので、長年使用していると思われるものは、古びた登山用のリュックくらいだ。

男には、不思議と生活臭が感じられなかった。

会話をしていると、たいがい言葉の端々から、相手の暮らしぶりが感じ取れる。

住んでる土地柄や人間関係、家族構成や趣味などが、言葉にしなくてもある程度、推察できたりするものだ。

しかし、男の得体はまったく知れなかった。神場や香代子の問いかけに、はあ、とか、ええ、といった相槌《あいづち》を打つだけで、どんな話題にも関心を示さなかった。世の中に興味はない、男はそんな厭世的《えんせいてき》な雰囲気を纏《まと》っていた。

神場のなかに、現役のころの職業意識が蘇ってきた。

口が堅い被疑者をなんとしてでも落としたい、そんな気持ちだ。

因果な悪癖だ、そう思いながらも、気持ちを抑えきれなかった。かといって、旅先で出会った相手に、根掘り葉掘り素性を訊ねるような真似は、さすがに躊躇《ためら》われた。

男がベンチから立ち上がった。

「お先に失礼します」

ベンチに置いていたリュックを肩にかけ、この場を立ち去ろうとする。

咄嗟に、男の背に声をかけた。

「これから、延光寺《えんこうじ》へ向かわれるんですか」

男は踏み出した足を止めて、神場を見た。触《ふ》れられたくないところを触《さわ》られた、そんな顔だった。

延光寺は三十九番札所だ。神場は暗に、男に逆打ちをしているのか、と問うた。

もう二度と会うこともないであろう人間に、敢えて嘘をつく必要もないと思ったのだろう。男は硬かった表情を緩めて肯いた。

「そうです。これから延光寺に行きます」

「逆打ちはきついでしょう。しかも、歩きとなればなおさらです」

神場は男の足元を見やった。

男のシューズは、泥と土で汚れきっていた。スポーツブランドの、機能が優れているものではない。近所のスーパーで売っているような安物だ。磨《す》り減っているゴム底の薄さから、かなりの距離を歩いていることがわかる。クッションがきかない靴では、足裏や膝にかなりの負担がかかっているはずだ。

男は泣き笑いのような、複雑な表情をした。

「私は、楽を求めて巡礼をしているわけではありません。楽をして寺を回ろうとも思わないし、巡礼を終えたからといって、自分の気持ちが楽になるわけではありません」

男はわずかに目を伏せた。

「自分が背負っているものは、百回お遍路をしても下ろせないほどのものです」

自分で自分を戒めているような、重いつぶやきだった。

三人のあいだに、沈黙が広がる。

空で、甲高いウミネコの声がした。

男が我に返ったように、はっとして顔をあげた。気まずい空気を払拭するように、わずかにおどけて見せる。

「本当は、順番通りに逆打ちをしたいのですが、恥ずかしい話、ここの余裕がなくて、区切り打ちでの巡礼をしています。順番通りに遡っていたら、あなた方に再び会うことはありませんでした」

ここ、と言いながら、男は自分の懐を叩いた。

男は真顔に戻ると、頭に載せていた菅笠を目深に被り、会釈をすると遊歩道へ消えていった。

「なんだか、曰《いわ》くありげな人のようね」

男の姿が消えた遊歩道を見やりながら、香代子は小さく息を吐いた。

問いかけに答えず、神場は傍らのリュックを手に取った。

「俺たちもそろそろ行こう」

香代子は黙って肯くと、ベンチから立ち上がり、自分のリュックを背負った。

入り組んだ湾に沿って続く道を歩きながら、神場は男が残した言葉を思い返していた。

——私は、楽を求めて巡礼をしているわけではありません。

結願した者のなかには「生まれ変わったようだ」とか「目的を果たせた」という充実

感を覚える者が多いと、巡礼の手引書で読んだ。

巡礼をしようと決めたのは、経験者の言葉によるところも大きい。結願した暁には、自分が抱えている重たいなにかがわずかでも軽くなり、気持ちが楽になるだろうか、という淡い希望があった。

しかし、巡礼を続けるにつれ、手引書に書かれていた結願者の感想は、自分に当て嵌《あ》《は》まるものではない、と思うようになった。そのうえ、巡礼する意味すらわからなくなってきている。さらに、先ほどの男の言葉が、重い気持ちに追い打ちをかけた。

自分もあの男のように、結願したからといって、気持ちが楽になるわけではない。百回巡礼を行ったとしても、自分が犯した過ちが消えることはなく、気持ちが楽になることもない。

神場は顔をあげると、遠く水平線を見やった。

退職したら巡礼の旅に出る、と香代子に告げた日のことを思い出す。退職を二週間後に控えたときのことだ。

台所で夕飯の後片付けをしていた香代子は、洗い物の手を止めて神場を見た。

「巡礼って、四国八十八か所のですか」

ダイニングテーブルの椅子に座り、新聞を読んでいた神場は、そうだ、と答えた。

特に信心深いわけではない夫が、急に寺を回ると言いだしたことを不思議に思ったのだろう。水道の水を止めると、香代子は濡れた手をエプロンで拭きながら、神場の向かいに座った。

「どうして巡礼なんて思いついたの？」

神場は新聞を捲った。

「自分が手がけた事件の被害者を、弔うためだ」

嘘ではなかった。しかし、香代子に言わなかった理由が、もうひとつあった。任官中に犯した自分の過ちを悔いてのことだった。

十六年前、自分は重大な過ちを犯した。

金内純子ちゃん殺害事件だ。

一九九八年六月、当時、六歳だった純子ちゃんが凌辱されて殺された。

被疑者として名前が挙がったのは、地元に住んでいた八重樫一雄だった。裁判で八重樫は一貫して無実を主張したが、ＤＮＡ型鑑定が決め手となり、懲役二十年の判決を受けた。

捜査に携わった多くの捜査員と世間は、いたいけな幼女の命を無残に奪った犯人の逮捕に、喜びと安堵の声をあげた。

しかし、事件解決を、諸手《もろて》をあげて喜ぶことができない人間がいた。現場で捜査に携わっていた神場たち一部の捜査員だ。

八重樫が純子ちゃん殺害事件の被疑者として捜査線上に浮上した当初から、幹部のあいだでは、八重樫犯人説に異議を唱える声があがっていた。

たしかに、八重樫が所有していた白い軽ワゴン車は、純子ちゃんの遺体が発見された場所で目撃されていた不審車両と類似していたし、車のタイヤには現場付近のものとみられる土が付着していた。純子ちゃんが殺害された時刻の、アリバイもない。

しかし、それだけでは、八重樫を犯人とする証拠に欠ける。現場近くで目撃された不審車両が、八重樫が所有していたものであるという確証は得られておらず、車のタイヤに付着していた土も、事件が発生する二日ほど前に、現場近くを車で通過したときに付いたものだと、八重樫は主張していた。

ほかにも、八重樫を本ボシと確定できない大きな理由があった。八重樫が所有していた軽ワゴン車から、純子ちゃんのものとみられる毛髪や指紋が検出されなかったことだ。

生きたまま、純子ちゃんを殺害現場である山中へ連れて行くのは難しい。純子ちゃんが最後に目撃された日用雑貨店付近から現場までの距離は五キロだ。純子ちゃんを言いくるめて現場まで歩かせた、もしくは、袋状のものに純子ちゃんを入れて担いで行った。どちらを考えても、五キロもの距離を、誰の目にも触れずに移動するのは不可能に近い。やはり車を使用したとしか考えられない。被害者の残留物が車内から発見されていないことは、八重樫犯人説の厚い壁となった。

捜査は難航した。

事件発生から日が経つにつれ、犯人をいつまでも逮捕できずにいる警察に対するマスコミや世間の非難は強まった。県警の市民相談係には、苦情や叱責の声が多く寄せられ、電話のベルが鳴りやまなかった。

捜査陣に焦りが見えはじめたとき、事件は大きく動いた。

純子ちゃんの体内に残されていた体液のDNA型鑑定結果が出たのだ。

八重樫が捜査線上に浮上したときに、県警の科学捜査研究所へ、犯人のものと思われる体液と、入手した八重樫の頭髪を渡し、DNAの照合を依頼していたのだ。

結果は、DNA型が一致し、両者は同一人物である可能性は極めて高い、というものだった。

すぐに、幹部出席のもと捜査会議が開かれ、県警捜査一課長の国分は、八重樫の逮捕状を裁判所へ申請すると述べた。申請を受けた裁判所は令状を発付し、八重樫はその日のうちに逮捕された。

八重樫は自宅から護送車に乗せられて、捜査本部がある所轄へ護送されてきた。

マスコミが構えるカメラのフラッシュを浴びながら敷地に入ってくる護送車を、神場は刑事課の窓から、複雑な思いで見下ろしていた。

八重樫には、幼女へのわいせつ行為による前科があった。わかっているだけで、五人もの幼女が八重樫によって心身に深い傷を負っている。表面化していないものも含めれば、さらに多くの子供が犠牲になっているだろう。

性犯罪は、再犯率が高い。前科があり、しかもＤＮＡ型が一致したとなれば、誰もが八重樫が純子ちゃんを殺めた犯人であると疑わないだろう。

しかし、八重樫を犯人とする決め手となったＤＮＡ型鑑定の精度に、神場は疑問を抱いていた。

日本で最初にＤＮＡ型鑑定が証拠採用されたのは、一九九一年のことだ。いまでは、数か所の部位の鑑定を組み合わせれば、互いのＤＮＡが別人と一致する確率は、七十七兆人にひとりという精度にまで高まっている。しかし、ＤＮＡ型鑑定が導入された初期には、数百人にひとりの割合で別人のＤＮＡ型と一致してしまう程度の精度しかなく、あくまで証拠の補充としてしか捉えられていなかった。

そのＤＮＡ型鑑定の結果を、八重樫を犯人と特定する証拠として採用するという国分の言葉を聞いて、神場の頭のなかに、尚早、という二文字が浮かんだ。

逮捕状の申請は性急すぎるのではないか。そう言いかけて、神場はやめた。事件発生から時間が経っている現場の焦りと、マスコミや世間からの非難に対する警察の面子《メンツ》、やっと犯人逮捕にこぎつけた喜びに沸く捜査員たちの姿を見ていると、異議を唱えることはできなかった。

神場の口を塞がせた最大の要因は、逮捕状の請求を決定したとき、国分が吐き捨てるように放った言葉だ。

——鬼畜は罰すべし。

八重樫の取調べは、県警捜査一課で落としの名人と謳われた落合《おちあい》警部補が担当した。落合は仲間内では、らくさん、と呼ばれていた。名前の音読みと、口が堅い被疑者を楽々落とす、というふたつの意味を掛けた呼び名だ。

逮捕当初、容疑を否認していた八重樫だったが、逮捕から二日目に自白した。身柄の拘束期限である四十八時間ぎりぎりでの送検だった。地検へ送致された八重樫は、通常の十日間の勾留期間とさらなる十日間の勾留延長ののちに、強姦・殺人および死体遺棄の容疑で起訴された。

しかし、一審で八重樫は、警察での自供を一転させた。自白は強引な取調べによるもので、自分は無罪だ、と主張した。

が、前橋地裁は検面調書での自白を信用が置けるものとして重視、DNA型鑑定の結果報告書が決め手となり、八重樫は求刑どおり無期懲役の判決を受けた。

八重樫と弁護側は判決を不服とし、控訴した。二審の東京高裁の裁判官は、殺意の認定に疑問を呈し、強姦致死および死体遺棄の罪状で懲役二十年を言い渡した。検察はただちに上告したが、最高裁も二審判決を支持、八重樫の有罪は確定した。刑務所のなかで傷害事件を起こし刑は満期になったから、現在も服役しているはずだ。

最高裁の判決は、神場のなかにあった誤認逮捕という四文字を消し去った。八重樫が刑務所に収監されたとの話を耳にしたときは、晴れ晴れとした気持ちにさえなった。

一度は治まった事件に対する疑念が再び頭をもたげたのは、八重樫が刑務所に収監されて半年後だった。神場は所用で所轄へ立ち寄った交番勤務の後輩から、ある話を聞いた。

先日、地域の巡回連絡を行ったところ、八重樫に関する話を聞いたというものだった。一週間ほど前、後輩は自分が勤務する交番の管轄地域を回った。一軒一軒、家を訪ね、家族構成や生活環境を調べていたところ、八重樫が住んでいたアパートの近所に住む独り暮らしの老人から、純子ちゃん殺害事件当日の八重樫の話が出たという。

老人の話によると、純子ちゃんが殺害された日の夕方、八重樫がアパートのドアを開けて、備え付けのポストから郵便物を抜き出している姿を見たというのだ。

神場の心臓が大きく跳ねた。

「おい、それは本当か」

制服の襟を掴み詰め寄る神場に、後輩は慌てて首を縦に振った。

「正しくは、八重樫と思しき人間を見た、というものです。断定はしていません」

「その情報が、どうしていまになって出てきたんだ。八重樫が捜査線上に浮かんだとき、聞き込みは入念に行ったはずだ」

神場がそう言うと、後輩は締め上げられている咽喉の奥から、声を絞り出した。

「事件が発生した二日後、老人は遠方に住んでいる娘のもとを訪ねていました。かねてから体調が優れないこともあり、しばらくのあいだ、娘のところに厄介になっていたということです。八重樫の逮捕を知ったのは、娘さんの家にいたときです。近所の住人が犯人だったことにひどく驚いたといっていました」

「老人が自宅へ戻ったのはいつだ」

「いまから半月ほど前です」

後輩は苦しそうに答える。

神場は、震えそうになる声を必死に抑えながら訊ねた。

「老人が八重樫を目撃した日が、純子ちゃんが殺された日に間違いないのか」

後輩は、必死に肯く。

「老人は週に二回、近くにある介護施設のデイケアに通っていますが、その日は体調が優れず、デイケアに行かなかったそうです。六月の四回目のデイケアの日だったから間違いない、と答えています」

神場の身体から、一気に力が抜けた。後輩の制服の襟を掴んでいた手を離し、呆然《ぼうぜん》とする。

老人の証言が事実だとしたら、八重樫には純子ちゃんを誘拐した時間のアリバイがあることになる。

――冤罪《えんざい》。

神場の全身に、冷たい汗が噴き出した。

自分が口にした言葉の重みに、やっと気がついたのか、後輩は慌てて首を振った。

「いや、でも、先ほどもお伝えしたとおり、老人もアパートから出てきた男が八重樫だったとは断定できないと言っていました。身体つきや、いつも見かける服装と似ていたから、咄嗟にそう思ったようです」

八重樫は人づきあいがほとんどない。警備会社に勤めていたが、職場でも親しくしていた人間はいなかった。いつもひとりで、黙々と仕事をこなし、帰っていく。被疑者の人間関係を洗う鑑取りでも、八重樫と交流を持っていた人物は浮かんでこなかった。八重樫は孤独な人間だった。

そんな男に、部屋へ招き入れる人間がいたとは思えない。身体つき、服装を鑑みても、事件当日、ドアから姿を見せた男は八重樫にほぼ間違いない。

神場は後輩をその場に残し、所轄の刑事課長、直属の上司である鷲尾のもとへ向かった。

鷲尾を人目のない廊下へ連れ出し、いましがた後輩から聞いた話を伝えた。

「本当なのか」

鷲尾は目を剝いた。

神場は大きく肯いた。

鷲尾は腕を組んだまま、しばらく俯いて考え込んでいたが、なにかを吹っ切るように顔をあげると、怒ったような顔で神場を見た。

「すぐ車を用意しろ。いまから県警に向かう」

純子ちゃん殺害事件の捜査指揮を執っていた、国分に会うつもりなのだとすぐにわかった。

神場は、はい、と返事をすると、車両を手配するため総務課へ向かった。

部屋に入ってきた鷲尾と神場を、国分は落ち着いた表情で眺めた。

「いきなり話があるなんて驚いたぞ。電話では話せないと言うほど重要なことらしいな。なにがあった」

鷲尾はドアのそばに立ったまま、低くつぶやいた。

「純子ちゃん殺害事件の再捜査をお願いします」

国分の顔色が変わった。怖い顔で、鷲尾を睨みつける。神場と鷲尾の真剣な目から、冗談ではないと思ったらしい。

「まずは座れ。話はそれからだ」

国分は部屋の中央に置かれている応接用のソファを、ふたりに勧めた。

ソファに腰を下ろすと、鷲尾は、今しがた神場から聞いた情報を国分に伝えた。

「神場が、後輩から聞いた情報は以上です」

顔の前で手を組み、鷲尾の話をじっと聞いていた国分は、聞き終えるとぽつりとつぶやいた。

「再捜査が必要だと言ったのは、そういうことか」

鷲尾が肯く。

国分はすぐに口を開かなかった。組んだ両手のあいだから、そこに見えない敵がいるかのように、遠くをじっと見据えている。

部屋に広がる沈黙が、わずか数秒だったのか、それとも数分だったのかは覚えていない。

しばらくしてから国分は、目を閉じて大きな息を吐くと、固い決意を含んだ目でふたりを見た。

「いまから、本部長と会ってくる。お前たちはここで待ってろ」

おそらく、刑事部長も一緒のはずだ。幹部の話し合いを、本部長室で聞いていたかった。鷲尾も同じ気持ちだったはずだ。しかし、上の命令に逆らうことはできなかった。

国分から呼び出しがあったのは、三時間後のことだった。すぐに本部長室へ来いという。

本部長室には、片桐真一《かたぎりしんいち》本部長のほか、国分と刑事部長の塚原隆成《つかはらたかなり》がいた。

国分に促され、鷲尾と神場は応接用のソファに座った。

前置きもせず、国分は八重樫の件を切り出した。

「例の件だが、本部長を交えての話し合いの結果、再捜査は不要と判断した」

神場は耳を疑った。

「再捜査不要ということは、老人の目撃情報の裏を取らないということですか」

予想していなかった回答に驚き、下っ端の分際で横から口を挟んだ。神場の問いに、国分は毅然《きぜん》とした声で答えた。

「そうだ」

「待ってください」

鷲尾がテーブルを挟んで向かいに座る幹部たちの方へ、身を乗り出した。

「老人の目撃情報は、重要なものです。もし、その情報が事実だとしたら、八重樫は無実の罪で服役していることになる」

幹部は誰も言葉を発しなかった。本部長の片桐は腕を組んで宙を見据え、塚原はテーブルに視線を落としている。ただ国分だけが、鷲尾の顔をじっと睨んでいた。

たまらず神場は、テーブルに両手をつくと、腰を浮かせて大きな声をあげた。

「この事件は、冤罪かもしれないんですよ。いますぐ、再捜査すべきです！」

国分がなにか言いかけたとき、それまで腕を組んだまま無言を通していた片桐が、口を開いた。

「君は、佐々浦《さ さ うら》市一家殺害事件を覚えているか」

唐突に飛び出した事件の名前に、神場は面食らった。

八年前に群馬県佐々浦市で起きた殺人事件だ。

当時、市の中心部から離れた田圃のなかの一軒家で、一家三人が惨殺された。被害者は、七十八歳の母親と、その息子で五十三歳の男性、その男性の子供で高校一年生の少女だった。

捜査線上に浮上したのは、男性の別れた女房の再婚相手の男だった。

男はギャンブル依存症で借金があり、妻の別れた夫に金を無心していた。金を渡すのを拒むと、高校一年生の娘が傷物になってもいいのか、と脅す。これきり、という約束で、男は妻の元夫から、四回ほど、計百三十万円に及ぶ金を引き出していた。

三人が殺された現場から、財布や預金通帳といった金目のものがなくなっていたことから、警察は男が金目当てで三人を殺害したとあたりをつけた。

捜査を続けると、男には殺害当時のアリバイがなく、事件が発生したあとに、金融機関にまとまった金を返金していることから、男が犯人である線が濃厚になった。

男は逮捕され、裁判で無期懲役が確定した。

片桐は続けざまに、いままでに群馬県内で発生した事件をあげていく。

「巻田《まきだ》市女子大生殺人事件、刈山《かりやま》市老夫婦傷害致死事件、羽茂《はも》市スーパーマーケット強盗事件……」

片桐が口にした事件は、発生時期はばらばらだが、すべて犯人は逮捕されている。なぜ、片桐はいま、解決済みの事件を羅列するのか。

「それらの事件がなにか……」

訊ねかけた神場は、はっとして口を噤《つぐ》んだ。

片桐があげた事件の犯人を特定する決め手になったのは、DNA型鑑定だった。それぞれの事件は、警察が入手した物的証拠や目撃証言だけでは、捜査線上にあがった重要参考人が犯人であるとの確証を得られなかった。そこで警察は科学捜査研究所へ、現場に残されていた遺留品や、被害者の爪のなかに残されていた皮膚片などを送り、被疑者のDNAの照合を求めた。片桐があげた事件の犯人は、当時のDNA型鑑定を証拠として採用した裁判で刑が確定しているものだった。

神場の背中に、冷たいものが走った。

もしも再捜査をして、純子ちゃん事件のDNA型鑑定が間違っていたらどうなる。過去のＤＮＡ型鑑定の精度には問題があり、証拠として採用するべきではなかったのではないか、という結果が出たら、大変なことになる。ＤＮＡ型鑑定を基にした解決済みの事件についても、世間は冤罪の可能性があるのではないか、と疑うだろう。警察への信頼は、跡形もなく崩れる。いや、警察だけではない。検察を含めた捜査機関全体が信用を失うことになる。

鷲尾も、片桐が言わんとしていることに気づいたらしく、険しい顔で足元を睨みつけている。

神場は自分の膝がしらをきつく摑んだ。

「それが、純子ちゃん事件の再捜査をしない理由ですか」

声が震えた。抑えようとしても無理だった。

片桐に代わり、国分が有無を言わさぬ強い口調で答える。

「我々は、信頼を失うわけにはいかない」

国分の言い分はわかる。もし、いままでのＤＮＡ型鑑定の信憑性《しんぴょうせい》が薄れてしまったら、国を揺るがすほどの問題になる。

――だが。

神場は食い下がる。

「八重樫は……八重樫はどうなるんですか。もし、目撃証言が正しかった場合、無実の罪で二十年も服役するんですか。彼を見殺しにするんですか」

叫んだつもりだったが、口から出た声はひどく弱々しかった。

国分が畳みかける。

「八重樫がいままで何人の幼女を傷つけてきたか、ふたりとも知っているだろう。性犯罪は再犯率が高い。やつをこのまま野放しにすれば、さらなる被害者を生むことになりかねない。この処遇はいわば、犯罪の抑止にも繋がるものだ。それに、その老人の目撃証言も、定かなものではないのだろう。老人と言うからには、視力も弱くなっているはずだ。遠目から個人を特定できるとは思えん」

国分の言い分に納得したわけではなかった。しかし、口から反論の言葉は出てこなかった。鷲尾も同様らしく、口を開く気配はない。

沈黙を了承と受け取ったのだろう。国分は腰を上げふたりのそばへ来ると、ソファから立つように促した。

「今回のことは、ここだけの話に留めておけ。余計な情報で、捜査員たちの混乱を招きたくはない」

国分はドアに近づくと、扉を開けた。

話はこれで終わりだ、という合図だ。

「近いうちに一杯やろう。滅多に口にできない美味い酒を呑ませてやる」

国分の誘いに、鷲尾はなにも答えなかった。悔しそうに唇を噛んだまま、一礼して部屋を出た。

開け放たれたドアの前で、神場はしばらく動けずにいた。

「神場」

ドアの外で、自分を呼ぶ声がした。

顔をあげると、鷲尾と目があった。怒りと悲しみが入り交じった表情で、神場を見ていた。いままで見たことがない表情だった。

「上司が呼んでるぞ」

国分に背を叩かれた。

反動で足が前に出た。そのまま前のめりになりながら、部屋を出た。後ろで、本部長室のドアが音を立てて閉まった。

強い海風が吹いた。

前を歩いていた香代子が、短い声をあげて、飛ばされそうになる菅笠を押さえる。

神場は十六年前から、県警幹部の決断に疑問を抱いてきた。幹部を前にした捜査会議の席で、八重樫の逮捕状を請求すべきではない、と言えなかった自分を責めてきた。

その一方で、幼女にわいせつ行為を繰り返してきた八重樫を罰することは善であり、

ＤＮＡ型鑑定の精度に疑義を差し挟む真似をして捜査機関の信頼を失うわけにはいかない、という思いもたしかにあった。相反する気持ちの狭間《はざま》で、神場はずっと苦しんできた。

しかし、今回起きた愛里菜ちゃん殺害事件で、曖昧なまま、見て見ぬふりをしてきた自分の所業を、直視しなければならなくなった。

愛里菜ちゃん事件と純子ちゃん事件は、手口が酷似している。

もし、八重樫が純子ちゃん殺害犯ではなく、真犯人がいたとしたら――

その真犯人が愛里菜ちゃんも殺害したのだとしたら、自分は責任を免れない。国分の意見に従い、老人の目撃証言を封印した自分たちが、引き起こした事件だとも言える。

そうだとすれば、後悔してもしきれない。

そう思う一方で、やはり今回の事件は十六年前の事件とは無関係なのではないかという思いも捨て切れずにいる。

あのとき国分が言ったように、性犯罪は再犯率が高い。もし、純子ちゃんを殺した犯人が八重樫ではなく、一般社会で暮らしていたとしたら、十六年もじっとしているとは思えない。もっと短い間隔で、酷似した事件が起きているはずだ。そう思うと、やはり国分の判断は正しく、今回の事件はまったく別な犯人であると思えてくる。

「あなた」

神場を呼ぶ香代子の声がした。

さらに強い海風が吹いた。砂ぼこりが舞い上がり、香代子の姿がおぼろげになる。見えない、先が見えない。

神場は強く目を閉じた。

背負っているリュックの紐《ひも》を、両手で握る。

目を閉じると、一歩先が崖のように思えた。恐怖と不安が胸にこみ上げてくる。

崖の途中に、純子ちゃんがいた。岩の表面に、片手でしがみついている。いまにも落ちてしまいそうだ。純子ちゃんは、責めるようにじっと神場を見上げている。

暑いのに、背中に冷たい汗が流れた。

「あなた、大丈夫？」

腕を摑まれ、目を開けた。

目の前に香代子の顔があった。

「目を閉じたまま動かないんだもの。暑気あたりでもした？」

心配そうに顔を覗き込んでいる香代子を見ているうちに、胸が苦しくなった。

まっすぐに見つめる香代子から目を逸らし、首を振る。

「砂が目に入っただけだ。大丈夫だ。行こう」

巡礼の意味も、純子ちゃん事件の真相もわからない。無明《むみよう》の闇のなかだ。いまはただ、歩くしかない。

神場のすぐ横を、大型ダンプが土ぼこりをあげて追い抜いていく。

小さくなっていくダンプの後ろを見据えながら、神場は重い足を引きずるように前に踏み出した。

7

宿を出た香代子は、膝の調子を確かめるように屈伸をした。

「どうだ。歩けそうか」

神場が訊ねる。地面にしゃがんで膝を揉んでいた香代子は、すっくと立ち上がり、神場に笑みを向けた。

「大丈夫。あなたは？」

今度は香代子が、神場を気遣う。

神場は脚を交互にあげ、足首を回した。

「俺も大丈夫だ。問題ない」

神場と香代子は、昨日、午前中に四十五番札所の岩屋寺《いわやじ》の参拝を終え、今日は次の札所である浄瑠璃寺《じょうるりじ》へ向かっていた。

巡礼をはじめて三十四日、七月も下旬に近づいてきた。歩いた距離はおよそ八百キロになる。

岩屋寺は、標高七百メートルもの高い場所にある山岳霊場だった。

巨木に囲まれた参道を上ると、大きな岩壁に食い込むように建っている本堂へ辿り着く。

境内から見下ろす景色は壮観だった。周りの山々に生い茂る緑は眩しく、時折吹く風が清々しい。山間に見える麓の町を眺めながら、日本の原風景がここにある、と神場は思った。

景観に見惚《みと》れ、香代子が深い息を吐く。感に堪《た》えない、といった風情だ。

神場の口からも知らず、溜め息が漏れる。が、意味合いは、香代子が吐いたものとは少し違っていた。

景色の素晴らしさを愛《め》でる気持ちが半分、下山時を考えて重い気分が半分だった。

巡礼中に神場は、ふたつのことを学んだ。常に水分は持ち歩くことと、下り坂は慎重に歩かなければいけないことだった。

街中では、探すまでもなく至る所にあるスーパーやコンビニが、お遍路の道中では何十キロもない場合がある。自動販売機すらないことも、めずらしくない。徒歩での移動は、寒い時期でも汗をかく。ましてや、神場たちが回っている夏場は、水分補給をおろそかにすれば、熱中症にかかってしまう懼《おそ》れがある。次にいつ水分を補充できるかわからない道中では、店や自動販売機を見つけたら、多めに購入しておいたほうがいい。

道の状態に関しては、平らな道、上り坂、下り坂、舗装された道、山道など、様々な道を歩いたが、一番きついのが、下り坂だとわかった。下り坂では、体重が脚にかかる。上りよりも、脚が受ける負担は大きい。しかも、岩屋寺から浄瑠璃寺までは、距離にして約二十八キロ、休みなく順調に歩いても八時間はかかる。加えて、三坂峠《みさかとうげ》と呼ばれる峠を、途中から右にそれて山道に入る。別名、鍋割坂と呼ばれている遍路道で、長い下り坂が続く。難所に数えられている区間のひとつだ。

国道三十三号線をそのまま進む手もあるが、そちらだと十三キロも長く歩くことになる。途中に集落もあるし、それほど寂しい道ではない。古い遍路道の方がいい、と前日に泊まった旅館の主が教えてくれた。

神場と香代子は、迷いなく古い遍路道を使うことに決めたが、実際に歩いてみると、思いのほか下り坂がきつかった。普段なら多少疲れを感じるくらいで済むのだろうが、巡礼の半分を過ぎ、神場も香代子も身体に疲労が溜まっていた。ここにきて、長距離の下り道は、かなり堪えた。

岩屋寺で抱いた不安は的中し、あとわずかで遍路道を抜けるあたりで、香代子が膝の痛みを訴えた。香代子は普段から辛抱強い。滅多なことでは弱音を吐かない。その妻が言うのだから、よほど痛むのだろう。

「少しだけ、休んでいいかしら」

香代子は道端で足を止めると、申し訳なさそうにつぶやいた。

神場はすぐに肯いた。香代子が言いださなければ、自分から休憩を求めるつもりだった。香代子は膝だが、神場は足の甲がひどく痛んでいた。スニーカーが窮屈に感じるところをみると、少し腫れているのかもしれない。

背負っていたリュックからビニールシートを取り出し、道の脇に敷いた。休憩所やベンチがない場所でも、座って休めるように持参している。

ふたりで道端に腰を下ろし、水分を補給した。

二十分ほど休んでから腰を上げた。山の向こうに、夏の陽が落ちかけていた。

「宿までもう少しだ。頑張ろう」

神場が先に立ち上がり、地面に座り込んでいる香代子に手を差し出した。香代子は神場の手を取り、腰を上げた。その日に泊まる宿、広登屋《ひろとや》に着いたのは、夜の七時に近かった。

古くからお遍路宿を営んできた宿は、長い道中で足を痛めた巡礼者を、数えきれないくらい泊めてきたのだろう。宿泊する巡礼者には、富山から取り寄せているという湿布が、無料で配られていた。風呂からあがり、痛む箇所に湿布を貼ると、ひんやりとして心地よかった。様々な薬草の成分が入っているらしく、湿布は少し草の匂いがした。一晩、湿布を貼って寝ると、朝には痛みが引いていた。すっかり腫れが引いた足の甲を擦りながら、身体のどこにも不調がないということが、これほど気持ちを元気にさせるものなのか、と健康のありがたさを改めて痛感した。

香代子は、今しがた出てきた広登屋を見ながら、感慨深げに言った。

「宿の仲居さんがくださった湿布、本当によく効いたわね。あんなにひどかった膝の痛みが、嘘みたい」

広登屋から浄瑠璃寺までは五百メートルほどで着く。目と鼻の先だ。

神場はリュックを背中で弾ませると、浄瑠璃寺へ向かって歩きはじめた。

浄瑠璃寺の境内に入ると、目の前にヒノキに似た巨木が聳《そび》え立っていた。樹齢千年を超えるイブキビャクシンだった。その前を通り、本堂に向かう。

あたりには、強い日差しが照りつけていた。まだ午前中の早い時間だが、体感温度は真昼並みだ。しかし、さほど暑くは感じない。真夏の強い陽光を、参道の脇に生い茂る樹木の葉が遮ってくれているからだろう。

本堂に参拝し、隣にある大師堂へ足を向ける。大師堂では、三人連れの女性が参拝していた。神場や香代子と同じ年代に見える。

三人が大師堂を立ち去ると、香代子はお堂の前に立って紅白の紐を引き、鰐口《わにぐち》を鳴らした。

拝んだあと、香代子はなにを思ったか、お堂の前に置かれている、古い木彫りの人形を腕に抱いた。

神場は驚いた。

寺には、国宝や重要文化財のような品々が多く置かれている。むやみに手を触れてはいけない。それは香代子もわかっているはずだ。急いで窘める。

「お前、なにをやっているんだ。寺のものに、勝手に手を触れちゃいけないだろう」

香代子はきょとんとした顔で神場を見ると、可笑しそうに笑った。

「これはだっこ大師といって、参拝者が抱いてもいいものなのよ。私たちの前に参拝していた方々も抱いていたじゃない」

言われてみると、神場たちが参拝する前に拝んでいた女性たちは、なにか重そうなものを、代わる代わる抱いていたように思う。

香代子が言うには、だっこ大師は、幼少時代の弘法大師の姿を写した像なのだという。

「だっこ大師を抱くと、気持ちが落ち着くんですって。本当にそのとおりね」

香代子はまるで像が赤子ででもあるかのように、腕に抱いて揺らしている。

なんだか胸が苦しくなり、神場は香代子を促した。

「ほら、次の方が待ってるぞ」

後ろには、参拝を待っている巡礼者がいた。香代子は急いでだっこ大師を元に戻すと、待っている参拝者に軽く頭を下げて、大師堂をあとにした。

山門へ向かおうとする神場を、香代子が呼び止めた。

「あなた、こっち」

香代子が指さした本堂の左手には、赤い鳥居があった。弁財天が祀られているという。

「ここの弁財天さまは、一願弁天と呼ばれていて、ひとつだけ願いを叶えてくださると言われているの。私、お参りしていきたいわ」

「またか」

つい口に出た。

世の中には、ひとつだけ願いを叶えてくれると言われている石仏や像がごまんとある。巡礼をはじめてから回った寺にも、いくつかあった。これから回る四十八番札所の西林寺《さいりんじ》にも存在したはずだ。

大願成就の言い伝えのある場所や像があると、香代子は必ず参拝する。手を合わせて一心に拝んでいる姿からは、願いではなく祈りに近いものを感じた。

赤い鳥居の前に立ち、神妙に手を合わせている香代子に、神場は半ば呆れながら訊ねた。

「そんなに必死に、いつもなにを拝んでいるんだ」

香代子は顔をあげると、神場を見た。

「いつも同じじゃないわ。拝むことは、その都度、違うのよ」

神場は眉をひそめた。願いは常に同じではないのか。

そう言うと、香代子は首を振った。ときには家内安全を、ときには健康祈願を、いまは交通安全を願ったという。

「必ずひとつお願いを叶えてくださるなら、そのたびに違うことをお願いすれば、全部叶うでしょう」

子供のような屁理屈《へりくつ》を、香代子は当然のことのように言う。この屈託のなさが、香代子の良さなのだ。

神場は苦笑いを漏らした。

「お前には敵《かな》わんな」

香代子は満足げに笑った。

四十六番札所から順に回り、五十一番札所の石手寺《いしてじ》までは、寺の間隔がさほど離れてはいない。浄瑠璃寺から、次の札所である八坂寺《やさかじ》までは、歩いて十五分。一番距離がある四十七番札所から四十八番札所でも、一時間半もみれば充分だ。

今日は、松山市内にある六つの寺を、巡ろうと思っていた。目的地である石手寺を参拝したら、寺の近くにある旅館に泊まる予定だ。道後《どうご》温泉のそばにあり、大浴場のお湯は、源泉かけ流しらしい。温泉にゆっくりつかれば、旅の疲れも少しは癒えるだろう。

四十八番札所の西林寺を出たあと、近くにある食堂で昼食をとった。

腹が満たされたところで、次の札所、浄土寺《じょうどじ》に向かう。

アスファルトの平坦《へいたん》な道を三十分ほど歩いたころ、身体に疲れを感じた。道は、上り坂でも下り坂でもない。楽に歩けるはずなのに、なぜか疲労を覚える。

疲れの理由を考えていた神場は、隣を歩いている香代子を見て思い当たった。香代子は額や首筋に、多量の汗をかいていた。首に下げている手ぬぐいで何度拭っても、汗はあとからあとから噴き出してくる。

神場は空を見上げた。夏の強い日差しが照りつけてくる。ひどく疲れる理由は、頭上から降り注ぐ陽光のせいだった。道に緩急があっても、山道ならば日陰を作ってくれる樹木がある。海沿いの道ならば、塩を含んだ心地よい風が吹く。しかし、街中には陽を遮るものがなにもなく、炎天下をひたすら歩かなければいけない。これが思いのほか、体力を消耗させるのだ。

「けっこう堪えるな」

歩きながら、独り言のようにつぶやく。隣で香代子が応えた。

「水分をとっても、すぐに汗になっちゃう」

住宅街を抜けて、山が見える場所まで来た。家から家の間隔が空き、ところどころに畑が広がるようになる。

緩やかなカーブに差し掛かったとき、右手にある畑から人の声がした。

「お遍路さん、ちょっと休んでいかんかい」

声がしたほうを見ると、手ぬぐいを頬被りし、前掛けをつけた年配の女性がいた。日焼けした肌に刻まれている深い皺から、七十歳は超えているように見える。

「こがいに暑けりゃ疲れたやろ。なんか冷《ひ》やたいもんみっけてくるけん、そこらへんに座って待っといてや」

そこ、と言いながら、女性は畑のなかにある木で作られた藤棚を見た。屋根の部分が青々とした緑の葉で覆われている藤棚の下には、涼しそうな日陰ができていた。丸太を置いただけの腰掛けもある。

女性は手に軍手をはめていた。土で汚れている。畑の手入れをしていたのだろう。

仕事の手を休ませては悪いと思い、女性の気遣いを断ろうとした。しかし、女性は神場の答えを待たずに、畑の奥にある自宅と思しき家へ、小走りに走っていく。

呼び止めようとした神場の腕を、香代子が遮るように摑んだ。

神場に向かって、首を振る。

「お接待は、ありがたくお受けするのがマナーなのよ。本で読んだでしょう」

神場は、自宅で読んだ巡礼の手引書を思い出した。四国では、お遍路は弘法大師と同じだと考えられている。お遍路への接待は、弘法大師への功徳だ、と本に書いてあった。また、巡礼できない自分の代わりに、お参りを託すのだとも記されていた。

迷いながら立ち尽くしていると、女性が盆を手に家から出てきた。

「さあさ、そんな暑いとこ立っとらんで、こっちぃきいや」

女性が棚の下にある日陰へ入り、手招きする。

香代子は、はあい、と答えると、神場を見た。

「あなた、行きましょう」

手を煩わせるのは申し訳ないと思いながらも、女性の気遣いを無下に断るのも気が引けて、神場は香代子に従った。

女性は丸太の腰掛けの上に盆を載せると、冷えた麦茶と切ったばかりのメロンを、ふたりに勧めた。

礼を言って、麦茶に口をつける。氷入りの麦茶は、咽喉に痛いほど冷えていた。

あまりの美味さに、一気に飲み干す。神場の飲みっぷりが気に入ったのだろう。女性は嬉しそうに微笑むと、ガラス製のポットからお代わりを注いだ。二杯目の麦茶も、ありがたくいただく。

香代子が、群馬から巡礼に来たというと、女性は感心したように息を吐いた。

「そんな遠いとこ、よう来んさったねぇ」

巡礼をしている理由は訊かない。穏やかな笑みを浮かべて、神場と香代子を見つめているだけだ。

女性は、センバと名乗った。

「手鞠歌《てまりうた》の船場ですか」

香代子が訊ねると、女性は笑いながら、違う違う、と手を振った。

「千羽鶴の千羽よ。名前は鶴《つる》。私ん名前は千羽鶴いうんよ。びっくりやろ。私も結婚するまでは、自分がまさか千羽鶴なんて名前になるなんて、思わんかったよ」

あまりに楽しそうに話すので、神場もつられて笑顔で訊ねた。

「ご主人の名前は、なんとおっしゃるんですか」

鶴は、笑いながら答えた。

「千羽拓郎《たくろう》いったんよ」

頬が強張《こわば》るのが、自分でもわかった。過去形の言い方をするということは、夫はすでに他界しているのだろう。考えもなしに、無神経な質問をしたことを悔いる。香代子も、鶴の境遇に気づいたらしく、なにも言いだせずに戸惑っている。

困惑しているふたりをよそに、鶴は自分の生い立ちを語りはじめた。

鶴は愛媛と香川の県境にある、貧しい山村で生まれた。八人きょうだいの長女で、物心ついた頃から、妹や弟の子守りをしていたという。

「まだ四、五歳の子供が、生まれ立ての赤ん坊をしょうんだもん。おぶい紐が肩に食い込んで痛かったよ。それでも、泣き言は言えんかったわいね。出稼ぎに行ってる父親の代わりに、畑仕事や家のことを全部やりよる母親の大変さを思うと、一番上の私が母親を支えないかんと思ったんよ。ほやけど、私だけが苦労しよったわけやない。村の子供は、みな、下の子の面倒を見よったわいね」

町へ出稼ぎに行っていた父親が、倒れたショベルカーの下敷きになって死んだのは、鶴が十歳のときだった。悲しみからか、それまでの苦労が祟《たた》ったのか、父親の死と同時に、母親も身体を壊した。咳が止まらず、身体を起こすこともままならない。このままでは一家で飢え死にしてしまう。

思案した末に、母親は実家へ戻ることにした。しかし、実家にはすでに、嫁を貰った弟夫婦が、親と同居していた。子供も三人いる。そんなところに、八人もの子供を抱えて出戻れない。悩んだ母親は、泣く泣く鶴と、その下の弟三人を、奉公に出した。

「昔はそんな話、どこにでもあったけんね。そんなんが当たり前の時代だったわい」

奉公が辛くないわけがない。しかし、鶴はまるで、それを楽しかった思い出話のように語る。

　年季が明けたのは、鶴が十八歳のときだった。五年の奉公が、なんだかんだで八年に延びた。年季が明けても、鶴は母親の元へは戻らなかった。正しくは戻れなかったのだという。

「母親は年季が明ける二年前に再婚してねぇ。ひと回りも上の遠縁にあたる男で、母親は好いてはなかったみたいじゃけど、いつまでも実家に世話になってるわけにもいかんし、よくよく考えてのことじゃったんじゃろね。そこに、私までも転がり込むわけにはいかんけんね。そんまま奉公先じゃった高松におって、給仕みたいな仕事しながら暮らしはじめたんよ」

　独り暮らしをはじめて三年後、二十一歳のときに、鶴は最初の結婚をする。

「酒蔵の長男坊でねぇ。こうみえても、私だって若い頃は、それなりに見れたもんやけん。洋食店でウエイトレスしとった私を、最初の夫が見初めて、好かれて好かれて結婚したんじゃけん。ほやけど、貧しい家の出の嫁を、夫の両親は気に入らんでね。最初は庇ってくれてた旦那も、あいだを取り持つことが面倒臭くなったんやろ。見て見ぬふりして、挙句の果てには一方的に離縁されたんやけん。そんときはまだ私も若かったけん、自分が至らなかったおもて、大人しく引き下がったんやけど、いまなら離婚調停やらに持ち込んで、慰謝料たっぷりふんだくっとるけんね」

鶴はからからと笑いながら、苦労話を続ける。

離婚したあと、拓郎と知り合うまでの三十年間、鶴はずっと独り身だったという。そのあいだのことはあまり語らないが、皺に囲まれた鶴の目には、数多くの苦労を経験した者が持つ、懐の深さと頑健さが滲んでいた。

「拓郎さんもいろいろ苦労した人やけんね。北国生まれの人やったんやけど、優しいけん、人に騙《だま》されて、家もお金も家族ものうなって、ここまで逃げてきて、食堂で働いとった私と知り合ったんよ。身の上を話したら、拓郎さん、いきなり泣きはじめてねぇ。いままで苦労したんやけん、これからいっぱい幸せにならんといけん、苦労した分いまから一緒に元を取ろう、なんて真面目な顔して言うてねぇ。不器用やけど心根がまっすぐなとこがええなぁ、と一緒になったんやけど、元を取る前にぽっくり逝ってしもうてね。それからずっと、ここでお仏壇を守りながら暮らしよんよ」

香代子は鶴の話を、神妙な面持ちで聞いている。

鶴の笑顔を見ているうちに、神場は息苦しくなってきた。

辛い身の上話を、どうして鶴は笑って話せるのか。自分が鶴の立場ならば、きっと笑って話せない。自分の半生を、ここまで達観して話せる自信がない。

——そう、自分には人に話せない秘密がある。

脳裏に純子ちゃんの死に顔が浮かぶ。光を失った目が、まるで自分を責めているように感じられた。思わずきつく目を閉じる。

神場が黙り込んだ理由を、つまらない昔話に閉口したと思ったらしく、鶴は慌てた様子で詫びた。

「年寄りの長話に付き合わせてしもうてごめんねぇ。普段、あんまり人と話すことがないもんじゃけん、つい人の良さそうなお遍路さんを見つけたら、引き止めて世間話するのが楽しゅうて……」

「なぜ」

神場は顔をあげると、鶴の言葉を遮った。

なにを訊かれたのかわからないらしく、鶴は目を瞬かせる。神場は、鶴に膝を向けると、改めて訊ねた。

「なぜ辛い過去を、笑ってお話しになれるんですか。自分の身に降りかかった不幸を、恨んだことはないのですか」

思いつめた口調に、いつもの夫と様子が違うと感じたのだろう。香代子が慌ててあいだに入った。

「立ち入ったことを言ってすみません。この人、少し疲れているんです。冷たい麦茶、ありがとうございました。それとメロンも。とっても美味《おい》しかったです」

香代子は腰掛けから立ち上がると、神場の腕をとり、立ち上がらせようとした。しかし、神場は動かなかった。

鶴は真剣な眼差しで神場をじっと見ていたが、ふと顔に、菩薩のような笑みを浮かべた。

「お遍路さんのたいがいは、心になんか重たいもんを抱えていなさるけんど、あなたもそうなんじゃろ」

神場はなにも答えなかった。ただ、鶴の答えを待つ。

鶴は視線を、遠くへ向けた。

「若い頃は、なんで自分だけこんなに苦労するんじゃろ、なんて思ったこともあるよ。生きとるのが嫌で、いっそ命を絶とうかと考えたこともあるんよ。でもねぇ、長く生きとると、自分だけが不幸じゃなんて、思わなくなってきたんよ。ええことも悪いことも、みな平等に訪れるんやなぁと思うようになったんよ」

鶴は神場に目を戻した。

「人生はお天気とおんなじ。晴れるときもあれば、ひどい嵐のときもある。それは、お大尽さまも、私みたいな田舎の年寄りもおんなじ。人の力じゃどうにもできんけんね。ほんでね」

鶴は、ちょっとおどけるように、肩を竦めた。

「ずっと晴れとっても、人生はようないんよ。日照りが続いたら干ばつになるんやし、雨が続いたら洪水になりよるけんね。晴れの日と雨の日が、おんなじくらいがちょうどええんよ」

鶴の声には、諦めや自暴自棄といった、投げやりな色はなかった。人生の苦楽を知悉《ちしつ》した潔さがある。

鶴が言いたいことはわかる。人の幸、不幸は他人にはわからない。周りから見て幸せそうに見える人にも、人知れず抱えている悩みがあることは、この歳になれば知っている。自分の人生に満足している人間や、悔いがない者などいないと思う。

しかし、わかっているからといって、誰もが自分の人生を許容できるわけではない。自分の身に降りかかった不運を呪い、幸せそうな人間を妬み、悲しみに暮れる。そして、過ちを犯した人間は、懐に負い目を抱えながら生きる。

どうしたら鶴のように、我が身に起こった不幸を、自然に擬《なぞら》えて割り切ることができるのか。

「もう一杯、どうかえ。次の寺まで、まだ道があるけん。水分は充分にとっていったほうがええよ」

空になったコップに、鶴は麦茶を注ごうとした。鶴の気遣いを丁重に断り、神場は腰掛けから立ち上がった。

いまはまだわからなくても、巡礼を続けているうちに、鶴の言葉の意味が心根に沁みるかもしれない。いまはただ、ひたすら歩くしかない。

神場は鶴に向かって、深々と頭を下げた。

「いろいろ、ありがとうございました」

隣で香代子も、同じように頭を下げる。

畑を立ち去る神場と香代子の背に、鶴の温かい声がした。

「道中、弘法大師さまに会えるとええね」

ふたりは鶴を振り返り、いま一度、頭《こうべ》を垂れた。

カーブを曲がりきるまで、鶴はふたりを見送っていた。


石畳の参道を通り、二王門をくぐった香代子は、立ち止まってあたりを見渡した。

「賑《にぎ》やかなお寺ね」

五十一番札所、石手寺の境内は、白装束に身を包んだ巡礼者や、観光客と思しき者たちであふれていた。

石手寺は、国宝の二王門をはじめ、境内にある本堂や三重塔、鐘楼などのほとんどが、重要文化財に指定されている。巡礼者だけではなく、歴史ある建造物をひと目見たいと思う観光客も多い寺だった。

神場は腕時計を見た。夕方の四時半。閉門は五時だ。ゆっくりしている時間はない。

急いで参拝を済ませなければ、納経に間に合わない。

「ほら、行くぞ」

立ち止まったまま重厚な二王門に見とれている香代子を急かした。我に返ったのか、香代子は目を瞬かせ、歩き出した神場のあとを小走りについてきた。

夏は陽が長い。冬場ならばとうに薄暗くなっている時間でも、あたりはまだ明るい。しかし、自然の生き物は正確に刻《とき》を感じるらしく、境内は蜩《ひぐらし》の声に包まれていた。

本堂を参拝し、石手寺の見どころのひとつである三重塔を眺める。長い年月、いったい何人の人が、どのような思いで見上げたのだろう。遥《はる》かな時間の積み重ねを思うと、我知らず、厳かな気持ちになってくる。

そろそろ閉門時間が近づいてきた。

「納経所へ行こう」

声をかけたが、隣にいるはずの香代子がいない。目で捜すと、本堂の横にある大師堂のほうへ戻っていく姿を見つけた。

「おい、納経所はそっちじゃないぞ」

香代子の背に声をかける。しかし、振り向かない。足早に大師堂の方へ向かい、横道へ消えた。

「いったい、なにをやってるんだ」

つぶやくと、急いであとを追った。

香代子が消えた脇道を曲がると、小さな古い祠があった。さきほど前を通ったときは気がつかなかった。おそらく、参拝者の陰になりよく見えなかったのだろう。

香代子は祠の前で、手を合わせていた。ずいぶん熱心に拝んでいる。

背後から祠を覗くと、祠の前に、たくさんの石が積まれているのが見えた。石にサインペンで、年月日と名前が書かれている。

合掌していた手を解き、香代子は神場を振り返った。

「この天堂に祀られている神様は訶梨帝母《かりていも》っていってね、子宝と安産のご利益があるの」

石に記された名前には、我が子の誕生と健やかな成長の願いが込められているらしい。

神場は眉根を寄せた。香代子に安産祈願は必要ない。どうして拝む必要があるのか。

顔色から神場の心を読み取ったらしく、香代子は苦笑しながら首を振った。

「私じゃないわよ。幸知のため」

香代子の言葉に、自分でも顔色が変わるのがわかった。

「そんな話が、あるのか」

つい、詰問口調になる。

昔と違い、貞操観念が希薄になったいま、結婚前に子を授かるのはめずらしくない。

神場の同期の娘も、妊娠を機に結婚した。他人事《ひとごと》であれば、めでたいことが重なっていいじゃないか、と気楽に言えるが、いざ自分がその立場になると、そうもいかない。きちんと順を踏んで事を進めるべきだろう、という古い考えが頭をよぎる。

香代子は慌てて否定する。

「違いますよ。ただ、こんな遠くまで滅多に来られないんだから、気が早いけど、ご利益がある神様をお参りしておこうと思って。ほら、これも、いただいていくんです」

香代子は、握りしめていた右手を開いた。なかには、なんの変哲もない小石があった。

「なんだ、これは」

香代子は、愛《いと》おしげに小石を見つめた。

「ここの石を持ち帰ると、子宝に恵まれるんですって。だから……」

「そんなものは、いらん」

強い口調で、香代子の言葉を遮る。

口にした途端、しまったと思った。この世に生まれてくる命を、いらないなどと、言ってはいけない。まして妻の前では、口が裂けても言ってはならない言葉だった。

香代子は地面に目を落とした。顔を上げると、強い眼光で神場を睨む。目には怒りと、悲しみが入り交じっていた。

言葉を発しないことが堪えた。

詫びなければいけない。そう思いながらも言葉が見当たらず、謝ることができなかった。

気まずい空気が流れるなか、ふたりの横を、巡礼者や観光客が、足早に山門へ向かっていく。閉門の時間が迫っている。

「行くぞ」

それだけ言うと、神場は香代子に背を向けた。香代子は何も言わず、神場のあとをついてきた。

石手寺の近くにある遍路宿に着いたふたりは、夕食もそこそこに風呂へ入った。

宿は木造の小さな旅館で、客室は六つほどしかない。部屋にクーラーはなく、扇風機が一台あるだけだ。

建物は古く、設備も整っていない。しかし、風呂だけはよかった。宿の共同浴場の湯は、近くにある道後温泉から、源泉を引いていた。疲れた身体に、柔らかい湯が気持ちよかった。

重かった気分が少し和らぎ、神場はいくぶん軽い足取りで部屋へ入った。

香代子はすでに風呂からあがり、座卓に向かって巡礼の手引書を開いていた。

「いい湯だったな」

座卓を挟んで向かいに座り、タオルで額の汗を拭いながら声をかける。

「そうね」

香代子が返事をする。言葉に気持ちが籠っていない。訶梨帝母天堂の前で神場が発した言葉に、まだこだわっているのだろうか。

結婚してからいままで、夫婦喧嘩は幾度もした。世の中には、喧嘩が長引き、一週間も会話がない夫婦がいるらしいが、香代子は違った。

もともと穏やかな性格なのか、口にすれば気が済む性質《たち》なのか、香代子は喧嘩をしても、しばらくすると何事もなかったかのように話しかけてきた。喧嘩の原因には一切触れず、いつもと変わらない会話をして、神場を仕事へ送り出す。意地っ張りで、詫びの言葉を素直に言えない神場にとっては、香代子のおおらかさがありがたかった。

しかし、今日は違った。

いつもなら機嫌が直っているころなのだが、表情は険しく、手引書を見てはいるが、心ここにあらずといった様子だ。その証拠に、目が文字を追っていない。一点を見つめたまま、動いていない。

自分が言い放った言葉が、いかに香代子を傷つけたのか改めて感じた神場は、やはり言葉にして詫びなければいけないと思った。

そう思いながらも、詫びるタイミングを逃したいま、どう謝罪すればいいのかわからなかった。

扇風機の羽根が回る音だけが、部屋に響く。

気まずい空気に耐えられず、意を決して頭を下げようとしたとき、手引書を見ながら香代子がぽつりとつぶやいた。

「あなたは、緒方さんが嫌いなの？」

唐突な問いに、つい反発してしまう。

「なぜ、緒方の名前が出てくるんだ」

「幸知と緒方さんが、結婚を前提にお付き合いしてるって、あなたも知っているでしょう」

神場は香代子から目を背けた。

「その話は聞いたが、俺は認めたわけじゃない」

いままで我慢していたものを吐き出すように、香代子は言う。

「どうしてふたりのことを認めないの。緒方さんはいい方じゃない。仕事も一生懸命だし、なにより幸知のことをとても大事に思ってくれている。あなただって、幸知と緒方さんが付き合っているって知る前は、真面目ないいやつだって褒めていたじゃないの」

香代子の言うとおりだった。神場は率直に認めた。

「緒方をいいやつだと思う気持ちに、いまも変わりはない。真面目で刑事としても優秀だと思う」

香代子は畳から勢いよく立ち上がり、神場のそばへ座った。目を逸らしている神場の顔を、下から覗き込む。

「それなら、なにも問題ないじゃない。お付き合いを、認めてあげて」

神場は思った。

香代子は、幸知と緒方が付き合っていることに賛成していた。神場が面白くない顔をすると、困ったように笑うだけだった。なぜ、いまになって、必死に認めさせたがるのか。

香代子は神場の方へ乗り出していた身を戻し、力が抜けたように畳へ尻を落とした。

「幸知の子を、腕に抱きたいのよ」

神場の脳裏に、木彫りのだっこ大師を、大事そうに抱いていた香代子の姿が蘇った。

「巡礼をする前までは、子を望む言葉を口にしてはいけないと思っていた。それが、人によっては、心を抉《えぐ》るほど辛い言葉だってわかっているから。私が、そうだったから」

最後は、消え入りそうなつぶやきだった。

幸知は、神場たち夫婦の子供ではない。亡くなった須田夫婦のあいだに生まれた娘だった。

夜長瀬の駐在時代に、香代子は婦人科系の病を患った。子宮を摘出しなければ、いずれ命に関わる重い病気だった。

当時、ふたりに、子供はいなかった。子宮を失うということは、ふたりに、一生子供は授からないことを意味する。

香代子は悩んだ。万が一にも、子宮を摘出せずに生きながらえる可能性があるなら、子宮を残したい、子を産みたいと切望した。

香代子の意思に、神場は反対した。自分の子を望まないと言えば嘘になる。しかし、子を抱けない辛さより、香代子を失う悲しみの方が大きかった。

神場の説得に折れ、香代子は泣く泣く首を縦に振った。手術を受けたあと、麻酔が切れて目覚めた香代子は、何も言わず天井を見つめていた。表情のない顔が、香代子の深い悲しみを表していた。

香代子が、トトホリの地蔵にお参りするようになったのは、それからだ。神場が巡回から帰ると、香代子は入れ違いで家を出ていく。どこに行くのか訊ねても、ちょっと、としか答えなかった。

さして気に留めていなかったが、ある日、集落の住人である老人から、トトホリの地蔵のところで、よく香代子を見るという話を聞いた。

「まめに掃除をしたり、お花を供えたりしてるよ。信心深いねえ」

そのときに神場ははじめて、香代子が出かける目的が、トトホリの地蔵へお参りするためなのだと知った。

トトホリの地蔵は、稚児像として祀られていた。子供の夜泣きがひどいとか、疳《かん》の虫が強いなど心配事があると、トトホリの地蔵をお参りする風習が集落にはあった。なかには、流れた子の供養にお参りする者もいた。

老人と別れ、神場は自転車をこいで駐在所へ向かった。途中、目頭が熱くなった。駐在所を出ていく香代子の、項垂《うなだ》れた姿が思い出された。きっと香代子は、自分の命と引き換えに、この世へ生まれ得なかった子に詫びるため、地蔵を拝んでいるのだ。

手術のあと、ふたりのあいだでは、子供のことや病のことは禁句になっていた。どちらが言いだしたわけではない、暗黙の約束になっていた。

術後、日に日に体力が戻っていく香代子を見て、心の傷も少しずつ癒えているものだと思っていた。香代子が泣いている姿も見たことがない。しかし、それは神場が香代子の気持ちをわかっていないだけだった。香代子は表に出せない悲しみを、地蔵に参ることで堪えていたのだ。

我が子を抱けない悲しみは、香代子も神場も同じだと思う。しかし、香代子はその悲しみに加え、病を患った自分を責める気持ちを抱いているのだろう。産む性を失った者の苦悩は、男である神場には計り知れない。

老人から話を聞いた神場は、やっとそのことに気づいた。

香代子に、トトホリの地蔵のことは言わなかった。口にすれば、悲しみをさらに抉ることになると思った。自分にできることは、そばにいて支えてやることしかない。

先輩の須田に子が授かったのは、神場が所轄の刑事課へ赴任した一年後のことだった。香代子が子宮摘出手術を受けてから、六年が経っていた。子を産める人が羨ましい気持ちは、あったと思う。しかし香代子も、そのころには夫婦ふたりで生きていく自分の人生を、受け入れられるようになっていた。

須田は自分の子に、幸恵と名付けた。

人見知りすることなく、自分に懐く幸恵を、香代子はことのほか可愛がった。心の奥で産めなかった自分の子を、重ねていたのかもしれない。

神場も香代子と同じように、須田の子を我が子のように可愛がった。そして、幸恵は、本当に神場と香代子の娘になった。

亡くなった須田と妻の祥子には、頼れる身内が誰もいなかった。

引き取り手がいない幸恵を養子にしたい、と言いだしたのは香代子だった。

「この子は私が引き取ります」

幸恵を保護するために葬儀場へやってきた児童養護施設の職員に、香代子はきっぱりと言った。

神場にも、異存はなかった。香代子の病、祥子と須田の死、引き取り手がいない現状を考えると、幸恵は自分たちの子供になるよう定められていたのではないか、とさえ思った。

養子縁組の形は、戸籍に幸知の続柄が長女と記述される特別養子縁組ではなく、養女と書かれる普通養子縁組にした。理由は、須田が残したものを幸知に引き継がせたかったからだ。特別養子縁組にすれば、戸籍上は、実子として記載される。しかしその場合、実親との関係は消滅し、須田の遺産を相続する権利はなくなる。本当の両親については、いずれ話すつもりでいた。そのときに、神場が預かる形になっている須田の財産を、幸知に渡すつもりでいた。だから敢えて、普通養子縁組を選んだ。

養子縁組にあたり、幸恵の名前を変えた。須田の娘の名を知っている者は、警察内部にいる。いずれ幸知には、本当のことを告げようと決めていたが、そのときが来るまではこの事実を、なるべく他人に知られたくはなかった。だから、改名した。

新しい名前は、幸知にした。須田がつけた名前から一文字とって、幸せをたくさん知る人生を歩んでほしいという願いを込めた。

幸知は、いい娘に育った。ひいき目なしに、そう思う。

香代子は、黙り込んでいる神場に詰め寄った。

「私、巡礼してはじめて、こんなにたくさんの人が、子を授かりたいと願っていることを知ったの。そう願うことは、はるか昔からあったんだって。だから私、いまなら言える。私は幸知に幸せになってほしい。そして、幸知の——自分の娘の子を、この腕に抱きたい」

子宮を失ったときに言葉にできなかった心の叫びを、いま、神場は聞いているような気がした。

香代子が神場の返事を待っている。

神場は畳に目を落としたまま、つぶやいた。

「俺だって、幸知には幸せになってほしい」

「緒方さんなら、きっと幸知を幸せにしてくれるわ」

神場は首を振った。

「だめだ」

理由も言わず、頑なに緒方を拒否する神場を、香代子は睨みつける。

神場は奥歯を噛んだ。これ以上、黙っているわけにはいかない。理由を言わなければ、香代子は納得しないだろう。

神場は覚悟を決めると、ぼそりと言った。

「刑事は——警察官はだめだ」

香代子は驚いたように、身を引いた。

「ふたりの付き合いを反対していたのは、緒方さんが警察官だからなの」

事件に関わる警察官という職業は、常に危険と隣り合わせだ。須田も警察官でなければ、命を落としたりはしなかっただろう。

幸知と自分に血の繋がりはない。しかし、幸知を愛しいと思う気持ちは、どの親にも負けない自信がある。幸知には幸せになってほしい。それほど大きな幸せはなくても、大きな苦しみもない、ごく普通の幸せを摑んでほしいと心から願っている。

「緒方に不満はない。しかし、一緒になれば苦労するとわかっている刑事の妻に、幸知をしたくない」

香代子は溜め息交じりに言葉を吐いた。

「私は、あなたの妻になって後悔したことは一度もないわ。むしろ、刑事の妻であることを誇りに思っている。それは幸知だって同じはずよ」

――誇り。

香代子のひと言は、神場の心に突き刺さった。

十六年前に起きた、純子ちゃん事件の悔恨が、再び蘇る。

冤罪かもしれない事件を、見逃した自分に、刑事としての誇りなどない。あるのは、あの事件は冤罪だったのではないかという強い疑惑と、事件を追及しなかった後悔、弱い自分への自責の念だけだ。

緒方の顔を脳裏に描く。最後に緒方から連絡があったのは、二日前だ。愛里菜ちゃん事件の捜査に関わる進捗状況を知らせる電話だったが、これといって目新しい進展はなかった。

捜査本部にも焦燥感が募り、捜査員たちの疲れも濃くなっている、と緒方は言っていた。

お前は大丈夫か、と訊ねると、力強い声が返ってきた。

「俺たち前線の捜査員が、音をあげたらお終《しま》いです。愛里菜ちゃんの遺族のためにも、犯人逮捕に向けて全力を注ぎます」

また連絡します、と言って緒方は電話を切った。

緒方の心強い返事を思い出しながら、神場は不安を抱いていた。

緒方はまだ若い。刑事という仕事に、なんの疑問もなく邁進《まいしん》している。だがいずれ、自分と同じ悩みを抱くときが来るかもしれない。個人の倫理と組織の論理の狭間で、身動きが取れなくなり、己の生き方に疑問を覚えるときがくるかもしれない。そのとき、緒方はどうするのか。悩み、苦しみ、出口のない迷路で彷徨《さまよ》い続けるのではないか。もし、そのとき、幸知が緒方の妻になっていたら、どうなる。緒方の悩みは幸知の悩みにもなる。緒方とともに幸知は苦しむはずだ。

――幸知に、そんな苦しみを背負わせたくない。

「あなた」

説得するように、香代子は神場の膝に手を置く。

その手を振り切るように立ち上がり、敷いた布団にもぐりこんだ。

「その話はもういいだろう。疲れてるんだ。明日も早い。お前も早く寝ろ」

取りつく島もない言い方に、今日はこれ以上話にならないと思ったのだろう。

香代子は電気を消すと、神場の隣に敷いてある布団へ入った。

8

神場は、霧深い山中を歩いていた。

あたりには、腰丈ほどもある笹が生い茂り、湿った土と草の匂いが漂っている。手にしている捜索棒で、神場は笹をかき分け前に進んでいた。

横を見ると、十年前に死んだ父親が、同じように捜索棒で笹をかき分けている。父親の背後には、かつての同僚や駐在時代の村の住人など、自分と縁のある者たちがいる。

また、同じ夢だ。

神場は、自分が夢のなかにいることに気づく。十四年近く、幾度となく見てきた悪夢だ。

このあと神場は、ある幼女の遺体を発見する。十六年前に殺害された純子ちゃんだ。夢のなかで純子ちゃんは、神場に向かって言う。

――おうちに、かえりたい。

そこでいつも、目が覚める。しかし、今日は違っていた。

湿った黒い地面の上に、幼女が横たわっているところまでは同じだったが、倒れている子供は純子ちゃんではなかった。

愛里菜ちゃんだった。

目を開けたまま、真上を見ている。顔を覗き込むと、目が動き神場を見据えた。

愛里菜ちゃんは、神場に向かって恨みがましい声で言った。

――ひとごろし。

違う。

神場は叫ぼうとした。自分は、愛里菜ちゃんを殺した犯人ではない。そう訴えようとした。しかし、声が出ない。

ふと、人の気配を感じて振り返ると、純子ちゃんの両親がいた。ふたりは無表情なま ま、地面に座り込んだ神場を見下ろしている。

気がつくと、大勢の人間に囲まれていた。夢のなかで、山中を一緒に捜索していた者たちが、神場を取り囲んでいる。神場の父親、かつての同僚、学生時代の同級生らが、幽鬼のような青白い顔で、見据えている。
なかに須田がいた。須田の妻、祥子もいる。
ふたりも言葉を発しない。怒りと悲しみが入り交じった表情で、なにかを訴えるよう
にじっと神場を見ている。
神場を取り囲んでいる者たちの口から言葉が、一斉に解き放たれた。
——人殺し。人殺し。
神場は声にならない声で叫ぶ。
違う、俺じゃない。俺は誰も殺していない。
目の前に、誰かが立った。遍路の白装束を纏い、菅笠を被っている。
遍路姿の人物が顔をあげる。
香代子だった。腕に、幼い子供を抱いている。幸知だ。
幼い幸知は香代子の腕のなかで、ぐったりとしている。こと切れているようだ。
神場は驚いた。なぜ、幸知が死んでいるのか。
香代子は言う。
——純子ちゃんも、愛里菜ちゃんもあなたが殺した。そしてこの子も。
神場は激しく首を振る。なぜ、俺が幸知を殺さなければいけないのだ。違う。俺は誰
も殺していない。俺は犯人じゃない。

香代子の腕のなかで、幸知が目を開けた。首だけを神場に向けて、ぽつりとつぶやく。

――ひとごろし。

神場は、はっとして目を覚ました。視線の先に、古い板張りの天井が見える。宿の布団の上だ。隣では、香代子が穏やかな寝息を立てていた。

身体を起こし、首の後ろに手を当てた。前と同じように、浴衣の襟が汗でぐっしょりと濡れている。

薄闇のなか、枕元の腕時計を手に取り文字盤に目を凝らす。蛍光塗料が塗られた針は、明け方の四時を指していた。

香代子を起こさないように静かに布団から出る。廊下へ向かった。

廊下の奥にあるトイレで用を足すと、手を洗い、目の前にある鏡を見た。

青白い顔の男が、自分をじっと見つめていた。顔色が悪いのは、裸電球の薄暗い灯りのせいだけではない。

耳の奥で、夢のなかの声が蘇る。

――ひとごろし。

洗面台の縁を摑みながら、神場は頭を左右に振った。

純子ちゃんの遺体を山中で見つける夢は、十四年近く見続けている。しかし、今日の夢はいつもと違っていた。

純子ちゃんの遺体は愛里菜ちゃんになっていて、香代子の腕のなかで幸知が死んでいた。そして、夢に出てきたすべての者が、神場を人殺しと責めた。

夢のなかの声が、鼓膜に張り付いている。目覚めたいまも消えない。

神場は一度止めた水道の蛇口を捻ると、乱暴に顔を洗った。

冷たい水で、ぼやけていた頭が、すっきりとしてきた。水を止め、洗面台の取っ手にぶら下がっているタオルで、顔を拭う。鏡に映った顔は、青白いままだった。

巡礼に出て三十七日が過ぎていた。昨日の夕方、神場と香代子は今治《いまばり》市の中心にある五十五番札所の南光坊《なんこうぼう》を打った。そのあと、札所の近くにある宝来《ほうらい》ホテルに泊まった。

ホテルと名はついているが、民宿と呼ぶ方がしっくりとくる小さなお遍路宿だ。風呂と手洗いは共同で、客室も六畳の和室が五つしかない。

部屋に案内されて白衣から浴衣に着替えたとき、神場の携帯が震えた。

緒方だった。

このところ緒方は、寺の閉門時刻が過ぎてから連絡を寄こすようになった。巡礼の邪魔をしないよう気を遣っているらしい。心遣いはありがたいが、夕刻の電話は、神場を落胆させる。緒方には、事件に動きがあったらいつでも連絡を寄こせ、と言ってある。

この時間に電話がかかってくるということは、急いで伝えなければいけない情報はない、ということだ。

かかってきた時間帯から、相手は緒方だと察したのだろう。気を利かせたらしく、香代子は風呂に入ってくると言い残し部屋を出ていった。

「新しい動きはないのか」

部屋にひとりになると、神場は前置きをせずに結論を訊ねた。

「すみません」

申し訳なさそうに、緒方が詫びる。

緒方から連絡があったのは、四日ぶりだった。そのときも緒方は、事件の進捗状況を訊ねる神場に詫びた。

責めているつもりはなかった。それは緒方も承知しているはずだ。

事件発生からひと月半近くが経つのに、犯人像すら見えてこない。捜査の最前線にいる者として、忸怩《じくじ》たる思いを抱いているのだろう。

緒方の報告によれば昨日、七月二十一日に、有力と思える被疑者が捜査線上に浮上したとのことだった。名前は佐々木健《さきけん》、二十五歳。尾原市内の小学校の教諭をしていた。

佐々木は小学校三年生のクラスの担任を務めていたが、自分のクラスの女子児童のスカートのなかを、携帯カメラで盗撮した容疑で逮捕された。

盗撮現場を目撃した複数の児童の訴えにより、学校関係者が佐々木の携帯を確認したところ、盗撮したと思われる、女子児童のわいせつ画像が多数保存されていた。教育委員会から通報を受けた所轄が、佐々木のマンションを家宅捜索すると、児童ポルノにあたる非合法なＤＶＤや画像も発見された。そのなかには、佐々木本人が公園の女子トイレに取り付けたと思しき、隠しカメラによる動画もあったという。

所轄の捜査員が身辺を調べると、佐々木が白い軽ワゴン車を所有している事実が判明した。

愛里菜ちゃんの遺体発見現場付近で目撃されている白い軽ワゴン車は、犯人に結び付く大きな鍵だ。愛里菜ちゃん殺害事件の、被疑者となり得る可能性がある。

所轄はすぐに、捜査本部へ連絡を入れた。

一報を受けた捜査本部は、色めき立った。性犯罪者は累犯の傾向があり、余罪が多い。捜査員の誰もが、佐々木が本ボシかもしれないと考え、一気に犯人逮捕へ向け捜査が進展することを願った。

しかし、その願いは虚しく消え去った。

一報の二時間後に、佐々木にはアリバイがあることが証明されたのだ。

愛里菜ちゃんの死亡推定時刻は、六月九日の夜九時から翌十日の深夜零時前後だが、その時間、佐々木は学校のＰＴＡ関係の呑み会に参加していたのだ。呑み会は九日の午後六時半から十時まで続き、その後、佐々木は数人の保護者と夜中の二時までカラオケをしていた。

緒方がか細い声で補足する。

「このことは、呑み会に参加した者や、カラオケに同行した保護者から裏が取れています。佐々木は、愛里菜ちゃん事件とは無関係でした。進展したと思った捜査は、振り出しに戻りました」

報告を聞いているうち、胸のむかつきが激しくなった。幼い女児にわいせつ行為を行っていた佐々木に対する憤りと、愛里菜ちゃん事件の犯人がいまだ捕まらない苛立ちだ。やり場のない怒りを、神場は遠まわしに吐き出した。

「佐々木が捜査線上に浮かんだときに、どうして連絡を寄こさなかった」

結果として、佐々木は犯人ではなかった。緒方が神場に連絡しようがしまいが、いまとなっては関係がない。しかし、強い悔しさが、神場にそう言わせた。

緒方は二度目の詫びを口にした。

「すみません。一報を受けた時点ではっきりしていたことは、佐々木が白い軽ワゴン車を所有していることと、小児性愛者であるということだけで、事件との関連に確証がなかったものですから、もう少し情報が入ってからお伝えしようと思いました。それに……」

「それに、なんだ」

言葉を途中で切った緒方に、先を促す。

緒方は言い辛そうに、神場に連絡しなかったもうひとつの理由を述べた。

「愛里菜ちゃん事件の犯人を逮捕した、少なくともホシが見つかった、と神さんに伝えたかったからです」

神場は声を失った。緒方に苛立ちをぶつけたことを悔いる。捜査が進まず焦りを抱いているのは、神場以上に、現場の捜査員たちだ。犯人を挙げ、神場を喜ばせたかった緒方の失望はいかばかりだっただろうか。

わずかな沈黙のあと、今度は神場が詫びた。

「すまなかった。いまのことは忘れてくれ」

携帯の向こうで、慌てる気配がした。

「神さんが謝ることはありません。俺の判断が間違っていたんです。神さんに捜査の協力を仰ぎながら報告しなかった俺に、非があるんです。本当に申し訳ありません」

緒方が謝れば謝るほど、身の置き処《どころ》がなくなった。八つ当たりをした自分の未熟さが恥ずかしく、緒方をいいやつだと感じるほど、幸知との交際を反対している自分が、朴《ぼく》念仁《ねんじん》のように思えてくる。

――幸知とは連絡をとっているのか。

咽喉まで出かかった言葉を、ようやく呑み込む。

一度でも、神場から幸知の名前を出してしまったら、ふたりの交際を認めてしまうことになると思った。

神場は私情を頭から振り払うと、緒方に訊ねた。

「捜査は振り出しに戻った、お前はさっきそう言ったな」

急に話が遡り、緒方は戸惑ったようだった。神場の問いに、躊躇いがちに答える。

「はい、言いましたが、なにか気になることでもありましたか」

神場は声に力を込めて言った。

「双六《すごろく》にはゴールの手前に、ふりだしまで戻る、という底意地の悪いコマがある。世の中はそんなもんだ。ふりだしに戻されても、諦めなければ、いつか必ずゴールできる」

虚を衝《つ》かれたように緒方は一瞬沈黙したが、すぐに力強く神場の励ましに答えた。

「はい、諦めずに頑張ります」

「負けずに踏ん張れ」

そう言って、神場は電話を切った。

神場は携帯を座卓に置くと、自分で茶を淹れた。茶を飲みながら、いましがた聞いた緒方の報告を反芻《はんすう》する。

佐々木が犯人ではなかったと聞いたとき、神場はやり場のない憤懣《ふんまん》を感じながらも、心の隅では、やはり、と思った。

十六年前に起きた純子ちゃん殺害事件と今回起きた愛里菜ちゃんの事件は、同一犯の仕業なのではないか、という疑念を、神場は拭い切れずにいた。

ふたつの事件が類似していることもあるが、一番の理由は、純子ちゃん殺害事件で逮捕された八重樫は無実なのではないか、との思いが根底にあるからだった。

犯行時に八重樫と思しき人物の目撃情報があったことを知った、当時の県警捜査一課長・国分と、県警本部長の片桐、刑事部長の塚原は、再捜査は不要と判断した。

警察組織は上意下達《じょういかたつ》だ。上が白と言えば、黒いものも白くなる。神場があの場で、いくら再捜査を懇願しても、願いを聞き入れられる可能性はまったくなかった。

だが、どうしても納得いかなかった神場は、独力で捜査を続けた。犯人が捕まったにもかかわらず、調べを続けていることを誰かに知られたら、その者の口から国分をはじめとする上層部の耳に入らないとも限らない。上層部は、命令に従わなかった神場を快く思わないだろう。自分の警察組織での立場は極めて悪くなり、ともすれば、再び駐在勤務に戻る可能性もある。

神場はそれでもいいと思った。真犯人が別にいるかもしれない可能性から、目を背けることはできなかった。自分は自分の信念に基づき動く。その結果がどのようなものであっても甘んじて受け入れる覚悟はできていた。そうなれば苦労をかけることになる香代子には申し訳ないと思ったが、決意が揺らぐことはなかった。

神場は非番の日や勤務の合間に現場付近の聞き込みを続け、事件の報告書を読み漁《あさ》った。

だが、新たな犯人像は浮かんでこなかった。

捜査に行き詰まった神場は、ふたつの可能性を考えた。

ひとつは、犯人はすでにこの土地を離れ、別な土地へ逃亡したとするもの。もうひとつは、犯人はもうこの世にはいないというものだ。罪を犯した犯人が、高飛びする話はよくあるし、三億円事件をはじめとする重大未解決事案には、犯人死亡説がついてまわる。

ふたつの仮説のうち、前者である可能性は低いと思った。純子ちゃんの所在不明が確定した直後から、警察は検問や幹線道路に設置されているNシステムの解析を行うとともに、不審車両や不審者の洗い出しを徹底して行っていた。当然ながら、事件後に廃車にされた車両や、車の所有者変更、車両の買い替え記録も確認している。厳重な捜査の網をくぐり抜けて、県外へ逃亡するのは極めて難しい。

わずかだが、前者に比べれば後者の方が、まだ可能性は高いと思った。犯人が、犯行後になんらかの理由で死亡していたとしたら、捜査の手が届かないこともあり得る。どちらにせよ、役所を当たるべきだ。そう神場は考えた。

神場は非番の日に、坂井手市役所へ赴いた。殺害された純子ちゃんの自宅がある地域の役所だ。

住民課の窓口へ行くと、課長を呼び出し、捜査の協力を求めた。「前年の六月十二日から今日までの、転出届と死亡届の記録を見せていただけないか」

役所や企業などに個人情報を照会する際、本来なら、然《しか》るべき「捜査関係事項照会書」が必要となる。が、個人情報にそれほど煩くなかった当時は、警察手帳を見せるだけで事足りた。

神場が警察手帳を掲げると、住民課の課長は一瞬、驚いた顔をしたが、すぐに肯いた。通された会議室で、受け取った記録簿へ目を通す。

半日ほど部屋に籠って、およそ一年分の書類を確認した。しかし、疑わしい人物は見当たらなかった。

それでも神場は、万が一にも取り零すまいと、三件の転出届とふたりの死亡者の裏を取った。理由は、役所へ届け出をした時期と死因だった。

神場が目をつけた三件の転出届は、純子ちゃんが行方不明になった翌日から、純子ちゃんの遺体が発見されたとマスコミが報道するまでの五日のあいだに提出されている。事件が起きてから、事が公になるまでのタイミングで、事件現場となっている坂井手市から出ていった人物を探った。

一件は二十一歳の独身男性。もう一件は二十九歳の妻帯者。最後は五十五歳で、独り暮らしの男性だった。

神場は三人の周辺を探り、転出した理由を突きとめた。二十一歳の男は、転職による引っ越しで、二十九歳の妻帯者は、勤め先の事情による転勤だった。残る五十五歳は、長年患っていた病が悪化し、独りで暮らすことが困難になったため、神奈川県にいる長女が引き取ったとのことだった。

三件とも、事件との関連で転出したとは考えづらい。

続いて神場は、ふたりの死亡者をあたった。

二十五歳と三十九歳の男だが、ふたりとも自殺だった。自分が犯した罪の重さに耐え切れず、警察に捕まる前に自ら命を絶ったのではないか、と考えたが、ふたりとも事件当日のアリバイがあった。自殺は純子ちゃん事件とは無関係だった。

その後、神場はおよそ一年かけて、坂井手市近隣の市町村役場を、同じように調べて回った。だが、すべて無駄足だった。

最後の町役場を調べ終えた夜、神場は自宅の茶の間で酒を呑んだ。家族が寝静まった静かな茶の間で、ひとりで猪口を傾けていると、複雑な思いが込み上げてきた。

自分の捜査は無駄足に終わった。やはり犯人は八重樫だったのだと安堵する一方、冤罪の疑いが晴れたわけではなく、自分の力が足りなかっただけではないか、という忸怩たる思いも去来する。

猪口を揺らす神場の耳に、本部長室で聞いた国分の声が蘇った。

——我々は、信頼を失うわけにはいかない。

国分の声を忘れようと、神場は酒を呷《あお》った。

そばに置いていた四合瓶が、見る間に減っていく。ぐらりと身体が揺れて、神場は茶の間の床で酔い潰れた。

悪夢を見るようになったのは、その夜からだ。

山中で遺体となって発見された純子ちゃんが、悲しみと恨みが籠った声で神場に言う。

——おうちに、かえりたい。

神場は顔を拭いたタオルで、首の後ろを拭った。汗はだいぶ引いている。

夢から覚めたあと、きまって身体にびっしょり汗をかいている。

神場は十六年前から、目に見えないなにかに対する憤怒と疑念、諦観を抱えながら生きている。悪夢は、こうした感情がなくならない限り——純子ちゃん事件が神場のなかで解決を見ない限り、見続けるだろう。もしかしたら、死ぬまで悪夢から逃れられないかもしれない。

——地獄だな。

いや、と神場は首を振る。本当の地獄を味わっているのは、被害者と遺族だ。自分の感情など、被害者や遺族の痛苦に比べたら、些細なものだと思う。

担当捜査員とはいえ他人の自分がこれだけ辛いのだから、我が子の命を無残に奪われた両親の苦しみは、いかばかりだろう。そう考えると、犯人への憎しみは募り、二度と同じような事件が起きてはならないと強く思う。

同じような事件——頭のなかを掠《かす》めた言葉に、神場の肩がぴくりと跳ねた。

テレビのニュースで観た、愛里菜ちゃんの顔が脳裏に浮かぶ。

神場が真に恐れているのは、八重樫が本ボシではなかったとしたら、幼女を手にかける鬼畜が野放しにされている、ということだ。その鬼畜が再び獲物に牙を剝いたとき、新たな悲劇が起きる。それが、愛里菜ちゃんではないのか。愛里菜ちゃん殺害事件は、十五年前に再捜査を拒んだ警察組織が野放しにした、同一人物による犯行ではないのか。

今回の事件が起きる前にも、幼女に対するわいせつ事案は県内で何度も発生している。そのたびに神場は、犯人が純子ちゃん事件と関連はないか、それとなく調べてきた。幸か不幸か、純子ちゃん事件との繫がりは見いだせなかった。

性犯罪のなかでもとりわけ幼女に関わる事案は、累犯の傾向が強い。しかし、今回起きた愛里菜ちゃん事件は、純子ちゃん事件から十六年もの時間が経っている。ふたつの事件のあいだが開きすぎている。

神場はタオルを洗面台の取っ手に戻すと、灯りを消して廊下へ出た。音を立てないよう、静かに廊下の窓を開ける。

夏の夜明けは早い。空がすでに白みかけている。

ふたつの事件が結び付くとしたら、可能性はひとつしかない。犯人が幼女を毒牙にかけようとしても、手を出せない状況に置かれていた、という仮説だ。

しかし、十六年もの長い間、欲望を抑え込める環境などあるだろうか。例えば、なにかしらの病で病院に長期入院を余儀なくされていた。もしくはなにかしらの事故で、身体の自由がきかなくなっていた。そのふたつの可能性は極めて低い。どちらの場合も、十六年もの長いあいだままならない生活を強いられていた者が、幼女を拉致して凌辱し、殺害できるまでの回復が見込めるだろうか。ごく一般的な生活が送れるまでの治癒は可能だろうが、相手は小学生とはいえ、抵抗する人間を押さえ込み死に至らしめるほどの回復は難しいように思う。

可能性のある合理的推測は、ひとつ——

神場の頭のなかには、ふたつの仮説のほかにもうひとつ、ずっと消し去れずにいる推測があった。確かめる術《すべ》もなく、長い間、頭の奥深くに小さなしこりのように残っているものだ。

神場は窓枠に手をのせて、夜明け前の空を見つめた。

すでにあたりの大気が、熱を帯びてきている。それでいて、空気は重い。

空っ風で知られる群馬で生まれ育った神場には、肌にねっとりと絡みつくような高い湿度が堪えた。

いっそ、雨がほしい。

神場は思った。

小雨でもいい。空が少しでも泣いてくれれば、身体に纏わりつく黒い澱《よど》みが、わずかでも流れ落ちそうな気がする。

神場は窓を閉めると、足音を立てないよう、静かに部屋へ向かった。

朝食を摂り、宝来ホテルを出た神場と香代子は、次の寺へ向かった。五十六番札所、泰山寺《たいさんじ》だ。泰山寺は、今治市の郊外にある。ゆっくり歩いても、一時間もあれば余裕で辿り着ける距離だ。

しかし、実際に泰山寺に着いたのは、九時を回ったころだった。予定より、三十分近く遅れた。

宿から泰山寺までは、今治市内の大通りを通る。地元の特産品や土産物が置いてある店の前を通ると、香代子の足は自然に遅くなった。ガラス張りの大きな窓からなかの様子を見たり、ときには店に立ち寄ったりして、陳列している品々に、目を輝かせている。神場は、地酒には興味があるが、その土地の菓子や土産物には関心がない。急かしたくなったが、香代子の楽しそうな表情を見ていると、それも憚《はばか》られた。

さらにもうひとつ、香代子に意見しづらい理由があった。

神場は三日前の夜の口論を引きずっていた。緒方と幸知の付き合いを巡ってのことだ。あの夜から、緒方と幸知の話が、ふたりの口から出たことはない。口論したことなど忘れたかのように、普段と変わらない態度でともに巡礼を続けている。

しかし神場は、香代子と自分のあいだに、薄紙を一枚挟んでいるようなぎこちなさを感じ取っていた。それはおそらく、香代子も同じだと思う。長いこと夫婦をしていると、他人なら見逃すような些細な表情の変化や声の調子で、互いの心の内がわかるようになるものだ。

香代子に意見することによって、懸命に隠そうとしている相手へのわだかまりが、表面化しそうな気がした。今度、言い争いをしたら、なぜ幸知を刑事の妻にさせたくないのか、本当の理由を言葉にしてしまいそうな怖さがあった。

急ぐ旅ではない。そう自分に言い聞かせ、神場は黙って香代子のするに任せた。

本堂と大師堂に参り、納経所で朱印をもらう。

石段を下りて境内を出ようとしたとき、寺の敷地を取り囲んでいる白塀の端に、ひとりの男がいるのを見つけた。男はそばにある老木の、地面から地表に出ている太い根に腰を下ろしている。どうやら、木陰で涼んでいるようだ。

俯いていた男が、顔をあげた。菅笠から覗いた顔に、神場は驚いて足を止めた。

香代子も男に気づいたらしい。立ち止まり、神場に確認する。

「あなた、あの人」

神場は肯いた。

「ああ、前に会った人だ」

男は、神場たちが道中で二度出会った、逆打ちを区切り打ちで回っている巡礼者だった。

視線を感じたのか、男が神場たちに顔を向けた。

神場は反射的に、頭を下げた。

男もこちらを覚えていたらしい。少し驚いたように目を見開くと、地面から立ち上がり、深々と頭を下げた。

香代子はまるで古い友人に会ったかのように嬉しそうな顔をすると、男に歩み寄った。よく言えば友好的、言い換えれば警戒心が乏しい性格は、旅先でも変わらない。

「こんにちは。またお会いしましたね」

香代子が男に話しかける。

男は、はい、と答えた。

香代子は続けて言った。

「今日も暑いですね」

再び男が、はい、と答える。

妻が話しかけているのに、夫が黙っているのもおかしな感じがして、神場は香代子の肩越しに訊ねた。

「栄福寺《えいふくじ》からいらしたんですか」

栄福寺は五十七番札所で、順打ちの神場と香代子がこれから向かう寺だった。

はい、と男は肯いた。

男は地面に置いていたリュックを持ち上げると、なかからビニール袋を取り出した。袋に手を入れると、何かを取り出し香代子に差し出した。

「これ、どうぞ」

男の手には、小袋に入った塩飴が五つあった。

「いつかいただいた塩飴、美味しかったです。奥様から水分だけじゃなくて塩分もとった方がいいと教えていただいたので、あれから常に持ち歩いているんです。これ、あのときのお礼です」

香代子は慌てて、顔の前で手を振った。

「お礼なんて、気を遣われなくてもいいんですよ。飴はそのときに手持ちがあったものを差し上げただけだし、私たちも道中、いろいろな方から良くしていただきました。こういうことはお互い様なんですから。それに、あなたも、まだこれからお寺を回られるんでしょう。ご自分で召し上がって」

男は、小さく首を振った。

「今回の巡礼は、ここで終わりです」

え、と意外そうに香代子が声をあげた。

男は後ろを振り返ると、白塀越しに見える寺の瓦屋根を見つめた。

「三か月かけて、八十八か所すべての寺を回り終えました。ここが、最後の寺です。なんだか気が抜けて、境内を出たあと、地面に座ってぼうっとしていたんです」

一般的には、香川県にある八十八番札所、大窪寺《おおくぼじ》が結願寺となる。しかし、それは決まったことではない。順打ちをしている者にとってはそうだが、バラ打ち、区切り打ちをしている巡礼者にとっては、最後に回った寺が結願寺となる。

香代子は心から感じ入った様子で、男の結願を喜んだ。

「無事に巡礼を終えられてよかったですね。お疲れさまでした。でも――」

少し間を置いて、香代子は寂しそうに笑った。

「偶然も三度も重なると、なんだかご縁を感じて、四度目もあるんじゃないかと勝手に思っていました。もうお会いすることはないと思うと、少し残念です」

男は困ったように、笑いながら目を伏せた。

もうお会いすることはない、という香代子の言葉を、心のなかで反芻する。

男に会うのは、これが最後だ。もう二度と会うことはない。

ふいに、浄蓮庵で最初に会ったときの、男の目が思い出された。深く穿たれた窪みのなかで、闇のように暗い目。結願した安堵からか、あのときに比べると、いまはわずかながらだが、瞳に光が感じられる。

香代子と男は、当たり障りのない会話を交わしている。

ふたりの会話を黙って聞いていた神場は、気がつくと思ったことを口にしていた。

「どうして、逆回りに区切り打ちをされていたんですか」

唐突な問いに、香代子は驚いて後ろにいる夫を振り返った。

「あなた」

それ以上、言葉にはしないが、目が不躾《ぶしつけ》な質問を責めていた。それでも神場はやめなかった。

「なぜ、逆打ちをしようと思われたんですか」

男の顔から笑みが消える。

香代子は神場に詰め寄る。小声で非礼を咎《とが》めた。

「いったいどうしたの。このあいだも、いきなり人様の私生活に土足で踏み込むような真似をして。失礼でしょう」

香代子が言うこのあいだというのは、千羽鶴さんのことだ。

たしかに、自分は鶴に対しても、目の前にいる男に対しても、ひどく無礼なことをしていると思う。しかし、わかっていても、人がどれほどの重さを抱えながら日々暮らし、人生の理不尽さをどのように受け止め、なにによって昇華するのか、どうしても知りたかった。

「教えていただけませんか」

引かない夫に、香代子は困惑して立ち尽くす。

男は探るような目で神場をしばらく見ていたが、くるりとふたりに背を向けた。

「この先に、休憩所があるんです。少し休みませんか」

男は神場の返事を聞かずに、歩き出した。

神場は男のあとを追った。後ろから、香代子が重い足取りで、ついてくる気配がした。

両側に田圃が広がる細い道を歩いていくと、男が言う休憩所が見えた。

地元の人間が作ったのだろう。端材を組み立てて、屋根にトタンを載せただけの、簡素な造りだった。駐在所の前にあった、たったひとつのバス停を思い出す。戸も窓もない入り口に、ご休憩所、と墨字で書かれた板がぶら下がっていた。

「風を遮るものがないから、冬は寒いでしょうけれど、今の時期は逆に風通しがよくて気持ちがいいです」

男はなかに入ると、壁と壁に板を渡しただけの椅子に腰を下ろした。神場と香代子も、男と向かい合う形で、椅子に腰を下ろす。

男は、リュックからペットボトルを取り出して口にすると、話を切り出した。

「逆打ちを選んだ理由を知りたい、とおっしゃいましたね」

神場は肯いた。止めても無駄だと思ったらしく、香代子は諦めたように目を伏せている。

男は神場を見ながら、静かに言った。

「私は、人を殺しているんです」

神場は息を呑んだ。香代子も驚いて、顔をあげる。

「相手は、実の母親です。首を絞めて殺しました」

まるで他人事のように、男は自分の過去を語りはじめた。

「私のことは川瀬《かわせ》とでも呼んでください。今年で五十三歳になります。母親を殺したのは、いまから十年前です。私が四十三歳、母は七十五歳でした」

川瀬は、ある地方都市に生まれた。父親は地元で呉服屋を営んでおり、店は大正時代から続く老舗だった。当時は従業員も多く、川瀬の祖父母も健在で大所帯だったという。母親は店の客の娘だった。結婚したのは、父親が四十四歳、母親が三十歳のときで、母親は初婚だったが、父親は再婚だった。

父親が最初の結婚をしたのは、二十五歳のときだった。そのときの妻は、父親が、三十五歳のときに病で亡くなっている。ふたりのあいだに子供はいなかった。

このままでは家が滅ぶと悩んだ祖父母は、息子に再婚を勧めた。見合いの相手に選ばれたのが、川瀬の母親だった。母親は器量よしだが、ひどく感情的なところがあり、いくつか持ち込まれた縁談も結局まとまらず、三十路《みそじ》の声を聞くまで実家で家事手伝いをしていた。

祖父母は、母親の気性の荒さを気にしながらも、そのくらい気が強くなければ老舗の店を切り盛りしてはいけないと考え、強引に縁談をまとめたのだった。

結婚した当初は、店の経営も安定し、穏やかな暮らしが続いていた。父親も二度目の妻を大事にし、母親もやっと縁があった夫に尽くした。

川瀬が生まれたのは、ふたりが結婚してから二年後のことだった。

「私は家の者みんなから、祝福されて生まれました。祖父母は待望の後継ぎの誕生に諸手をあげて喜び、父は歳をとってから授かった息子を、目に入れても痛くないほど可愛がってくれました。母も腹を痛めて産んだ我が子を、慈しんで育ててくれたと思います。私は誰からも、愛されていました」

川瀬は小さく息を吐くと、話を続けた。

幸せだった暮らしは、川瀬が小学校高学年になったあたりから崩れはじめた。

若い層の着物離れが進むにつれ、老舗とはいえ川瀬の実家も、経営が傾きはじめた。むしろ、老舗という看板の重さが、経営判断を鈍らせたのかもしれない。

代々続いた店を守らなければいけない、そう考えた父親は、古くからの伝統的な文様や小物にこだわり、いまの若者が好むデザインを邪道と考えた。その結果、昔からの常連客は歳を重ね減る一方で、新しい客はつかず店の負債は嵩《かさ》んだ。川瀬が高校一年生のときに、店は倒産する。

悪いことは重なるもので、その年に父親は両目の視力を失った。心労からか、毎晩呑んでいたやけ酒が悪かったのか、若い頃からの持病である糖尿病が悪化したのだ。そして、五年後、父親は多臓器不全で亡くなった。

「母親の気落ちは、それはひどいものでした。食欲もなく、風呂に入る気力もなく、一日中、仏壇の前に座ったままぼうっとしているんです。その頃には祖父母ももう他界していましたから、自宅を売ったあと借りたアパートには、私と母親ふたりだけで住んでいました。当時、私は奨学金で大学へ行っていましたが、アパートに帰ってまずすることは、母の生存確認でした。授業を受けていても、ふと不安になり、いまごろ母は、茶の間で手首を切っているのではないか、もしかしたら電車に飛び込もうとしているのではないかと、気が気ではありませんでした」

母親が元気を取り戻しはじめたのは、精神科へ通院をはじめて半年が経った頃からだった。このままでは母親は自ら命を絶ってしまう。そう思った川瀬が、無理やり受診させたのだ。

最初は精神科への抵抗感から通院を拒んでいた母親だったが、睡眠導入剤のおかげで不眠が解消されたことが、医師への信頼に繋がったらしい。次第に自分ひとりで、病院へ通うようになった。

通院してから二年後には、川瀬と一緒に小旅行へ出かけられるまでに回復した。

「東京の浅草寺《せんそうじ》に行ったときのことは、よく覚えています。おみくじを引いたんですが、私が凶で母が大吉でした。母は、私のおみくじを見て、普段の行いが悪いからだ、なんてからかいましてね。あのときは本当に楽しかったなあ」

母親の話をする川瀬の目は、慈愛に満ちていた。川瀬が心から母親を愛していたことがひしひしと伝わってくる。

神場は不思議に思っていた。いままでの話を聞いた限りでは、川瀬が母親を殺す動機がわからない。母親思いの息子は、なぜ自らの手で親の命を奪ったのか。

母親の思い出を嬉しそうに語る川瀬の目が、ふと翳った。

「一度は落ち着いた母の精神が、再び乱れはじめたのは、私が結婚してからでした」

大学を卒業した川瀬は、呉服チェーン店に就職した。全国に支店がいくつもある大手の販売店で、高価な誂《あつら》えものから安価なものまで、手広く展開していた。

呉服屋に就職を決めた理由は、物心ついたころから身近に存在した和服に、愛着があったからだった。着物を見ていると、自分を可愛がってくれた祖父母や亡くなった父親が思い出された。

しかし、母親はそれをよしとしなかった。息子の着物への愛着を、かつての店の再建に結びつけてしまった。いくら川瀬が、自分で店を持つつもりはない、と言っても、気持ちは変わるものだからと、聞く耳を持たない。

早く一人前になって、失った看板を再び掲げてくれ、と母親は懇願した。

母親の一方的な願望は、川瀬の結婚を機に、さらに強まった。

川瀬の妻は、同じ呉服店に勤めていた売り子だった。同い年で気立てがよく、川瀬はひと目で気に入った。付き合って二年後に入籍した。川瀬が二十五歳のときだった。

「アパートに三人で住みはじめたんですが、母親は妻に、毎晩説教をするんです。いずれ自分の店を持つのだから、和服の知識をもっと身につけなければだめだとか、掃除の仕方が悪いとか、ときには、箸の上げ下ろしにまで意見する。当然、子供の話も出ました。子供は早く産め。子供は多ければ多い方がいい。少なくとも、男の子を産むまでは頑張れ、とよく言っていました。母からすれば、自分が子供をひとりしか産めなかったことが悔しかったんでしょう。でも、妻にはそんなことは関係ありません。毎晩のように説教が続き、次第に耐えられなくなっていきました」

川瀬が咎めても、母親の説教は止まらなかった。良くも悪くも、母親は思い込みが激しく、気が強い性格だった。

川瀬と妻が離婚したのは、結婚から五年目のときだった。理由は、妻の浮気だった。姑との向き合い方に悩み、相談に乗ってもらっていた職場の上司と、懇ろになったらしい。

「その上司は独身でしてね。妻は、男の子供を身籠っていました。ふたりは一緒になって、子供を産むと言うんです。私はなにも言わずに別れてやりました。それが私の、妻に対する贖罪《しょくざい》であり、できる唯一のことでした」

離婚したあと、川瀬は会社を辞めた。納得ずくの離婚とはいえ、妻を奪った男と一緒の会社にいるのは耐えられなかった。

呉服店を依願退職したあと、川瀬は中古車販売店に勤める。営業の担当になるが、まったく興味がない商品の売り方がわからず、営業成績はいつも最下位だった。

妻と離婚し、仕事もうまくいかない川瀬がそれから歩んだ人生は、母親を殺したことを除けば、どこにでもあるような話だった。

職場の上司からの嫌がらせや、毎月の売り上げノルマに苦しむ川瀬は、中古車販売店を二年で辞めた。働くことへの意欲を失い、バイトを転々として暮らした。

息子の離婚で将来の希望を失った母親は、再び精神を病んで通院をはじめた。最初のときは、半年ほどで回復の兆候が見られたが、今度はそう簡単にはいかなかった。どの薬も合わず、逆に眩暈や吐き気などの不調を訴える。体重が著しく減少し、短期の入院を余儀なくされるときもあった。

なんの楽しみも、望みもない、息をするだけの暮らしが長く続いた。

母親の変調に気づいたのは、離婚から五年が過ぎたときだった。

たったいま言ったことを繰り返し話すようになり、よく物を紛失するようになった。最初は老化に伴う物忘れ程度だと思っていたのだが、食事を摂ったことを忘れるようになり、これは違うと感じた。

受診した神経内科医の診断は、アルツハイマー型認知症だった。当時、母親は六十七歳だった。年齢的に早すぎるのではないかと問うと、医師は、早い人では四十代から症状がみられる場合もあると説明した。早いかもしれないが、早すぎるとは思わない、というのが医師の見解だった。

川瀬は、バイトと母親の介護に追われた。

いまの医学では、アルツハイマー型認知症の根本的な治療薬はない。処方される薬は、患者の精神や心理機能の維持を助けながら、病状の進行を抑制するものでしかない。まだまだ未知の病だ。

母親の病は、ゆっくりだが確実に進行していった。時間の感覚がなくなり、外出先からアパートへ帰る道を忘れるようになった。近所の交番に保護されることも増えていった。

それでも、川瀬は献身的に介護した。食事や入浴、排泄《はいせつ》の手伝いをした。自分を大事に育ててくれた母親を、今度は、自分が看《み》る番なのだ、と思った。

しかし、苦難は川瀬にどこまでも襲い掛かる。

母親の介護をはじめてから四年後、川瀬は糖尿病と診断される。川瀬の父親も糖尿病だった。糖尿病は遺伝するとは限らないが、身内に糖尿病患者がいる場合、発症するリスクは大きい。

川瀬は食事制限と薬を服用しながら、母親の介護を続けた。

「私は母か自分のどちらかが死ぬまで、介護を続けようと思いました。母を大事にし、母がなにをしても許してきました。でも、いまから十年前、私は母親を殺してしまいました。そして、刑務所に服役し、このあいだ出てきました」

神場の頭のなかに、川瀬の動機が浮かんだ。

——介護疲れ。

平均寿命が延びた現在、介護に疲れ、子が親を殺害する事件は増加している。自らの病と母親の介護という二重苦を背負った川瀬の辛さは、並大抵ではなかっただろう。

ふと神場の頭に、疑問が浮かんだ。

祖父母や両親など、自己または配偶者の直系尊属を殺める尊属殺人は、一般の殺人より罪が重く、かつては死刑か無期懲役が科せられた。しかし、平成七年の刑法改正により、その部分が削除された。いまでは情状酌量が大きく取り入れられ、実刑を受けても、動機いかんによっては、数年で出所してくるケースがある。

川瀬の話を信じるならば、彼の闘病や長年介護をしていたことを考慮し、刑は軽くて済むはずだ。川瀬は刑務所からこのあいだ出てきたと言ったが、十年近くも服役するとは思えない。

神場の視線から考えていることを悟ったのか、それとも、誰かに自分の本心を吐露したい思いからか、川瀬は視線を遠くへ向けると、つぶやくように言葉を発した。

「私は、母親を衝動的に殺したのではありません。明確な殺意を持って殺しました」

事件が起きる一年ほど前から、母親の病状は悪化し、排便すらひとりでは難しい状態になっていた。川瀬が誰かもわからなくなり、ときに、死んだ自分の夫と間違えることもあった。

その頃から言葉遣いが荒くなった。川瀬に罵詈雑言《ばりぞうごん》を浴びせ、鬼のような形相でなじった。身に覚えのないことで怒りをぶつけられ、病気だとわかっていても、あまりの理不尽さに、怒りが込み上げた。

自分が知っている母親がいなくなっていく悲しみ、糖尿病による苦しみ、そして、絶え間なく浴びせられる痛罵——

耐えに耐えていた川瀬の辛抱の糸が切れたのは、深夜のバイトから帰り、いつものように母親の怒声を聞いていたときだった。

誰に対してかわからない怒りを吐き出していた母親が、ある名前を口にした。

——清美《きよみ》。

別れた妻の名前だった。

母親は元妻の名前を口にして、怒鳴り散らした。

怒声を聞き続ける川瀬の脳裏に、若い頃の妻の顔が浮かんだ。

思えば、妻と別れたことが人生の転落のはじまりだった。妻と別れなければ、いまごろはそばに子供がいて、仕事も順調で、金に苦労もしていなかった。そうに違いない、と川瀬は思った。

自分は妻を愛していた。妻も自分を愛していた。それなのに、どうして別れることになったのか。

母親に対する、強烈な殺意が湧いたのは、このときだった。

妻が浮気をしたのは、母親のせいだ。母親が妻を責め続けたせいで、妻はほかの男に走った。

すべては母親のせいだ。自分の人生を台無しにしたのは、母親だ。親として失格だ。母親さえいなければ。いなければ——

「気づくと、私は母親に馬乗りになって、首を絞めていました。我に返って、母さん、母さん、と叫びましたが、すでにこと切れていました」

休憩所のなかに、重い空気が垂れ込める。

沈黙を破ったのは、神場だった。

「母親に対して殺意があったと、裁判であなたは供述したのですか」

川瀬は、ゆっくりと肯いた。

「弁護士の先生から、殺意を否定すれば刑は軽くなる、と言われました。でも、私は先生の意見に従いませんでした。あのときたしかに、私は母親を殺そうと思ったのですから」

川瀬は、トタンの先にある見えない空を見上げるように、俯いていた顔を上げた。

「私は刑務所に入っているあいだ、ずっと考えていました。私は母親を愛していたのか、それとも憎んでいたのか。考えた末に、ひとつの答えを見つけました」

川瀬は、視線を神場に向けた。

「母親を殺したときの気持ちはわからないけれど、私はいま、たしかに母親を愛しているのだと」

川瀬が瞑目《めいもく》する。

「目を閉じると、母親の顔が浮かぶのです。自分に微笑みかけている母の顔です。私はとても嬉しくなり、そして、泣きたくなるのです」

小さく息を吐くと、川瀬は目を開けて神場をまっすぐに見据えた。

「だから私は巡礼に来たのです。懺悔《ざんげ》滅罪《めつざい》のためと、母親を愛し続けるために」

そう語る川瀬の目には、曇りがなかった。陰は帯びているが、はじめて出会った時のような暗さはない。

川瀬は金剛杖を手に取ると、椅子から立ち上がった。

「つまらない話で、長くお引き止めしてしまいました」

香代子は立ち上がり、神妙な面持ちで頭を下げた。

神場も椅子から立ち上がり、頭を下げる。自分の非礼に怒りもせず、深い心の傷を語ってくれた。感謝しかない。

川瀬は菅笠を被ると、ふたりを振り返り微笑んだ。

「本当は、もっと早く巡礼に来たかったのですが、拘束されている身ではどうにもなりません。服役したころは、墓参りもできない辛さに苦しみました。でも、やがて、自由にならないことも、罪滅ぼしのひとつなのだと考えるようになりました。そして、晴れて自由の身になってすぐに巡礼をはじめました。無事に結願できたことをありがたく思います」

川瀬が発したある言葉に、神場は息を呑んだ。

——すぐに巡礼をはじめました。

その言葉に、神場の頭のなかにあった長年のしこりが一気に溶けた。神場のかねての推測が、確信に変わる。

——やはり、可能性があるとすればそれしかない。

気持ちは昂ぶっているが、心のなかは妙に冷静だった。

「では、道中、お気をつけて」

そう言い残し、川瀬は休憩所を出ていった。

川瀬の姿が見えなくなると、神場は懐から携帯を取り出し、休憩所の外へ飛び出した。

いきなり電話をかけようとする夫に驚き、香代子が訊ねる。

「あなた、なにかあったの？」

神場は片手をあげて香代子の言葉を遮った。

「なにも訊くな。頼む」

神場の真剣な表情から、ただ事ではないと察したのだろう。香代子は言いたいことをぐっと堪えるような顔をして、神場から距離を置いた。

神場は携帯のアドレス帳から番号を呼び出し、通話ボタンを押した。

電話が繋がった。携帯の向こうから、聞きなれた声が聞こえる。

「おう、神さん。久しぶりだな。どうだ、お遍路の旅は。奥さんは変わりないか」

県警捜査一課長の鷲尾だ。

神場は携帯を握りしめた。

「前置きはあとだ。頼みがある」

緊迫した声の様子から、緊急だと悟ったのだろう。鷲尾の声が緊張する。

「なにかあったのか」

「愛里菜ちゃん事件の犯人に結び付く手がかりを見つけた」

携帯の向こうで息を呑む気配がする。

「確率は」

鷲尾が訊ねる。

「九対一の自信がある」

「目撃者を摑んだのか、それとも、被疑者を見つけたのか」

神場は見えない相手に首を振った。

「そのどちらでもない。それに、自信があるのは一のほうだ。九割はずれだと思っている」

鷲尾は失望を含んだ息を吐いた。

「神さん。話が見えないよ」

神場は地面に落としていた視線をあげた。

「たった一割だが、重大なことだ。もしかしたら、事件の解決に繋がるかもしれない」

神場が本気だとわかったのだろう。一度は萎《しお》れた鷲尾の声に、再び力が籠る。

「話を聞かせてくれ」

神場は携帯の向こうにいる鷲尾に、大きく肯いた。

「刑務所から出所してきた男のリストを出してほしい。服役していた地域は限定しない。全国を当たってくれ」

「ちょっと待ってくれ、神さん」

鷲尾は驚いたように、口を挟んだ。

「刑務所に入っている受刑者がどれだけいるか、わかってるだろ」

「もちろん――」

神場は静かに肯いた。

全国の男性受刑者は約五万五千人、加えて、一年間に二万人を超える入所者がいる。

そのなかから、出所する者は一年間で、三万人近くいる。

神場は言葉を続けた。

「出所した人間すべてのリストを出してくれといっているわけじゃない。出所した時期は、ここ半年から一年。長くても二年くらい。服役期間は、十四年から十六年。もしかしたら、もう少し短いかもしれない。だが、十六年以上はない」

鷲尾が息を吞む気配がした。十六年以上はない、と言い切ったことで、神場がなにを言わんとしているか察したらしい。

「本気で言ってるのか」

鷲尾が訊ねる。声がわずかに上擦っている。

神場は即答した。

「本気だ」

迷いのない声に、神場が真剣だと悟ったのだろう。

電話の向こうから聞こえていた喧騒が途切れる。人がいない場所へ移動したらしい。

声を潜めて鷲尾が言う。

「神さんが、純子ちゃん殺害事件に悔恨を抱いているのは、よく知ってる。俺だって同じだ。八重樫が無実じゃないかという疑念は、ずっと頭から離れていない。だが――」

鷲尾の声に力が籠る。

「その疑念は、口にしてはいけないものだと思ってる。いままでも、そして、これからも」

弁解がましく、鷲尾は言葉を継いだ。

「それに、冤罪の可能性は、そもそも限りなく低い。さっきの神さんの比率を用いるなら、八重樫が犯人である確率は九十九パーセントだ。仮に可能性があるとしても、わずか一パーセントあるかないかだろう」

いつもは穏やかな鷲尾の眉間に、深い皺が寄る姿を想像する。

ここで引き下がるわけにはいかない。神場は丹田《たんでん》に力を込めた。

「その一パーセントが真実だったら、どうなる」

「あり得ない」

「どうしてそう言い切れる。現行犯逮捕《ゲンタイ》でもない限り、そいつが百パーセント犯人だと断定はできないはずだ。我々は神じゃない。人間だ。人間がやることに、完璧という言葉は存在しない。常にどこかに、微細とはいえ瑕《きず》がある。だからこそ、我々捜査員は、疑念を限りなくゼロに近づけなければならない」

鷲尾の声が尖る。

「神さんが言っていることは理想だ」

「理想を求めないで、なにを求める！」

語気に気圧《けお》されたのか、鷲尾が言葉に詰まる。

神場は声のトーンを戻し、諭すように訊ねた。

「理想から目を背けたとき、捜査現場に残るものはなにかわかるか」

返事はない。

神場は言葉を続けた。

「怠慢と惰性だ。そして、そのふたつが生み出すものは、新たな犯罪だ」

鷲尾は消え入りそうな声で言った。

「この捜査が、もし、神さんの見立てどおりだったとしたら、警察の威信は失墜する」

「命より重いものはない」

神場は空を見上げた。頭上で鳶《とんび》が弧を描いている。鳶は笛のような甲高い鳴き声をあげた。その声が、なぜか胸に迫る。

神場は頭上を見上げたまま、誰にともなくつぶやいた。

「どんな犠牲を払おうと、三人目の純子ちゃんを出してはならない」

ふたりのあいだに、沈黙が広がる。

神場は視線を戻すと、鷲尾に言った。

「俺はもう退職した身だ。警友会という親睦団体に属しているとはいえ、組織とは一線を画している。失うものはなにもない。だが、課長は、まだ現役だ。十六年前の事件を掘り起こしていることが周りに知れたら、立場が悪くなる。課長に迷惑はかけない。リストを出せる人物に繋いでさえくれたら、あとは俺がやる」

神場は見えない相手に、頭を下げた。

「──頼む」

長い間《ま》のあと、鷲尾は大きく息を吐いた。

「昔、覚せい剤防止の標語に『覚せい剤やめますか？　それとも、人間やめますか？』っていうのがあったよな。いまの俺はさながら、『刑事やめますか？　それとも、人間やめますか？』ってとこか」

神場は首を振った。

「さっきも言ったとおり、課長に迷惑は……」

神場の言葉を、鷲尾の強い声が遮った。

「いまの神さんに、どこまでできる」

抑えてはいるが、声には苛立ちが籠っていた。

「退職した神さんは、もう刑事じゃない。自分で調べるには限界がある」

鷲尾の言うとおりだった。

それは神場にもよくわかっている。法的権限を持たない自分が、どこまで調べられるのか。自信はない。しかし、どれだけの労力と時間をかけても、調べる決意はできていた。

「それでも、俺はやる」

通話が切れたかと思うくらい、長い沈黙が続いた。

大きく息を吐いて、鷲尾が声を発した。

「わかった。どこまでできるかわからんが、こっちで調べてみる」

鷲尾の申し出に、神場は慌てて言葉を被せた。

「いや、調べるのは俺がやる。何度も言うが、課長に迷惑はかけたくない」

「神さん」

鷲尾が真剣な声で名を呼ぶ。

「さっき神さんは、俺たちは神じゃない、そう言ったよな。いま、ここで、三人目の純子ちゃんが出てしまうかもしれない可能性を見過ごしたら、俺は人間ですらなくなる」

携帯の向こうの張りつめていた空気が、緩む気配がする。

鷲尾は少しおどけるように言った。

「組織にいられなくなったら、そのときは嫁の実家の手伝いでもするよ。義父母ももう歳だ。俺が手伝うと言ったら、きっと喜ぶ」

鷲尾の妻の実家は、果樹農園を営んでいる。苺《いちご》や梨、葡萄《ぶどう》など、季節の果物をお裾分けしてもらったこともある。

「ただ」

鷲尾は声の調子を元に戻した。

「ひとつ問題がある。神さんが言った条件の人物を見つけ出すことは、可能だと思う。融通が利く矯正監がいてな。長い付き合いで、持ちつ持たれつの仲だ。全国いろんなところの刑務所の所長を務めた経歴を持っているから、顔も広い。この人物に頼めばなんとかなる。問題は、実務的なものだ」

鷲尾の説明によると、日常の業務に加え、全国の刑務所と連絡をとり、条件にあった人物のリストを作り上げることは、物理的に難しいという。

「手が欲しい」

鷲尾が言う。

神場は返答に困った。

刑事がどれほど多忙を極めているかは、神場も身に沁みて知っている。たしかに、鷲尾ひとりの手には余る頼み事だ。協力者が欲しい。かといって、事の内容は、誰にでも頼めるものではない。群馬県内で起きた十六年前の幼女殺害事件は、警察官なら誰もが知っている。詳しくは語らずとも、事件が起きた直後から、最近まで刑務所に服役していた人物を調べると言えば、純子ちゃん事件との関連を疑うだろう。誰かの手を借りるのならば、口が堅く、信用が置ける人間でなければならない。

「緒方に、手伝わせる。神さんも異存はないだろ」

鷲尾の提案に、神場の身体が固まった。

「緒方が信頼できる男だということは、直属の上司だった神さんが一番よく知っているはずだ。実直で頭が切れる。頼むなら、あいつしかいない」

動揺を悟られまいと、乱れそうになる呼吸を整える。

鷲尾の言うとおり、頼むなら緒方が適任だと思う。やつなら、鷲尾の望みどおりの仕事をするだろう。だが、それと引き換えに、やつは大きなものを失うかもしれない。

――警察官という職務への忠誠心。

十五年前に、自分が失ったものだ。

自分が生きてきたなかで培った倫理観を見失ったとき、緒方はどうするだろうか。刑事という職を辞するか。活計《たつき》と割り切り、自分を殺して組織のなかで生き続けるのか。どちらにせよ、緒方は苦しむことになる。

苦痛に歪む緒方の顔が、脳裏に浮かぶ。そこに幸知の顔が、重なる。

恋人が、悩み苦しむ姿を目にしたとき、幸知はどうするだろう。緒方が刑事を続けるにせよ、辞するにせよ、理由を訊ねるはずだ。緒方はなんと答えるのか。沈黙を通すか、十五年前の警察の不祥事をすべて話すか。いずれにせよ、捜査が進めば、純子ちゃん事件に関する警察捜査の在り方に問題があった事実は、明るみに出る。

当然、香代子も知ることになる。

自分の夫が、冤罪を生み出す捜査に加担していたと知ったら、香代子はどうするだろう。刑事としてあるまじき行いをした夫に幻滅し、自分の元を離れていくだろうか。

いや、それだけではない。もし、純子ちゃん事件が冤罪だったとしたら、自分は退職するときにもらった退職金の残りを含め自分名義の財産を、純子ちゃんを殺害した犯人として服役中の八重樫一雄と、第二の被害者になってしまった愛里菜ちゃんの遺族へ渡そうと思っている。八重樫には、刑事補償法に基づき、相応の補償金が国から支払われる。表向きは、補償金の支払いで事は収束するかもしれない。しかしそうでもしない限り、神場自身の罪の意識が消えることはない。

まったく関係がない香代子や幸知には申し訳ないと思うが、彼らには考えつく限りの誠意をもって償おうと思っている。

いや、金を払ったからといって、罪そのものが消えるわけではない。

無実の人間の十六年間を奪った罪と、ひとりの幼い子供の命を守れなかった罪は、自分の手のなかにあるすべてを投げ出しても、償いきれるものではない。しかし、考え付く限りの贖罪はしなければいけないと強く思う。

——俺は、なにもかも失うかもしれない。

神場は目を閉じた。

「神さん。どうした。電話、繋がってるか」

鷲尾が訊ねる。会話が途切れたことを、電波の調子が悪いからだと思ったらしい。

「ああ、大丈夫だ。聞こえている」

神場は目を開けて、前を見据えた。青々とした稲穂が視界に眩しい。

手にしている金剛杖を、強く握りしめた。

いまここで、十六年前の事件と向き合わなければ、自分のこれから先はない。過ちを犯していたならば、罪を償わなければならない。そうしなければ、自分の人生そのものが偽りになってしまう。家族、財産、すべてを失ったとしても、それは過ちを犯した自分に科せられた罰だ。

神場は携帯に向かって、小さいがはっきりとした口調で言った。

「俺も、緒方が適任だと思う」

鷲尾が、ほっとしたような息を吐いた。

神場は胸に閊えたものを吐き出すように、大きく息を継いだ。

「やつには、重いものを背負わせることになるな」

長い沈黙のあと、鷲尾は自分に言い聞かせるようにつぶやいた。

「これもあいつの、刑事としての運命だろうよ」

でも、と鷲尾は祈るような口調で言葉を継いだ。

「あいつなら、きっと応えてくれると思う」

鷲尾の、応えてくれる、という言葉には、万感の思いが込められているような気がした。自分たちが緒方に求めているものは、ひと言で言い表せるような、単純なものではない。

「課長」

神妙な声で呼ばれて、鷲尾は戸惑ったようだった。

「なんだい、改まって」

「申し訳ない――」

目の前に鷲尾がいるつもりで、深々と頭を下げる。

十六年前の事件を探ることで、多くのものを失うかもしれないのは鷲尾も同じだ。むしろ、現役の鷲尾の方が、失うものは大きい。

鷲尾は神場の詫びにはなにも答えず、話の矛先を変えた。

「俺は、純子ちゃん事件のあとから、ずっと見ている夢がある。純子ちゃんが出てくる夢だ」

神場はぎくりとした。

鷲尾は古い記憶を辿るように言葉を紡いだ。

「俺は、ある街を歩いている。まったく知らない街だ。道を訊ねようにも、ひとっこひとりいない。ゴーストタウンだ。自分はこの街から一生出られないんじゃないか、そんな恐怖を抱いていると、道の奥に人がいるのを見つけるんだ。やっとこの街から出られる。そう思い、急いで駆け寄り声をかけようとすると、自分に背を向けていたその人物が、ゆっくり後ろを振り向く。それが――、純子ちゃんなんだ。純子ちゃんは、なにも言わない。ただ、黙って自分を見ている。何度見ても、自分はその目が恐ろしくて、叫びだしそうになる。そこで目が覚めるんだ」

気がつくと、握っていた金剛杖が、汗でぐっしょり濡れていた。鷲尾が、自分と同じような悪夢を体験していたことに驚く。鷲尾の恐怖は、よくわかった。十五年近く、悪夢にうなされる者の辛さは、体験した者でなければわからない。

ふいに、鷲尾の声が軽くなった。

「十六年前の事件の再捜査を進めたら、多くのものを失うかもしれん。いま手のなかにあるものを失いたくない、そう思う一方で、もうあの夢を見なくてすむかもしれないことに、安堵している自分もいる」

鷲尾は、決意が籠った声で言った。

「緒方に、すべてを話して協力を求める」

脳裏に、人懐こい笑みを浮かべる緒方の顔が浮かぶ。その顔に霞《かすみ》がかかり、次第に表情が見えなくなる。

ふと、背後に視線を感じ、振り返った。香代子が少し離れたところから、こちらを見ていた。話し込んでいる様子から、込み入った内容だと察しているのだろう。心配そうな表情で、じっとこちらを見つめている。

——これが、香代子との最後の旅になるかもしれない。

神場は唇を固く結ぶと、香代子の視線を吹っ切るように身体の向きを元に戻し、姿勢を正した。

「頼む」

9

会議室の椅子に座る緒方は、自分を呼び出した人物を待っていた。

鷲尾だ。

県警のなかにある食堂で昼食をとっていると、シャツの胸ポケットで携帯が震えた。鷲尾からだった。携帯からかけてきている。外にいるのだろうか。

「はい、緒方です」

電話に出ると、鷲尾は前置きもせずに訊ねた。

「いま、どこだ」

突然の問いに、少し面食らいながら答える。

「食堂で昼飯を食っています」

「食い終わったら、第四会議室へ来てくれ」

答える間もなく、電話は切れた。

鷲尾は、急げ、とは言わなかったが、切迫した声から緊急の案件だと察した。半分も食べていないとんかつ定食を下げ、急いで第四会議室へ来た。

緒方は腕時計を見た。十二時二十五分。会議室へ来てから五分ほどが経つが、ほかに人が入ってくる気配はない。どうやら呼び出されたのは自分ひとりのようだ。

なぜ、自分だけが呼び出されたのだろうか。

呼び出しを食らう理由をあれこれ考えていると、ドアが開いた。

鷲尾だった。後ろ手にドアを閉めて、部屋に入ってくる。

緒方は椅子から立ち上がり、頭を下げた。

鷲尾は大股で部屋を横切り、会議机を挟んで緒方の向かいに座った。

「呼び出しておきながら待たせてすまなかった。ちょっと、込み入った電話をしてたもんでな」

込み入った電話ということは、長い時間話していたのだろう。鷲尾は昼食をとっていないのではないか。

訊ねようとしたとき、鷲尾は緒方に椅子に座るよう、手で指示した。問うタイミングを逃し、口を閉じて椅子に尻を戻す。

鷲尾は顔の前で手を組むと、すぐに本題に入った。

「お前を呼び出した理由だがな、ある捜査に手を貸してもらいたい」

緒方は眉をひそめた。

自分は刑事だ。捜査をするのが仕事である自分に、手を貸してほしいという言葉はそぐわない。

緒方の怪訝そうな表情から、内心をくみ取ったのだろう。鷲尾は事情を説明した。

「お前に頼むのは、内密の調べだ。俺とお前以外、誰も知らないし、知られてはいけない」

鷲尾は、ふとなにか思いついたような顔をすると、いや、とたったいま自分が発した言葉を訂正した。

「調べる内容を知っているのは、もうひとりいる。神さんだ」

鷲尾の口から出た神場の名前に、緒方はどの事件に関する捜査かおおよそ理解した。

愛里菜ちゃん殺害事件の絡みだ。

現役を退いた神場が絡んでいる捜査となると、意見を仰いでいる愛里菜ちゃん殺害事件しかない。だが、いま現在、捜査本部が総力をあげて捜査中の事件で、内密に調べなければならないことなどあるだろうか。それとも、まったく別な事件なのか。

「いったい、なにを調べるんですか」

緒方は訊ねた。

鷲尾が抑揚のない声で答える。

「ここ最近、刑務所から出所した人間だ」

意図が摑めない。漠然とした答えに、緒方は困惑した。

緒方の戸惑いを見越したように、鷲尾が説明を続ける。

鷲尾の下命は、ここ一、二年のあいだに、全国の刑務所から出所した人物を調べあげ、氏名、年齢、現住所などを記したリストを作成しろ、というものだった。

「そんなの無理です」

咄嗟に緒方は叫んだ。

「さっき、課長は内密の調べだとおっしゃいましたよね。個人情報保護法が施行されたいま、警察組織の人間といえども、正式な依頼文書がなければ、出所者の情報を得ることは不可能です。それに、自分ひとりで何万人もの膨大な出所者を調べあげるなんて、無理です。何年かかるかわかりません」

鷲尾は目を伏せると、冷静な口調で応じた。

「ここ一、二年のあいだに出所した、すべての人間を調べろとは言っていない。服役していた期間が十五年前後の男だ。医療刑務所も加えるが、これで調べるべき刑務所と人間はかなり限定される」

現在、刑務所の役割を担っている刑事施設は、全国に六十九か所あるが、性別、年齢、前科歴、刑期の長さによって分かれている。刑期が十年以上の、L級と呼ばれている刑務所は全国で二十か所だ。それに、四か所の医療刑務所を加えれば、二十四か所に絞られる。

「調べる段取りは俺がつける。お前は、該当する刑務所の、俺に言われた人間と連絡をとり、リストを作成してくれ。さきほども言ったとおり、内密の調べだ。勤務時間外に動いてもらうことになる」

緒方は鷲尾に向かって身を乗り出した。

「俺は刑事です。事件解決のためなら、どのような捜査も厭《いと》いません。命じられれば、時間外だろうが、北海道だろうが沖縄だろうが、どこにでも調べに行きます。でも、自分がいったい何の事件を調べているのか、それだけは教えてください。課長が密命を下してまで当たらせようとする調査の目的は、なんですか」

鷲尾が目を逸らした。言えないというより、できることなら口にしたくないといったような表情だ。

「愛里菜ちゃん事件ですか」

緒方は訊ねた。

鷲尾はぽつりと答えた。

「半分、当たりだ」

半分ということは、もうひとつ、事件が絡んでいるのか。

そこまで考えたとき、緒方ははっとした。

脳裏に、三年前のある夜の出来事が蘇る。緒方が県警に配属されたときに行われた歓迎会でのことだ。

緒方と鷲尾、神場の三人で酒を酌み交わしていたそのときのふたりの様子から、鷲尾と神場にとって純子ちゃん事件は、忸怩たるなにかが残るものなのだと知った。

幼女殺害事件、刑期が十五年前後、鷲尾と神場が遺恨を抱いている事件。間違いない。もうひとつの事件は、純子ちゃん殺害事件だ。

緒方は鷲尾を見据えながら言った。

「もう半分の事件は、純子ちゃん事件ですね」

鷲尾は腹を括ったように唇を真一文字に結ぶと、強い視線で緒方を見た。

「そうだ」

「なぜですか」

緒方は問うた。

「純子ちゃん事件は、犯人が逮捕されてすでに解決しています。どうしていまになって、解決済みの事件が関わってくるんですか」

鷲尾は、自分を奮い立たせるように、重い口を開いた。

「純子ちゃん事件に、冤罪の可能性が、あるからだ」

——冤罪。

緒方は予想もしていなかった答えに、虚脱した。身体中の力が抜け、乗り出していた身を椅子に戻す。

たしか純子ちゃん事件の犯人として逮捕された八重樫は、まだ服役中だったのではないか。もし、冤罪だとしたら、十六年もの長いあいだ、無実の罪で刑務所に服役しているというのか。

「そんなこと——」

語尾が震え、咄嗟に言葉が出ない。

「あってはならないことです」

やっと声を絞り出した。

鷲尾が眉間に深い皺を寄せる。

「お前の言うとおり、あってはならないことだ。そのあってはならないことが起こった可能性があるならば、我々警察は、なにがあっても、その過ちを正さなければならない」

　鷲尾は、十五年前に警察内部でなにがあったのかを、独り言のように語る。

　すべてを話し終えた鷲尾は、疲れたように深い息を吐いた。

「いま話したことが、今回、お前に調べを頼む理由だ」

　鷲尾の話を俯きながら聞いていた緒方は、膝がしらが震えないよう、摑んでいる手に力を込めていた。

　警察の歴史のなかで、冤罪事件がなかったわけではない。しかし、その数は起訴された事件の数からすれば、限りなくゼロに近いものだ。

　数字の問題でないことは理解している。国家権力を用い、法に携わる人間は、たったひとつの過ちすら犯してはならない重い責務を担っている。過ちを犯したとき、その機関が失うものは大きい。しかも、それが警察組織の保身によって引き起こされたものだとしたら、威信は失墜する。

「どうだ緒方、やってくれるか」

　緒方はすぐには答えられなかった。

　ひとつ見立てを誤れば、大変な事態になる。そんな重要な仕事が、自分のような若輩者に務まるだろうか。それに、もし調べを進めて、純子ちゃん事件が冤罪だったとしたら、八重樫の目撃情報の裏を取らせなかった当時の県警上層部と、その指示に従った鷲尾や神場は、責任を追及されることになる。

罪を犯した者は罰せられるべきだ。

子供のころから、そう思ってきた。刑事ドラマや勧善懲悪の映画を観るたびにそう感じた。その思いは、刑事になり実際の犯罪捜査に携わってから、さらに強くなった。思いはいまも変わらない。

もし、本当に純子ちゃん事件が冤罪ならば、冤罪を生み出した者たちは裁かれなければならない。そう思う一方で、純子ちゃん事件を調べ直すことを躊躇っている自分もいた。

冤罪を立証することは、自分の恋人の父親の罪を暴くことになる。いずれ義父になるかもしれない人間の首を、自分の手で絞めることになるのだ。

神場だけではない。いま目の前にいる鷲尾も同じだ。今回の調べは、部下である自分を可愛がってくれている上司の、足を掬《すく》うことになるかもしれない。

「鷲尾さんは、いいんですか」

緒方は視線を床に落としたまま訊ねた。

「なにがだ」

鷲尾が逆に訊く。

「純子ちゃん殺害事件を、調べ直すことです」

十六年前の事件を調べ直そうとしていることを知っているのは、自分を除けば鷲尾と神場だけだ。ふたりが黙過すれば、自らが糾弾されることはない。そもそも、冤罪である可能性は極めて低い。今回の調べは、ふたりにとって失うものはあっても得るものはないのだ。なぜ、敢えて踏み込むのか。

鷲尾は椅子の背にもたれると、遠くを見つめた。

「いま、十六年前の事件から目を背けたら、俺は警察官である前に、人でいられなくなる。そう思っているのは、神さんも同じだ」

緒方は息を吞んだ。

鷲尾の声には、微塵の迷いもなかった。

ふたりとも、指弾される覚悟はできているのだ。当事者は腹を括っている。調べる者が迷う必要はない。冤罪か否か、事実を突き止めるのが、警察官たる自分の責務だ。それは十二分にわかっている。

——だが。

調べを引き受けます——そのひと言が、どうしても声にならない。

きつく目を閉じると、瞼の裏に多くの人間の顔が浮かんだ。

かつてテレビで写真を見た純子ちゃん、今回の被害者である愛里菜ちゃん、その両親、神場や香代子、幸知の顔が浮かんでは消え、消えては再び現れる。

なかでも、神場の顔が鮮明に浮かび上がる。

県警本部に配属されてから三年のあいだ、神場のもとで仕事をしてきた。鷲尾も言うように、自分にとって神場は尊敬する上司であり、目標にすべき刑事だった。同時に恋人の父親でもある。

刑事としての使命感、人としての倫理観、警察組織に対する失望、様々な感情が、胸のなかで渦を巻く。

息苦しくなり、深く息を吸い込んだ。

息を吐き出し、訊ねる。

「どうして、俺なんですか。なぜ、俺を選んだんですか」

ほかにも捜査員はいる。なぜ、自分に頼むのか。鷲尾から話を聞かなければ、このような苦しみは、抱えずに済んだ。

神場にしてもそうだ。鷲尾は、自分が幸知と付き合っていることを知らない。だから自分に頼めたのだろう。だが、自分の娘の恋人である男から、過去の過ちを探られる神場の苦しみはいかばかりだろう。人が過ちと向き合うとき、後悔と辛苦は必ず伴う。同じ関わるにしても、当事者と距離がある者の方が、苦しみもわずかながら軽減されるのではないか。

幸知との関係を鷲尾に伝え、調査をほかの捜査員に代えてもらうべきなのではないか。そう考えたとき、鷲尾が静かに、緒方の問いに答えた。

「お前に調べを頼む、と言いだしたのは俺だが、神さんも賛同した」

緒方は驚いて顔をあげた。

「神さんは、俺が十六年前の事件を調べることを、知っているんですか」

鷲尾が肯く。

「お前が適任だと言っていた」

緒方はますますわけがわからなくなった。

なぜ、神場は敢えて、自らがより苦しむ人選に賛成したのか。

胸を搔き毟《むし》られる。苦い気持ちが、よほど顔に出ていたのだろう。鷲尾は緒方の答えをじっと待っていたが、やがておもむろに席を立った。

「警察の、いや国家の、威信に関わる重要な問題だ。お前の混乱もよくわかる。少しだけ考える時間をやる。そうはいっても、そう長くは与えられない。事は急を要する。こうしている間にも、第三の純子ちゃんが、被害に遭う可能性がある」

答えが決まったら教えてくれ、そう言い残し、鷲尾は会議室を出ていった。

ひとりになった会議室で、緒方は必死に考えた。

なぜ、神場は自分を適任だと言ったのか。

刑事としての使命と私情に挟まれ、冷静な判断ができなかった。自分はどうすればいいのか。

──事は急を要する。

鷲尾が言い残した言葉が、耳の奥でこだまする。

緒方はワイシャツの胸ポケットから携帯を取り出した。

神場の携帯へ電話をかける。

訊きたい。神場の考えが知りたい。

七回目のコールで、電話が繫がった。

「俺だ。どうした、なにかあったか」

いつもと変わらない声に、なぜだか胸が詰まる。

「神さん……」

電話をかけたはいいが、なにから切り出していいのかわからなかった。

名前を呼んだだけで黙り込んだ様子から、すべてを察したのだろう。神場は労るような声で訊ねた。

「課長から、話を聞いたのか」

「はい」

やっとの思いで、それだけ答える。

「そうか」

そう言うと神場は、少し待ってくれ、と言って黙った。砂利を踏む足音が聞こえる。

寺の境内を歩いているのだろうか。どこかへ移動しているようだ。

やがて携帯から、神場の声がした。

「いま、ひと気のないところへ来た。ここなら落ち着いて話せる」

緒方は項垂れながら、神場に訊ねた。

「神さん、課長の話は本当なんですか。純子ちゃん事件が冤罪かもしれないというのは――」

神場は、はっきりとした声で答えた。

「課長が説明したとおりだ」

返すべき言葉がなかった。

神場が続ける。

「お前には、重いものを背負わせることになる。すまないが、恥を忍んで頼む。手を貸してくれ」

「どうして、俺なんですか」

鷲尾に投げた問いと、同じことを訊ねる。

神場は即答した。

「お前は優秀な刑事だ。事に当たって優れた刑事を選ぶことに、なんの疑問がある」

「でも、俺は幸知さんと付き合っているんですよ」

私情が口をついて出た。

一度口にした内心の吐露は、止めようがなかった。

「冤罪かもしれない事件を、調べなければならないことはわかります。でも俺にとってそれは、幸知さんの父親をマスコミの餌食にすることになるかもしれない。彼女の家族を苦しめるようなことを、俺はしたくない」

「緒方、お前は刑事だ」

諭すような口調で、神場が言葉を発した。

緒方は首を振った。

「刑事であると同時に、感情を持った人間です」

神場は緒方の言葉を否定しなかった。むしろ肯定した。

「そうだ、刑事も人間だ。感情はある。俺は、刑事は私情を挟んではいけないと言っているわけじゃない。私情を向ける場所が違う、と言っているんだ」

緒方は神場の言葉を頭で繰り返した。私情を向ける場所が違うとはどういう意味なのか。

神場が言葉を続ける。

「いずれお前が結婚して、自分の子供ができたとする。その子供が純子ちゃんや愛里菜ちゃんと同じような殺され方をしたら、どうする」

咄嗟に、幸知の顔が浮かんだ。幸知と自分のあいだに子供が生まれるなど、まだ実感できないが、我が子が無情に命を奪われる事態を想像しただけで、怒りと悲しみで震えが走る。

「刑事のお前が私情を向けるべき場所は、警察組織や課長、ましてや俺じゃない。第三の純子ちゃんを決して生み出してはいけないという、一点だけだ」

緒方は携帯を握りしめ、深く頭を垂れた。

神場は根っからの刑事だ。私情を胸の奥深くに呑み込み、自分が犯したかもしれない過ちを認め、これから起きるかもしれない犯罪を阻止するために、すべてを投げ出す覚悟なのだ。

緒方は瞼を閉じた。

神場の、厳ついが親しみを覚える顔が瞼の裏に浮かぶ。

耳に、神場の送別会の席で鷲尾が言ったひと言が蘇る。

――神さんは偉いよ。

緒方は改めて、鷲尾の言葉に同意した。

神場はやはりすごい。心から敬意を払う。

自分が尊敬してやまない刑事が、人生をかけて、過去に立ち向かおうとしている。目を背けることは、神場の信頼を裏切ることにほかならない。

目を背ければ、自分の刑事人生はここで終わる――

緒方は目を開けると、背筋を伸ばした。見えない神場に向かって、姿勢を正す。

「わかりました。俺が調べます」

携帯の向こうで、安堵したような息が漏れた。

「よろしく頼む」

短いひと言のなかに、様々な思いが込められているように感じた。

緒方は電話を切ると、会議室を出て鷲尾の元へ向かった。

鷲尾は自分の席に座り、難しい顔で手にしている書類に目を通していた。

机の前に立つ。

鷲尾は目だけを緒方に向けた。

緒方はその鷲尾の目を、まっすぐに見つめた。

「課長、先ほどの案件、俺が担当します」

鷲尾は緒方の双眸《そうぼう》を凝視していたが、唇をきつく結び深く肯いた。

「頼んだぞ」

神場は携帯を白衣のポケットにしまうと、後ろを振り返った。

石段を上り切ったところにある本堂の脇に、香代子が立っていた。菅笠を頭に被り、金剛杖を握りしめながら、自分の夫をじっと見つめている。

逆打ちの男と別れたあと、神場と香代子は五十七番札所の栄福寺を打っていた。参拝するために本堂の前で手を合わせかけたとき、神場の携帯が震えた。緒方だった。香代子に会話を聞かれないよう、自分だけ石段を下りた。香代子は神場の電話が終わるのを、本堂の横でずっと待っていたのだ。

石段を上がり、香代子に詫びる。

「済まない。急ぎの電話だった」

本堂の前に立ち、手を合わせて参拝する。隣で香代子も合掌した。

石段を下り、境内を出たとき、香代子がふいに立ち止まった。

手洗いにでも立ち寄るのかと思い、神場も足を止める。

香代子は、思いつめたような表情で神場に訊ねた。

「あなた、いったいなにがあったの」

香代子はこれまで、神場の行動や電話の内容など訊ねたことはない。夫の仕事が秘匿を重んじるものだと、理解していたからだ。香代子のスタンスは、神場が現役を退いてからも変わらない。巡礼中に入る緒方からの電話の内容も、訊ねたことはない。

「どうしたんだ、急に」

神場は訊ねた。

香代子は戸惑いと不安が入り交じった表情で、神場を見ている。

「いまのあなた、これまで見たことがない顔をしてる」

神場の心臓が大きく跳ねる。

「哀しそうな、でも、なにかしらの迷いが吹っ切れたような顔をしている。こんなあなた、はじめて見た」

香代子は一歩前に足を踏み出し、神場に詰め寄った。

「あなた、お願い。教えて。いったいなにをしているの」

香代子は、いまの神場の顔をこれまで見たことがないと言うが、これほど不安そうな香代子の表情も、神場はかつて見たことがなかった。

長年、刑事の妻を務めてきた者の勘だろうか。自分はなにか大切なものを失うかもしれない、と感じているのかもしれない。

神場は香代子を見つめた。

目じりに皺が目立ち、頬にはシミがいくつか浮いている。歳を重ねた香代子の顔を見て、いかに長い時間を共に過ごしてきたかを実感する。

神場は香代子の目をまっすぐに見ながら答えた。

「大丈夫だ。お前が怯えることも、不安に思うこともない。心配するな」

神場はそれ以上なにも言わず、石段を下りはじめた。

そうだ。香代子はなにも考えることはない。自分がいなくなっても、幸知とマーサがいる。いまだに認めたくない気持ちはあるが、いずれ、緒方が家族になるかもしれない。

香代子には、長いあいだ苦労させてきた。これ以上、辛い思いをさせたくない。穏やかな第二の人生を歩んでもらいたい。香代子が心穏やかに暮らせるのならば、自分はひとりになっても本望だ。

石段の途中で立ち止まり、後ろを振り返る。

香代子が不安に満ちた顔で、あとをついてくる。

結願寺まで、残すところあと三十一霊場だ。この巡礼が終わるころには、すべての答えが出ているかもしれない。

香代子が追いつくのを待って、神場は地面を踏みしめるように、脚を前へ踏み出した。

10

支払いを済ませ、バスから降りた緒方は、腰に手を当てて空を見上げた。

移動のあいだ固まっていた背中を、思いきり伸ばす。

深呼吸をひとつして、緒方はあたりを眺めた。目の前に青々とした畑が広がり、畑の向こうには小高い山々が連なっている。のどかな田舎の景色だ。

ふと、神場もこんな景色のなかを歩いているのだろうか、と思う。

しばらく歩いた緒方は、緑が眩しい山々から目の前の建物に目を移した。敷地は高い壁に覆われ、正門は格子の門扉で閉ざされている。

福岡刑務所だ。

緒方はこの二日、有休をとって、矯正管区を回っていた。全国には、法務省矯正局が所管している、八つの矯正管区がある。札幌、仙台、東京、名古屋、大阪、広島、高松、福岡だ。それぞれの矯正管区は、管轄区域にある矯正施設を監督している。緒方がいる群馬県の前橋刑務所は、東京矯正管区に所管される、といった具合だ。

鷲尾から、ここ一、二年のあいだに刑務所を出所した者を調べてくれ、と頼まれてから、すでに五日が過ぎていた。本当は、すぐにでも刑務所を訪れたかったが、鷲尾の顔が利く刑務所長に話をつけ、刑務所側が、提示した条件と合致する出所者のリストを作成するまで、三日を要した。昨日からようやく、動きはじめたところだった。

調べると決めた当初は、L級と呼ばれている長期受刑者が服役している刑務所のみをあたる予定だったが、純子ちゃんを殺した真犯人が、十年未満の服役後、すぐに事件を踏み、新たに服役して最近出所してきた可能性も拭いきれない。鷲尾と話を進めていくうち、その懸念を払拭するため、全刑務所の該当者リストを、各矯正管区に出してもらうことになった。年間の出所者は三万人近くいるが、およそ十六年前に入所し、複数回にわたった入所期間が長期の者となると、かなり絞られると判断した。

「調べるからには、徹底的に調べる」

そう言った鷲尾の声には、強い覚悟が滲んでいた。

緒方は昨日、東京、名古屋、大阪の矯正管区を回った。昨夜は大阪のビジネスホテルに泊まり、今日、始発の新幹線で広島を訪ねた。広島刑務所を出たあと、新幹線と電車とバスを乗り継いで、福岡刑務所にやってきた。

札幌と仙台、高松にも足を運びたかったが、二日間では回り切れないと判断し諦めた。三つの矯正管区からは、該当する出所者リストを福岡刑務所長宛に、メールで送ってもらう手筈《てはず》になっている。

本来なら然るべき手段を用い、上級庁を通して正式に協力を仰ぐのが筋だ。しかしこの案件は、上層部には極秘で動いている。鷲尾の人脈のみで、細い糸を手繰るようにして情報入手にあたっている。警察から問い合わせがあれば拒むような案件ではないが、リストを提出してくれる相手は、厚意で協力してくれている。緒方にはそれが、痛いほどわかっていた。

そもそも、内閣府の外局である国家公安委員会に連なる警察組織とは違い、矯正管区は法務省の地方支分部局だ。組織も縄張りも、歴然と異なる。同じ法律のもとに権力を行使し、正義を遂行する機関とはいえ、異なる部局に伝手《つて》を頼って捜査協力を求め、手を煩わせることには気が引けた。できる限り足を運び、所長である矯正監と会い、面倒をかけた礼と詫びを伝えたかった。とりわけ、全国の矯正管区に仲介の労を取ってくれた福岡刑務所の馬淵《まぶち》所長には直接、礼を言いたかった。

鉄製の門の横にある詰所に向かい、なかにいる警備員に声をかける。

「群馬県警の緒方といいます。馬淵所長と会う約束をしているのですが、お取り次ぎ願います」

背広の胸ポケットから警察手帳を取り出し、警備員にかざす。

すでに話は通っているのだろう。警備員は警察手帳を確認すると、詰所から出てきて門扉の錠を外した。

「こちらにどうぞ」

警備員について、敷地に入る。

ロータリーを横切り管理棟の入り口をくぐると、警備員は横にある受付に声をかけた。

「所長に来客です」

緒方は職員に、改めて名乗った。受付のなかにいる若い職員は、お待ちください、と言いながら卓上電話の受話器をあげた。

内線が通じると、職員は電話の相手に緒方の来訪を告げた。二言三言、会話を交わし電話を切る。職員は、緒方に言った。

「いま、迎えの者が来ますので、少々、お待ちください」

受付の前で待っていると、通路の奥にある扉が開いて、紺色の制服を着た男が現れた。歳は緒方とそう変わらないように見える。

制服の胸元に階級章がついていた。金色の土台に三本線。看守長だ。警察の階級ならばおよそ警部にあたる。

男は緒方の前にくると、踵《かかと》を揃えて姿勢を正した。

「統括矯正処遇官の丹波《たんば》といいます。所長室へご案内します」

緒方は丹波に礼を言いながら、名刺を差し出した。名刺を交換すると丹波は踵《きびす》を返し、今しがた出てきた扉へ向かった。電子ロックを外し、緒方を管理棟のなかへ促す。

「こちらです」

緒方は開いた扉の前で一礼すると、丹波に続いて管理棟のなかへ入った。

電子ロックがかかっている扉をふたつくぐり、エレベーターで三階へあがる。所長室は、広い通路のつきあたりにあった。

丹波がドアをノックする。

「丹波です。緒方巡査部長をお連れしました」

部屋のなかから、入れ、という声がする。

丹波はドアを開けると、ドアの脇へ身を寄せ、緒方に入室するよう促した。

所長室のなかは広かった。大きな窓を背にする形で木製の重厚な机が置いてあり、その前のスペースに応接ソファがある。

机の椅子に座っていた馬淵は、緒方が部屋に入ると席を立ち、ソファに座るよう勧めた。

丹波が退室し、男性事務員が冷たい茶を運んでくる。事務員が茶を出し部屋を出ていくまでのあいだ、馬淵はテーブルを挟んだ向かいの席で、会話の糸口に鷲尾との出会いを口にした。

鷲尾とは知り合ってから二十年近く経つという。馬淵が前橋刑務所の看守長を務めていたときに、当時、群馬県警捜査一課の主任だった鷲尾と、会議で同席したのが出会いだった。歳が同じことと、大の阪神ファンだったことから意気投合し、いまでも一年に一度は会って酒を呑む仲だとのことだった。

事務員が退室すると、途端、口調が砕けたものになる。

「鷲尾は一見、人が好《よ》さそうな顔をしてるだろう。だがな、目は違う。人の懐を探るような目つきをしている。最初、目が合ったときは、俺をなにか疑っているのかと思ったが、あれがいつもの目つきだったんだな。わかればなんてことないことなんだが、当初は不愉快になったもんだ。人を見たら泥棒と思うような仕事をしてるんだから仕方ないとは思うが、あの目つきは、もう少しなんとかならんもんかねえ。部下の君も、そう思わんか」

馬淵は楽しそうに、旧知の男の話をする。

緒方から見れば、馬淵も鷲尾と、同類に思えた。人当たりが良く、表情も明るい。しかし、目は笑っていなかった。馬淵の目には、常に入所者を監視している者のみが持ちうる鋭さがあった。

愛想笑いで肯く緒方を見据え、馬淵は真面目な顔に戻り、ソファから腰を上げた。

さて——と席を立ち、机に向かう。

馬淵は険しい顔で、引き出しから茶色い封筒を取り出した。

ソファに戻ると、封筒をテーブルの上に置く。

「これが、頼まれていたものだ。高松と札幌、仙台の分も入っている」

反射的に背筋が伸びる。緒方は封筒を手に取ると、緊張しながら中身を取り出した。

クリアファイルが四枚あり、それぞれに用紙が十枚近く入っている。福岡刑務所のファイルから確認する。

Ａ４の用紙には、複数名の個人情報が書かれていた。氏名、生年月日、現住所のほかに、罪状と入所日、そして出所日などが記載されている。調べてほしいと頼んでいた、出所者リストだ。一枚につき、十名ほどの情報が載っている。福岡刑務所の用紙は八枚あった。ざっと計算して、こちらが提示した条件に合う出所者は、八十人いるということだ。

すでに入手している東京、名古屋、大阪、広島の矯正管区のリストも、多少の増減はあるが、およそ百名前後の該当者が記載されていた。八つの矯正管区を合計すると、約七百人の人間を調べなければいけないことになる。

改めて考えると、ひとりで調べるには膨大な数だ。思わず漏れそうになる溜め息を、緒方は咽喉の奥に呑み込んだ。

耳の奥に、神場と鷲尾の声が蘇る。

――刑事のお前が私情を向けるべき場所は、警察組織や課長、ましてや俺じゃない。第三の純子ちゃんを決して生み出してはいけないという、一点だけだ。

――調べるからには、徹底的に調べる。

弱音など吐くな。

緒方は自分で自分に活を入れると、馬淵に深く頭を下げた。リストを封筒に戻し、自分の鞄にしまう。

馬淵が低い声音で訊ねる。

「理由は、教えちゃくれないんだろ」

緒方は無言で小さく息を吐き、再び頭を下げた。

頭頂部に強い視線を感じる。顔をあげると、馬淵がねめつけていた。

幸い、これまでの所長は理由を訊ねてこなかった。当たり前のように、リストを渡して労ってくれた。が、本来、矯正監であれば、為《な》されて然るべき質問だ。いままでが、運が良すぎたのだ。

しかし、ここで目的を明かすわけにはいかない。言えば、なぜ正式なルートを通さない、と質《ただ》されるだろう。保秘に徹しろ――鷲尾の命令を思い出し、唇を噛んだ。

テーブルを挟んで、沈黙が流れる。

突然、柔らかい声音に戻って馬淵が言った。

「まあ、いいさ」

ソファにもたれ、遠くを見やりながら言葉を続ける。

「あいつは昔から、無理難題を押し付けてくるやつでな。ともすれば、こっちの首が危うくなるようなことまで頼んでくる。しかも、頼みますとかお願いします、といった類の文句を口にしたことがない。いつも用件を言ったあとに、できるか、と訊ねるだけだ。私は昔から負けず嫌いな性格でね。できない、という言葉は絶対に使いたくない性質《たち》なんだ。気がつくと、あいつにいいように操られてきた。もっとも、こっちもそうだから持ちつ持たれつ、だがね」

馬淵は宙に浮かべていた視線を、緒方に向け強めた。

「そのあいつが、今回だけは、頼む、と言った」

緒方は黙って、視線を受け止めた。

静かな声で馬淵が語りかける。

「こっから先は独り言だ。聞き流してくれていい」

ひとつ息を吐くと、言葉を続ける。

「リストの目的は、金内純子ちゃん事件に関わることだろ」

図星を指され、息を呑む。表情を見透かされないよう視線を落とした。

「あいつの頼みは約十六年前に入所し、この一年以内に出所した男を調べることだ。長期短期にかかわらずな。この条件と、当時のあいつの様子を照らし合わせれば、今回の頼みごとに、純子ちゃん事件が絡んでいると推察することは難しくない。十六年前の事件が、いま動き出した理由も大方、想像がつく」

重々しい声だった。

あれは——と、馬淵の独り言が続く。

純子ちゃん事件で八重樫に有罪判決が下されてから半年が過ぎたころだ。一緒に酒を呑む機会があった。ほかに誰か誘うか、と訊ねたところ、鷲尾は、ふたりで呑みたいと答えた。

電話の向こうから聞こえる思いつめた声から、なにか重い悩みを抱え込んでいると察した。だから、人目につかない路地裏の赤提灯《あかちようちん》へ、鷲尾を誘った。

襖で隔てた狭い個室で向かい合いながら、鷲尾は無言で酒を呷った。

「そのときの吞み方が、いいとは言えないものでな。吞みたくて吞んでいるわけじゃない。吞まないとやってられない。そんな感じだった」

酌をしながら、荒れている理由を訊ねた。鷲尾は理由についてはなにも答えず、ひと言だけつぶやいたという。

緒方は顔をあげ、思わず口を挟んだ。

「鷲尾課長は、なんと言ったんですか」

馬淵は視線を落とすと、ぽつりと言った。

「もう、なにを信じていいのかわからん。そうあいつは言った」

緒方の脳裏に、鷲尾の顔が浮かぶ。

純子ちゃん事件の真犯人が別にいるかもしれない。そう報告したにもかかわらず、上層部は重要な目撃情報をなかったことにした。鷲尾が馬淵に漏らしたひと言は、自分が培ってきた倫理観を見失った男のつぶやきだったのだ。

「私はそれ以上、なにも訊かなかった。なんに疑惑を抱き、なんに打ちひしがれているのか、わからなかったが、あいつがどれほど苦しんでいるのかは、見ているだけで手に取るようにわかった。私は、黙々と酒を吞むあいつに朝まで付き合って別れた。それが、十五年前のことだ。あの夜のことは、いまでも忘れない」

馬淵は顔を下に向けたまま、上目遣いに緒方を見た。

「あいつはきっと、今回の調べで、十五年前の苦しみの決着をつけるつもりでいるんだろう」

肯定も否定もできず、唇を固く結んでいると、馬淵は表情を緩め破顔した。

「いや、君を困らせるつもりはなかったんだ。悪かった」

張りつめていた部屋の空気が、馬淵の笑い声で一気に和む。固まっていた思考が、動き出した。緒方は馬淵の言葉で、ふとあることに気づいた。

困るのは自分ではなく、馬淵なのではないか。鷲尾から頼まれ、全国の矯正管区の所長に、内密で出所者のリスト作成を頼んでくれたのは馬淵だ。ことが外に漏れれば、窮地に追い込まれるのは必定と言える。

言葉を選びながら案じると、馬淵は、心配ない、と首を振った。

「警察《そっち》もそうだろうが、矯正《こっち》も身内意識は強くてな。良くも悪くも、身内を売るような真似はしない。身内の不祥事は、ブーメランのように、同じ組織に属している自分に跳ね返ってくると、知っているからな」

それに、と馬淵は真顔になり、言葉を続けた。

「罪を犯した者が、罰せられずにいるならば、どんな手を使ってでも捕らえて裁かなければならない。そうだろう」

緒方は馬淵の言葉に、力強く答えた。

「自分も、そう思います」

緒方は、鷲尾と馬淵が、強い絆《きずな》で結ばれていることを、改めて感じた。ふたりは、自分の身を挺《てい》してでも、犯罪者を罰しようとする使命感を持っている。だからこそ、こうしていま、出処進退をかけているのだ。

馬淵と鷲尾の関係は、そのまま、鷲尾と神場にも当て嵌まる。それぞれを繋ぎ止めているのは、上司や部下、同僚という関係ではない。自らの責務を果たそうとする、同志という繋がりだ。

緒方はソファから立ち上がると、深々と頭を下げた。

「お忙しいところ、ご面倒おかけしました」

馬淵も立ち上がる。机に足を運び、卓上の内線電話の受話器をあげた。

「ああ、私だ。緒方巡査部長がお帰りだ」

馬淵が電話を切ると、ほどなく丹波がやってきた。

「巡査部長をお送りしてくれ」

馬淵が丹波に命ずる。

丹波のあとについて所長室を退室しようとしたとき、背後から馬淵が声をかけた。

「緒方くん――君に、伝言を頼みたい」

振り返り、馬淵に訊ねる。

「なんでしょうか」

「戻ったら、あいつに伝えてくれ。落ち着いたら一杯やろうと――。美味い酒になるか苦い酒になるかはわからんが、朝まで付き合う、とな」

鷲尾を案じる馬淵の気持ちに、胸が熱くなる。

緒方は大きく肯いた。

「必ず、伝えます」

福岡から飛行機と電車を乗り継ぎ、群馬県警に戻ったのは夜の十一時を回った頃だった。

捜査一課の部屋には、ふたりが残っているだけだった。ひとりは、昨年、配属されてきた山本という若手刑事で、もうひとりは鷲尾だった。

山本は先輩の緒方が部屋に入ってきたことにも気づかないらしく、パソコンの画面を睨みながら、無心でキーボードを叩いている。何か書類を作成しているのだろう。

緒方は鷲尾の席にいくと、姿勢を正した。

「いま、戻りました」

鷲尾には、羽田に着いたときに連絡を入れてあった。戻りは十一時を過ぎると報告すると、鷲尾は即座に、お前が戻るまで何時だろうが席にいる、と言った。

「ご苦労だった。長距離の移動で疲れただろう」

鷲尾は机の前に立っている緒方に、労いの言葉をかけた。

「いえ。大丈夫です」

緒方は首を振った。疲れていることに間違いはなかった。しかし、それは身体の疲れで、気持ちは昂ぶっていた。

「あいつ、元気だったか」

馬渕も鷲尾のことを、あいつ、と呼んでいた。お互いを、あいつと呼び合う仲を、少し羨ましく思う。

緒方は、はい、と答えると、馬渕から預かってきた伝言を述べた。

鷲尾は聞き終えると、照れた笑いを浮かべた。

「あいつと、美味い酒を呑んだ覚えはないが、近いうちに奢《おご》ってやるか。今回の借りもあるしな」

ところで、と言って席を立つと、鷲尾は緒方を廊下へ連れ出した。

照明が落とされた薄暗い廊下で、鷲尾が真顔で訊ねる。

「どうだった。リストは揃ったか」

緒方は肯いた。

「足を運べなかった札幌、仙台、高松の分は、馬淵所長から受け取りました」

鷲尾が声を潜めて訊く。

「どれぐらいの人数になった」

「ひとつの矯正管区につき、およそ八十から百名前後。ざっと計算して約七百人です」

鷲尾は腕を組むと、眉間に深い皺を寄せた。

「思っていたより、多いな」

鷲尾の推察では、五百人前後だった。

「考えていたより、刑務所から刑務所へ渡り歩くやつが多かったようです」

長期受刑者の数はだいたい想像どおりだったが、出所後すぐに再犯で捕まる累犯者が、予想以上に多かった。

鷲尾は気持ちを切り替えるように、うむ、と気合を入れると、組んでいた腕を解き腰に当てた。

「七百人だろうが、千人だろうが、やるしかないな」

緒方は腹に力を込め、はい、と応えた。

ちょうどそのとき、捜査一課の部屋から山本が出てきた。ふたりに気づき、お先に失礼します、と頭を下げる。帰宅するのだ。

「ご苦労さん」

鷲尾が声をかける。

山本の姿が廊下の奥に消えると、緒方は鷲尾に向き直った。

「いまから出所者のリストをエクセルに打ち込み、入所時期や罪状、本籍地、現住所別に、名簿を作成します」

鷲尾は緒方の背に手を添えると、押し出すように、捜査一課に向かって歩き出した。

「それじゃあ、徹夜仕事になる。エクセルは明日にしろ。長距離を移動してきたんだ。今日は早く帰って、ゆっくり休め」

「いえ、もし、純子ちゃん事件の真犯人が別な人間だとしたら、事は一刻を争います。次の犠牲者が出ないうちに早く……」

「まあ、まあ」

緒方の訴えを、鷲尾が途中で遮った。

「お前の気持ちはわかるし、ありがたい。しかし、疲労で倒れてしまったら、それこそ調べが遅れてしまう。明日闘うためにいまは眠れ」

体調不良で調べが遅れるなど、絶対にあってはならないことだ。ここは鷲尾の言葉に従うべきかもしれない。

緒方の背を、鷲尾は力を込めて叩いた。

「さあ、今日のところは帰れ。お前の顔を見たから、俺ももう帰る」

部屋に入ると、鷲尾は自分のロッカーから鞄を取り出し、片手を振って出ていった。

ひとりになった緒方は、コピー機でリストをコピーした。机の引き出しを開くと、出所者リストの写しをなかにしまった。刑事課の引き出しに鍵はない。万が一のことを考え、正本は自宅で保管することにする。

引き出しを閉め、刑事部屋を出たとき、ふと神場の顔が浮かんだ。腕時計を見る。十二時を過ぎている。

神場はもう寝ただろうか。今日も首を長くして、連絡を待っていたはずだ。

今夜はどこの遍路宿だろう。一瞬、思考のなかの遍路道が、福岡刑務所の景色と被る。

緒方は首を振った。

さすがに、疲れているのか――

緒方はリストの入った鞄を両手で抱えると、帰路を急いだ。


けたたましく鳴るベルの音で、緒方は深い眠りから意識を呼び起こされた。

目覚ましをかける時刻は、いつも決まっている。朝の七時だ。

もう、そんな時間か、と心で思う。感覚では、まだ三十分ほどしか寝ていない。

ベルの音は鳴り続けている。起きなければ、と思うが瞼が開かない。だるい手に力を込めて手探りで枕元にある目覚まし時計を摑むと、上部についているボタンを乱暴に押した。

ベルの音が止まる。再び強い睡魔が襲ってきた。

――だめだ。

強く頭を振って眠気を振り払うと、渾身《こんしん》の力をふり絞ってベッドの上に身を起こした。はっきりしない意識を覚醒させるために、両手で頰を数回叩く。ベッドから起き上がると、台所へ行き、水で顔を洗った。寝不足でぼんやりしていた頭が、少しすっきりする。

緒方は部屋に戻ると、テーブルの上に開いたまま置いてあるノートパソコンを見た。床に座り、画面のロックを解除して、寝る前まで作業をしていたデータを確認する。入所時期や戸籍、現住所、服役した罪状など、条件別にエクセルで仕分けした出所者リストだ。

警察でも最近、データ管理は煩く、公務で貸与されているノートパソコンを持ち帰ることも、またUSBメモリにデータを移すことも禁止されている。公務の合間を縫い、刑事部屋で作業しようにも人目がある。自宅にある自分のパソコンで作業をする方が、効率がよかった。

福岡から帰った翌日、鷲尾の了解を得て早めに帰宅し、今朝の五時まで、十時間ぶっとおしで作業を続けた。

パソコンからデータを保存したUSBメモリを外し、通勤鞄に入れたとき、なかで携帯が光っていることに気づいた。マナーモードにしたまま、元に戻すのを忘れていたのだ。

急いで携帯を開く。メールが一本届いていた。幸知からだった。

緒方はメールの本文を開いた。

『こんばんは。変わりないですか。こちらは、マーサが少し夏バテ気味なこと以外は、変わりないです。夏バテ気味といっても、ちゃんとご飯は食べるし、散歩も喜んでいくので心配はないです。またメールします』

幸知とは、この一週間、連絡をとっていない。二日に一度の割合で、幸知からメールが入るだけだ。

幸知には、鷲尾から十六年前の事件を調べるよう言われた日、メールを一本打った。込み入った事件の捜査をすることになったので、しばらく忙しくなる、といった内容のものだった。子供のころから、刑事の妻である母親を見て育ったからか、幸知は細かい事情は一切訊かない。ただひと言、体調を気遣うメールが届いただけだった。

幸知からメールが届くたびに、返信したいという欲求に駆られた。ときには、声が聞きたくて、電話番号を押しそうになるときもある。しかし、そう思うだけで、メールも電話もしていない。

自分がいま調べている内容を考えると、幸知と連絡を取ることができなかった。緒方がメールか電話をしたら、幸知はきっと忙しい緒方を気遣い、明るく楽しげな返事をするだろう。会いたいとか寂しいなどといった泣き言を言って、恋人を困らせたりはしない。その心遣いが、いまの緒方には辛い。

神場に説得され、納得の上で調べを引き受けたとはいえ、恋人の父親を窮地に追い込むかもしれない捜査をしていることに、やはり負い目を感じている。

幸知の優しさに触れるとその思いが余計に強くなる。だから、緒方は敢えて、幸知に連絡を取らなかった。純子ちゃん事件の調べが終わり、事の真相がはっきりするまでは、連絡を絶つと決めていた。

緒方は心で幸知に詫びながら、携帯を閉じた。

朝礼が終わると、緒方は鷲尾のもとへ駆け寄った。小声で伝える。

「例のまとめが終わりました」

鷲尾はさり気なさを装いながら、そうか、とだけ答えた。が、緒方を見据える目には、強い光が宿っていた。

十分後、鷲尾が緒方に一瞥《いちべつ》をくれ、部屋を出ていった。少し間を置いて、緒方も部屋を出た。

鷲尾から、出所者リストをまとめてほしい、と頼まれたときに使った会議室のドアを開ける。案の定、鷲尾は会議室の椅子に座っていた。

「勘がいいな」

緒方が向かいに座ると、鷲尾は小さく笑った。緒方も笑みを返す。

「たぶん、ここにいらっしゃると思いました」

鷲尾は降参の意を示すように、肩を竦めた。

「一分待ってこなければ、ここから内線で、お前を呼び出すつもりだった」

さて、と鷲尾は真顔で緒方のほうに身を乗り出した。

「出来上がったリストを、見せてもらおうか」

緒方はあらかじめ自宅でプリントアウトした出所者リストを、封筒から取り出した。

机の上にリストを置くと、鷲尾は慎重な手つきで手にした。五十枚近くに及ぶ書類の、一枚一枚に目を通していく。

最後のページを見終わると、鷲尾は息を吐いて緒方を見た。

「二日で、よくここまでまとめてくれた」

緒方は面を伏せるように頭を下げた。当然のことをしたまでだ、という思いを抱きながらも、仕事の労を労われたことは、素直に嬉しい。

鷲尾はリストを改めて開きながら、表情を引き締めた。

「条件別のリストは出来上がった。次は、ここから純子ちゃん事件の被疑者である可能性が高い順に、名簿を絞り込んでいくことだな」

緒方は顔をあげると、はい、と力強く答えた。

「まず、もっとも押さえるべき条件は、服役した罪状だと思います。幼児に限らず、強姦、わいせつ行為に関わる罪で服役した者をリストアップし、そこから、純子ちゃん事件が発生した当時、事件が起きた群馬県、もしくはその周辺に住んでいた者を選び出していく方法がいいのではないでしょうか。エクセルに入力してありますから、すぐにでも作業は可能です」

鷲尾は厳しい顔で腕を組んだ。

「前者に異存はないが、後者は肯きかねる。たしかに、純子ちゃん事件が発生したときに、群馬県周辺に住んでいた者が被疑者である可能性は高いが、遠方に住んでいた者が仕事かほかの理由で群馬県を訪れていたときに、事件を起こしたかもしれない。住所はあてにならん。当時、住んでいた場所を群馬周辺に限定せず、全国まで広げてリストアップすべきだ」

鷲尾の意見はもっともだった。長期の出張や現場作業で、役所へ住所変更の届け出をしないまま、登録している住所とは違う地域で暮らすケースはある。

緒方は納得した。

「わかりました。強姦、わいせつ行為で服役した者を、すべて抽出します。まずはそのなかから、現在、愛里菜ちゃん事件が発生した地域周辺に住んでいる者を、あたってみます」

うむ、と肯きながらも、鷲尾は重い息を吐いた。

「言葉で言うほど、楽な仕事じゃないな。ざっと見ただけでも、強姦、わいせつ罪で服役した者は、二百名はいる。すべての人間の、十六年前から現在に至るまでの動きを調べるには、かなりの時間を要する」

鷲尾の顔に、焦りの色が浮かぶ。

緒方には、鷲尾が抱いている不安が手に取るようにわかった。自分も常に抱いている不安だからだ。

――時間が経てば経つほど、三人目の純子ちゃんが生まれてしまう可能性が高くなる。

長い沈黙のあと、鷲尾がつぶやくように言った。

「せめて、事件現場周辺で目撃されている車両が割れれば、もっと絞れるんだがな」

愛里菜ちゃん殺害事件の現場周辺で目撃されている白い軽ワゴン車の情報は、依然、摑めていなかった。事件を解決する大きな手がかりとして、捜査陣も全力で一から聞き込みを行っているが、いまだ確かな情報はない。

「犯人は魔法でも使ったのかなあ」

鷲尾が半ば自虐的に言う。

緒方は以前、電話で神場に、同じことを言ったときのことを思い出した。車両が見つからず、まるで手品のようです、と弱音を吐いた緒方に神場は、魔法のように見える手品だってちゃんと仕掛けがある、と鼓舞した。

そうだ。純子ちゃんや愛里菜ちゃんを殺したのは、魔法や幽霊などの非現実的なものではない。実体を持っている人間だ。犯人は実在する。正体は人の姿をした鬼畜だ。

緒方は鷲尾の目をまっすぐに見ると、腹に力を込めた。

「この世に、魔法など存在しません。犯人は、絶対に捕まえます」

いつになく力強い部下の言葉が、心に響いたのだろうか。鷲尾は少し驚いたような顔をしたが、すぐに表情を引き締め、大きく肯いた。

「お前の言うとおりだ。犯人は、必ず捕らえる」

緒方は椅子から立ち上がった。

「では、調べを進めます」

「その前に」

鷲尾がドアへ向かう緒方を引き止めた。

「神さんへ、調べの進捗状況を伝えてくれ。リストの整理は終わったとな」

緒方は躊躇った。幸知へ連絡をしていないのと同じく、神場へも調べを引き受けた旨を電話してから、連絡を絶っていた。伝えなければいけないことは、忙しさを理由に鷲尾から連絡してもらっていた。神場の声を聞くと、自分が調べると決意した気持ちが、揺らぎそうになる気がしたからだった。

「しばらく神さんに連絡していないだろう。可愛がっている部下から電話が来れば神さんも喜ぶ」

緒方と幸知が付き合っていることを知らない鷲尾は、複雑な緒方の心情がわからない。

「いえ、ですが、俺は調べを進めるのが先決ですから……」

「いいからお前が連絡しろ。調べはそれからだ」

鷲尾は神場への連絡を強引に命じ、先に部屋を出ていった。

会議室にひとりになった緒方は、命令に背くこともできず、携帯から神場に電話をかけた。

数回のコールで電話は繋がった。

「神さん、俺です。緒方です」

「緒方か。声を聞くのは久しぶりだな。夏バテしてないか」

かける前は躊躇っていたが、神場の声を聞くと、やはり嬉しさが込み上げてきた。

「俺は大丈夫です。神さんは変わりないですか。いま、どのあたりですか」

神場は六十九番札所の観音寺《かんのんじ》を打ち、いま、七十番札所の本山寺《もとやまじ》へ向かっているところだ、と答えた。

「ところで、どうだ。調べは進んでいるか」

神場は声を潜めて訊ねた。

緒方は手短に、いましがた鷲尾と話した内容を伝えた。

「罪状から絞った対象者は約二百名です。これからひとりひとり潰します」

少しの間のあと、神場のつぶやくような声が聞こえた。

「目撃車両さえ摑めれば、一気に捜査が進むんだがな」

鷲尾と同じことを言う。

緒方は携帯を握る手に力を込めた。

「俺も、ほかの捜査員も、全力で事件解決に向け動いています。必ず、犯人を逮捕します」

携帯の向こうから、そうだな、と同意する声がした。

「緒方」

いつになく真剣な声で、神場が名前を呼ぶ。

「辛いだろうが、踏ん張れ」

緒方はいつか機動捜査隊の先輩に言われた言葉を、返した。

「辛いのは俺ではありません。被害者と遺族です」

携帯の向こうで、微かに笑う気配がした。

「なにか動きがあったら、すぐに連絡を寄こせ」

緒方が、はい、と答えると電話は切れた。

11

七十番札所の本山寺を打ち終え、七十一番札所の弥谷寺《いやだにじ》を目指して歩いている神場は、先ほど切った緒方との電話を反芻した。

緒方が犯人逮捕に力を注いでいることは、力強い声から手に取るようにわかる。しかし、現状は甘くはない。全国に散らばる二百人もの対象者を、ひとりひとり調べていくには、想像以上の体力と精神力、時間が必要だ。伝手を頼って情報を求めたいところだが、万が一にも純子ちゃん事件を調べ直していることが、外に漏れてはいけない。警察の権威が失墜するかもしれない調べを進めていることが上層部に知れたら、捜査はもとより鷲尾も緒方も潰されてしまう。

どうしたらいい。なにかいい方法はないのか。

考えながら歩いていると、目の前に誰か立つ気配がして、慌てて足を止めた。

俯いていた顔をあげると、前を歩いていたはずの香代子が、神場の前に立ちはだかっていた。怖い顔をしている。

「あなた。なにを考えているのか知らないけれど、ちゃんと前を見て歩いてちょうだい。ぼんやり歩いていたら、事故に遭うわよ」

神場は顔をあげて道路を見た。

低い縁石のすぐ横を、車がひっきりなしに通り過ぎていく。

七十番札所の本山寺から、次の弥谷寺までは、国道十一号を歩いていく。車の交通量はかなり多い。香代子の言うとおり、気をつけて歩かなければいけない。

「悪かった」

神場は素直に謝った。

言い訳もなく謝られて、それ以上なにも言えなくなったのだろう。香代子は小さく息を吐くと、ちらりと道路脇を見やった。

「少し、休んでいきましょうか。ちょっと涼みたいし」

香代子の視線を追って横を見ると、古い喫茶店があった。木製の格子窓に『お遍路さん歓迎。お遍路さんコーヒーセット三百円』とある。

いまどき、三百円で喫茶店のコーヒーが飲めるなどありがたい。神場は香代子の提案に肯いた。

店の扉を開けると、ドアについているベルが、チリンチリン、と鳴った。

カウンターのなかで、初老の男性が顔をあげる。

「いらっしゃいませ」

店のなかは狭かった。小さなカウンターと、四人掛けのテーブルがふたつしかない。

神場はカウンターに座りたかった。コーヒーをサイフォンで淹れるところを見たかったからだ。神場が若い頃は、サイフォンで淹れることが当たり前だったが、全国チェーンのコーヒーショップが流行ってからは、なかなか拝むことができない光景になっていた。

カウンターにはすでに客がいた。店の常連らしき老人と、老人の孫と思しき男の子だ。男の子は、手にミニカーを持っていた。買ってもらったばかりなのだろうか。マスターにミニカーを嬉しそうに見せびらかしながら、木製のカウンターの上を得意げに右に左に走らせている。椅子が四つしかないカウンターに、神場と香代子も座ってしまったら、ミニカーが走るスペースがなくなってしまう。

神場はカウンターに座るのを諦めて、香代子と一緒に窓際のテーブル席へ座った。

マスターが水を運んできた。ふたりの足元を見て訊ねる。

「歩いて打っているんですか」

神場はマスターの視線を追って、自分の足元を見た。履いているスニーカーはかなり汚れていた。

「ええ、今日で四十五日目になります」

香代子が笑顔で応える。

マスターが感心したように微笑む。

「ご注文はなににしましょう」

香代子は迷わず、お遍路さんコーヒーセットをふたつ注文しながらマスターに訊ねた。

「本当に、これだけついて三百円なんですか」

セットの内容は、ホットかアイスのコーヒー、本日のケーキ、自家製ヨーグルト・フルーツ添え、といったものだった。

マスターは、もちろん、と答えた。

「お遍路は一にも二にも体力です。しっかり食べて巡礼を続けてください」

注文した品が運ばれてくると、香代子は両手を合わせてフォークを手に取った。ケーキを口にすると、子供のような笑顔で喜んだ。

「すごく美味しい。あなたも食べてみて」

勧められて、神場も口に入れた。普段、甘いものは好まないが、疲れた身体が欲しているのだろう。チョコレートケーキは、沁み込むように美味かった。

香代子が、ふふ、と思い出し笑いをする。

「なにが可笑しい」

神場が訊ねると、香代子は手元のケーキを見ながら答えた。

「幸知が小学校一年生のクリスマスのとき、あなた、仕事の帰りにクリスマスケーキを買って来たでしょう。幸知が喜んで箱を開けると、なかでケーキが倒れてぐちゃぐちゃになってて。あの子、大泣きして、あなたがいくら謝っても泣き止まないの。あのときのあなたの困った顔、いまでも覚えてる」

香代子は、くすくすと笑い続ける。

そう言われれば、そんなことがあった、と思い出す。しかし、それが、幸知が小学校一年生の出来事だったことまでは、覚えていない。香代子の、というより、母親の記憶というものはすごいと思う。

小学校一年生、という言葉に、胸がちくりと痛む。

純子ちゃんも愛里菜ちゃんも、小学校一年生だった。ふたりも、ケーキが好きだっただろうか。

甘いはずのケーキが、ほろ苦く感じられる。

もし、八重樫が犯人ではないとしたら。再び頭がそちらに向く。いったいどうすれば、犯人に結び付く手がかりが得られるのか。

「ぶううん」

神場の思考を、幼い声が遮った。神場はカウンターを見た。男の子が口で車のエンジン音を発しながら、ミニカーを走らせている。

最後にあんなに一心不乱に遊んだのはいったいいつだったろうか。もう、遥か昔すぎて思い出せない。

神場がコーヒーを半分ほど飲み終えたとき、カウンターにいた老人が、椅子から下りた。

「マスター、ごちそうさま。また来るよ。今日の分、チケット切っておいて。こいつのジュース代も」

カウンターの横にコルクボードがかけてあり、そこに何枚か綴《つづ》りのコーヒーチケットがピンで留められている。マスターはそこから、コーヒー二杯分の券をはがした。

「ほら、ショウちゃん、行くぞ」

ショウちゃんというのが、男の子の名前らしい。男の子は急いでカウンターのミニカーを摑んだ。

「待ってよ、おじいちゃん」

カウンターの隅に、車の絵が描かれた小箱が置かれていた。男の子は、その箱にミニカーを大事そうにしまうと、椅子から飛び下りて老人のあとを追った。

「おじちゃん、またね」

男の子がマスターに叫ぶ。

「ああ、また、自慢のミニカーを見せにおいで」

店を出ていく男の子を、マスターが笑顔で見送る。

マスターと男の子のやり取りを、神場は固まったまま見ていた。こめかみが圧迫されたように苦しくなり、脈が速くなる。昔から、事件解決に結び付く重要な手がかりを摑んだときに感じるものだ。

神場は両の手を、強く握りしめた。

そうか。その方法があったか。

カウンターを見つめたまま動かない神場の顔を、香代子が覗き込む。

「あなた、どうしたの」

神場は勢いよく椅子から立ち上がった。

「電話を一本かけてくる。すぐ戻る」

驚いている香代子をその場に残し、神場は店を飛び出した。

白装束のポケットから携帯を取り出し、緒方に電話をかける。

気づいたことを、一刻も早く伝えなければならない。一回のコールが、ひどく長く感じられる。

電話が繋がった。

「はい、緒方です」

神場は早口で言った。

「いまから俺が言うことをよく聞け。犯人に繋がる重要な手がかりを思いついた。おそらく、俺の考えに間違いない」

携帯の向こうで、緒方の息を呑む気配がした。

神場は命じた。

「トラックを捜せ」

「トラック？」

怪訝そうな声で、緒方が繰り返す。

「そうだ」

神場は語気を強めて答えた。

「愛里菜ちゃんが殺害された当日、現場周辺のNシステムに記録されているトラックを割り出せ。保冷車のようなバンタイプ、もしくは、荷台に幌《ほろ》がついたものだ」

「待ってください」

緒方が話の途中で口を挟んだ。

「現場付近で目撃されている不審車両は、白の軽ワゴン車です。トラックではありません」

「そんなことはわかっている！」

思わず声が大きくなる。

横を通り過ぎていく自転車の男性が、驚いたように神場を見た。我に返る。

神場は自分自身に、落ち着け、と言い聞かせた。伝える側が取り乱しては、端的に説明できない。一秒でさえ無駄にはできないのだ。

深呼吸をして乱れた心を鎮めると、神場は緒方に、トラックに着目した経緯を説明した。

「いいか緒方。愛里菜ちゃん事件の捜査の大きな妨げになっているのが、不審車両である白の軽ワゴン車が発見されないことだ。そして誰もが、不審車両が現場周辺で目撃されたあと、消えたようにぷっつりと足取りを消した理由がわからずにいる」

「そうです」

緒方が答える。

「俺は、不審車両の足取りが途絶えた理由を思いついた。車を消せる方法は、これしかない」

電話の向こうで一瞬、息を吞む気配がする。緒方が訊ねた。

「なんですか」

神場は、声に力を込めた。

「車は、荷台に積まれて運ばれたんだ」

「えっ」

緒方が驚きの、短い声を上げた。

神場は説明を続けた。

「愛里菜ちゃんを殺害した犯人は、Nシステムや防犯カメラが設置されている幹線道路や人目がある道は、犯行に使用した白の軽ワゴン車が目に触れないように、トラックの荷台に積んで移動した。そして、現場近くのひと気がない場所で、トラックの荷台から軽ワゴン車をおろし、細い山道を登って愛里菜ちゃんの遺体を山中に遺棄した」

「なるほど。たしかに荷台に積んでしまえば、Nシステムには映らない……」

感嘆の声音で、緒方が独り言のようにつぶやいた。

神場は改めて緒方に指示を出した。

「チェックするトラックは、二トン以上のものだ。普通乗用車なら別だが、軽自動車なら二トントラックにぎりぎり積める。二トン以上で外部から荷台のなかが見えないタイプのものを捜せ」

緒方は神場の指示に、自分なりの意見を付け加えた。

「外から荷台が見えるキャリアタイプとトレーラータイプも、念のために確認してもらいます。犯人を捕らえるためなら、〇・一パーセントの可能性も潰していきます」

さらに神場が補足する。

「レンタカー会社もあたらせろ。愛里菜ちゃんが殺害された日の前後数日、該当するトラックを借りた者がいるかどうか調べるんだ。あと――」

神場は言葉を切り、声を潜めた。

「十六年前の記録もだ」

緒方が神場に確認する。

「一九九八年の六月十二日、金内純子ちゃんが殺害された日の前後に、二トン以上のトラックをレンタルした人物を捜すんですね」

神場は答える代わりに、言葉を続けた。

「それから、お前が作成したリストのなかから、トラックと関連がありそうな人間も割り出せ。本人、あるいは親族や友人知人など、身近な人物がトラックを所有している者や、トラックの関連会社に勤めている者だ」

「わかりました」

緒方が即答する。

「すぐ鷲尾課長に、この電話の内容を伝えて、Nシステムの解析とトラックの所有者、レンタカー会社を調べるよう、各部署に命じてもらいます。俺は、十六年前のレンタカーの記録と、作成したリストの照合に取り掛かります」

緒方の逡巡《しゅんじゅん》のない声に、思わず胸が熱くなる。

純子ちゃん事件に関する調べは、内々に進めている。緒方にしか、できない。

十六年前の事件の再捜査を頼んだとき、緒方は戸惑っていた。それ以来ずっと胸に抑えてきた警察という名の正義への不信、自分の恋人の父親や上司の過去の過ちを暴くことになるかもしれないという葛藤に、苦しんできたはずだ。しかし、いまの緒方の声に、迷いはない。個人的な感情を乗り越え、刑事としての使命を果たそうと決意したのだろう。迷いから脱するまでの緒方の辛苦を思うと、感謝の念とともに、声に出して詫びたい気持ちが込み上げてくる。

「では、動きます」

緒方が電話を切る気配がした。

「緒方」

思わず名を呼んだ。

いったん離れた緒方の声が、受話口に戻った。

「なんでしょう」

神場は口ごもった。思わず引き止めたが、いざとなるとなにを言えばいいのかわからない。礼の言葉なのか、謝罪の言葉なのか。様々な感情が入り混じり、気持ちを表す言葉が思いつかなかった。

言葉を発しない神場の思いを察したのか、緒方が自分から話題を振る。

「神さん、ひとつ訊いてもいいですか」

気まずさから逃れたくて、緒方の助け舟に乗った。

「なんだ」

「不審車両がトラックの荷台に積まれている可能性に、どうして気づいたんですか」

神場は香代子がいる喫茶店の扉を見た。脳裏に、男の子がミニカーを箱に入れたところが浮かぶ。物を隠すには、なにかに入れてしまえばいい。小物ならば、ポケットやバッグ。遺体をトランクに入れて運んだ事件もある。車だって同じだ。使用した車両を、トラックの荷台に入れてしまえば、外部の目に触れることなく移動できる。

「子供に教えてもらった」

神場は、それだけ答えた。隠すつもりはない。詳しく説明している時間が、もったいないと思っただけだ。

「子供、ですか」

不思議そうに訊き返したが、緒方はそれ以上、何も言わなかった。神場がトラックという可能性に気づいた経緯よりも、電話の内容を鷲尾に伝えることのほうが先決だと思ったのだろう。進捗状況は逐一報告します、と言って、緒方は電話を切った。

携帯を懐にしまうと、神場は香代子が待つ喫茶店の扉を開けた。

香代子が振り返り、神場を見てほっとしたような顔をする。

「悪い、待たせたな」

神場は香代子の向かいの席に座った。

香代子は、神場の顔をじっと見ていたが、やがてぽつりと訊ねた。

「なにか、いいことがあったの？」

香代子の意外な問いに、神場は逆に訊ねた。

「どうして、そう思うんだ」

香代子は、ううん、と言いながら首を傾《かし》げると、なぜだか少し寂しそうに微笑んだ。

「なんとなく」

事件を解く手がかりを摑んだかもしれないのだ。香代子が言うとおり、いいことがあった。しかし、それは同時に、神場が大きなものを失うかもしれないということだ。手放しの喜びが、顔に出ているとは思えない。

どう答えていいかわからずに黙っていると、香代子は伝票を持って椅子から立ち上がった。背を反らすように腰を伸ばす。

「美味しいコーヒーとケーキで、疲れが取れた。そろそろ行きましょう」

疲れが取れたと言いながら、椅子から見上げた香代子の顔には、深い翳りが滲んでいた。

「トラックだと？」

ふたりしかいない会議室で、鷲尾は緒方に訊き直した。緒方が神場からトラックの件を聞いたときと、同じ反応だ。

緒方は大きく肯いた。

「そうです。二トン以上のトラックです」

神場との電話を切ったあと、緒方はすぐに鷲尾のところへ行き、耳に入れたいことがある、と伝えた。

周りにいる捜査員たちに聞こえないよう声を潜めた口振りに、内密に捜査している件だと悟ったらしく、鷲尾は黙って席を立ち、使われていない会議室へ向かった。

部屋に入ると、緒方は椅子に座らずに立ったままの姿勢で、すぐにトラックを捜し出すよう、鷲尾に提言した。

話が見えず、焦《じ》れているのだろう。怒ったように鷲尾が問う。

「それが純子ちゃん事件と愛里菜ちゃん事件に、どう関わっているというんだ」

緒方は、今しがた神場と電話で話した内容を、手短に伝えた。

緒方が話し終えると、鷲尾は大きく息を吐き、ひどく感じ入った様子でつぶやいた。

「神さん、よく思いついたな。車のなかに車を隠すなんて、俺は想像もつかなかった」

「俺もです」

緒方は同意した。異常者による性犯罪は、突発的犯行が大半だ。仮に略取誘拐を周到に練ったとしても、その後の警察捜査まで睨んで念入りに偽装工作を準備する犯人は、まず考えられない。Nシステムを逆手にとる――おそらく、鷲尾と自分だけではなく、神場以外、誰も考え付かなかっただろうと思う。

鷲尾は怒ったような顔で緒方を見ると、強い意思を含んだ声で言った。

「すぐに捜査員を招集して、緊急の捜査会議を開く。神さんが言ったトラックに該当する車両を、捜査員一丸となって調べあげる。だが、公に捜査ができるのは、今回起きた愛里菜ちゃん事件だけだ」

緒方は、わかっています、と答えた。

「純子ちゃん事件に関しては、俺があたります」

鷲尾は目に柔らかさを湛え、緒方を見た。

「ひとりでの捜査は、大変だと思うが踏ん張ってくれ。俺も表立っては動けんが、できる限りの助勢はする」

「ありがとうございます」

緒方は頭を下げると、念頭にある捜査の手順を述べた。

「まず、エクセルに打ち込んだ出所者リストから、強姦およびわいせつ行為で服役した者を抜き出します。そこでさらに情報を集め、本人がトラックを所有していた者、運送関係の仕事に就いていた者、実家が配送関係をしていた者など、トラックに関わりがあると思われる者を抽出します」

鷲尾は、うむ、と肯いたあと、腕を組んで難しい顔をした。

「難儀なのは、レンタカー会社だな」

緒方もそこが一番、気がかりだった。十六年前の貸し出し記録を、レンタカー会社が保存しているだろうか。

怯みそうになる自分に、緒方は心で活を入れた。頭のなかで、神場の言葉が蘇る。

――第三の純子ちゃんを決して生み出してはいけない。

奥歯を噛みしめ、鷲尾の目をまっすぐに見つめた。

「靴底に穴が開くまで、調べます」

犯人逮捕に懸ける、緒方の気迫を感じたのだろう。鷲尾は一瞬、頼もしげに口角をあげた。が、すぐさま厳しい口調に戻る。

「俺はいまから、署長と管理官にここでの話を伝えてくる」

所轄の土井《どい》署長と県警捜査一課の宮嶋管理官は、愛里菜ちゃん殺害事件捜査本部の司令塔メンバーだ。捜査の方針は、鷲尾を入れたこの三人で、実質的に決められている。

「捜査会議が終わり次第、トラックに関する捜査を開始する」

鷲尾は、緒方の目を睨むように見据えた。

「鬼畜を、絶対に逃がすな！」

「はい！」

鷲尾がドアを開け、大股で部屋を出ていく。拳を強く握ると、緒方も会議室をあとにした。


緊急の捜査会議は、緒方と鷲尾が会議室を出てから二時間後に開かれた。

一分でも早く捜査に取り掛かりたかったが、鷲尾が土井と宮嶋に事情を説明し、外に出払っている捜査員たちを捜査本部へ呼び戻すには、最短でもそのくらいの時間を要した。

捜査方針の説明は、鷲尾自らが行った。

愛里菜ちゃん殺害事件の一番の懸案事項だった不審車両の割り出しについて、トラックをあたるよう鷲尾が指示を出すと、捜査員たちは一様に不可解な表情をした。が、続けて調べる理由を述べると、部屋のなかの空気が一変した。みな、昂奮《こうふん》した様子で、鷲尾の話に聞き入っている。捜査員たちの目には、強い光が漲《みなぎ》っていた。

「Nシステムの解析は、早ければ明日、遅くてもあさってには出てくるとのことだ。解析結果が届き次第、その時点での捜査結果と照合し、今後の捜査の方向性を決める。私からは以上だ」

　鷲尾が説明を終えると、隣にいた宮嶋が立ち上がり、捜査班の振り分けを指示した。

「捜査は三班に分かれて行う。ひとつは、トラックの目撃情報を集める班だ。日時は、事件発生の日を境にした前後数日。範囲は、現場から半径およそ二キロ圏内とする。Nシステムや防犯カメラが設置されていない、人目が少ない場所を重点的にあたってくれ。もうひとつは、トラックの所有者をあたる班。陸運局に依頼し、個人、企業問わず、二トン以上のトラックを管理している者のリストを作成しろ。そして、事件に関わりがある疑いが強い車両から順に、虱潰《しらみつぶ》しに調べていけ。最後は、レンタカー会社、及び、引っ越し業者をあたる班だ。事件前後に、該当車両を借りた者の記録を調べろ。この班は、盗難車両もあたれ。盗まれたトラックが犯行に使われている可能性は、充分にある。あとの捜査員は再度、連れ去られた現場および犯行現場周辺の聞き込みを行ってくれ」

　宮嶋はきびきびと、捜査員たちを捜査別に割り振る。

　割り振りが終わり、進行役の所轄係長が会議終了の号令をかけると、捜査員たちは我先にと会議室を飛び出していった。

　緒方も出口へ向かう。部屋を出るとき、鷲尾に視線を向けた。鷲尾も緒方を見ていた。

　緒方は遊軍待機を命じられていた。なにかあったときすぐ応援に駆けつけられるよう、車両で巡回待機する。が、これは表向きの理由で、実際には、十六年前の純子ちゃん事件の単独捜査を行えるよう、鷲尾が差配したのだ。コンビを組んでいた高見は、別の捜査員と組み、陸運局捜査の担当へ割り振られた。

――必ず、情報を掴みます。

そう目で意思を伝える緒方に、鷲尾も眼光を強め、目で応える。

緒方はドアへ視線を戻すと、気を引き締め直して部屋を出た。


県警を出ると、緒方はデミオに乗り込んだ。通勤で使用している自分の車だ。

車を発進させ、官舎へ向かう。

一刻も早く作業を進めたい。そう思うと、ついスピードを上げそうになる。急く自分を、必死に抑えて運転した。

駐車場に車を停めて、官舎へ入る。自分の部屋のドアを開けると、緒方は靴を脱ぐのももどかしく部屋にあがり、パソコンの電源を入れた。

通勤鞄からUSBメモリを取り出し、パソコンに繋ぐ。

出所者リストを開くと、条件別にまとめていく。入所した罪状、入所する前の職業および出所後の職業、戸籍および入所前の住所と出所時の現住所。各矯正管区から取り揃えた出所者の情報は、条件に数字を割り振り入力済みだ。抜き出したい条件の番号を打ち込めば、その条件に該当する者だけの情報が表示される。

七百二十五名の出所者リストのなかで、強姦、わいせつの罪で入所した者は、二百二十四名。入所前に、宅配業者や引っ越し業者、トラック運転手などの仕事に就いていた者は、三十七名。出所後にその職に関わった者はこれから調べるほかないが、とりあえず情報の照合を急ぐ。入所前や出所後の住所、勤務先が、事件が発生した群馬県周辺だった者は、六十八名となった。

ここからさらに、それぞれの条件が重なる者を抜き出していく。運送関係の仕事に就き、十六年前の事件発生当時、群馬県周辺に住所を置き、強姦、わいせつ罪で入所している者は、七名に絞られた。

それとは別に、罪状と、住居に関する条件だけが重なる者も抜き出す。こちらは二十一名。

普通免許で運転できる車両の大きさは、二〇〇七年に改正された道路交通法で、大きく変わった。改正後は実質二トントラックまでになったが、改正前に取得した者は、総重量八トン未満まで可能となっている。運送関係以外の仕事に就いている者が、犯行時だけトラックを使用したとも考えられる。

しかし、この線は薄いように思われた。

法律上運転できるとはいえ、日常でトラックを走らせていない者が、いきなり運転する場合、おそらく不安を抱く。

乗用車、とひと口に言っても、型は様々だ。軽自動車、小型車などに分類されるものや、排気量が二〇〇〇ccを超えたり車幅が一七〇〇ミリを超えるものなど多岐にわたる。普通免許を持っているからといって、そのすべてを誰もが抵抗なく運転できるわけではない。日頃、軽自動車を運転している者が、排気量二〇〇〇ccを超えるセダンを運転しようと思ったら、かなり慎重になるだろう。ましてそれが、ハンドルを握る感覚が大きく違うトラックとなれば、かなり躊躇《ちゅうちょ》するはずだ。

いまから罪を犯そうとしている者が、事故を起こして警察の事情聴取を受けるリスクを、敢えて冒す可能性は低い。常に運転しているとまでは断定しないが、トラックを運転する機会が多い人物がクロだと、緒方は推断した。刑務所に服役していても、運転免許証が失効となることはない。服役中に更新もできるし、もし失効したとしても、出所後に在監証明書があれば、失効から三年以内に限り更新は可能だ。どちらの規則も、出所したあと、迅速な社会復帰に繋がるという考えで用いられている。

最初に抜き出した、罪状、職業、住所が該当する七人を、ひとりひとり確認していく。

年齢は二〇一四年現在で、下は三十八歳、上は七十歳だった。

七十歳というと十六年前は、五十四歳だ。犯行は可能だが、いま現在の年齢を考えるとどうだろう。

欲望に煽られて自分の性欲を満たすまでは、可能だと思う。しかし、殺害した少女を車に乗せて山中に遺棄するのは難しいのではないか。幼い少女とはいえ、遺体となった身体は実際の体重よりもはるかに重く感じられるものだ。そう考えると、高齢者が犯人である線は、無理があるように思う。調べはあとに回していいだろう。

高齢者を除くと、早急に調べるべき人物は、六人となる。

一両日中には、Nシステムの解析結果が出る。そうなれば、住所と罪状が条件と一致する二十一名のなかでも調べる範囲は、もっと狭まる。逃げ切ろうとしている犯人と、追いかけている警察の距離が一気に詰まるはずだ。

差し迫って調べる人物のリストを眺めていた緒方は、リストを持っていた手を下ろし、遠くを見つめた。

愛里菜ちゃん事件の被疑者が浮上し、その人物が、いま自分が手にしているリストのなかにいたとしたら、十六年前の純子ちゃん事件の捜査に、過ちがあった可能性は非常に高くなる。同一犯となれば、鷲尾や神場だけではなく、警察組織全体の信頼が大きく揺らぐ。

緒方は手にしているリストに、再び目を落とした。

純子ちゃん事件の真犯人がいるのだとしたら、絶対に逮捕し、冤罪を証明しなければならない。そう思いながらも、リストのなかに、愛里菜ちゃん事件の被疑者がいないことを願う自分もいた。

頭のなかに、幸知の顔が浮かぶ。

自分の父親が、冤罪事件の関係者だと知ったら、幸知はどう思うだろう。父親を追い込んだ恋人を、どのような目で見るのか。

思考を遮るために、緒方は激しく首を振った。

もう悩まないと、腹を括ったはずだ。自分は刑事であるとともに、感情を持った人間だ。どちらかを捨てることはできない。刑事として、そして、人として、事件解決へ全力を注ぐ。それだけだ。

――そうですよね。神さん。

心のなかで神場に訊ねる。神場の穏やかな笑みが、脳裏に映し出された。


夜の捜査会議が終わると、緒方は第四会議室へ向かった。

ドアを開けると、鷲尾がいた。入り口から近い椅子に、足を投げ出す形で座っていた。ほかには誰もいない。

「お疲れさん」

鷲尾が緒方に声をかける。

捜査会議が終了したあと、第四会議室へ来る約束を交わしてはいなかった。交わさなくても、会議が終わったあと鷲尾はこの部屋で自分を待っている、そう確信していた。

おそらく鷲尾も、口にせずとも会議が終わったら緒方はこの部屋へ来る、そうわかっていたと思う。秘密を共有している者同士、考えていることは同じということだ。

緒方は鷲尾から少し離れた椅子に、腰を下ろした。緒方が椅子に座ると、鷲尾は独り言のようにつぶやいた。

「愛里菜ちゃん事件のほうは、今日の捜査会議での報告どおりだ。今日の今日で結果が出るほど捜査が甘くないことは、いやになるほど知っている。だが、人間ってのは良くも悪くも、望みを捨てきれないもんでな。もしかしたら、今日中に被疑者逮捕になるんじゃないか、などという淡い期待を抱いてしまう」

自嘲気味に笑うと、鷲尾は訊ねた。

「そっちはどうだ」

落胆している鷲尾に、さらに追い打ちをかける報告になることを心で詫びながら、緒方は首を振った。

「出所者リストから条件で絞り込んだ二十一人のうち、今日、確認できたのは最重要被疑者リストの六人です」

緒方は六名に絞り込んだ理由を説明し、話を続けた。

「六人のうち三人は愛里菜ちゃん事件が発生した尾原市内に住んでおり、残り三人のうちひとりは隣の純子ちゃん事件が起きた坂井手市。もうひとりは、坂井手市の西にある菅野町《すがのちょう》に、あとひとりは行方がわかりません」

緒方は、今日の純子ちゃん事件についての捜査内容を伝えた。

調べる人物を絞り込んだ緒方は、矯正管区から提出してもらった書類に記載されている出所当時の現住所を訪ねた。六人のうち三人は、実家が現住所になっていた。応対に出てきた親族の者に、出所後の更生調査をしていると偽り、いまの様子を訊ねると、ある者はあからさまに不快な表情を浮かべ、またある者は、頭を下げて詫びながら答えた。

「この三人のうちひとりは清掃業。もうひとりはカラオケ店の従業員で、残りのひとりは実家を出て行方不明になっています」

緒方は報告を続ける。

残りの三人はアパートに独り住まいで、出払っていて不在だった。近隣の住人にそれとなく訊ね、現在の様子を調べたところ、ひとりは整備工場勤務、もうひとりは居酒屋でバイトをしていた。

「三人目は、俺が近隣の住人と話をしていたときに帰宅してきたので、直接、話をしました。三十八歳の男ですが、工事現場の作業員をしているそうです」

報告を聞き終えた鷲尾は、緒方に鋭い目を向けた。

「今日、調べた六人のなかで、トラックと結び付く可能性が一番高いやつは、工事現場の作業員か」

緒方は、いえ、と否定した。

たしかに工事現場で重機を扱っていたとしたら、トラックの運転は慣れているだろう。しかし、その男には愛里菜ちゃん事件の日のアリバイがあった。

「男の名は、中西《なかにし》というのですが、愛里菜ちゃんが行方不明となり殺害された六月九日は、新潟県内の現場に派遣されて仕事をしていました。かなり仕事が詰まっていて、朝から夜まで、交代制で勤務していたそうです。勤務先の作業員から裏も取りました。中西の話は本当です。彼が愛里菜ちゃんを誘拐して殺害し、遺体を遺棄することは不可能です」

鷲尾は腕を組んで、眉間に深い皺を寄せた。

「ほかに、トラックと結び付きそうな人物はいないか」

緒方は明確な答えは避けた。

「いまはまだ、調べが充分ではありません。これから調べを進めて行けば、新たな情報が出てくる可能性はありますが、今日の段階では、本人や身内、近隣の住人から聞いた話から、トラックに結び付く情報はありませんでした。愛里菜ちゃん事件当日のアリバイもあります。裏を取るのは、これからですが、俺の勘では、今日調べた者たちは、限りなくシロに近いと思います」

鷲尾はしばらく黙っていたが、緒方に顔を向けると、今日の仕事を労った。

「いろいろ走り回って大変だったな。今日はゆっくり休め」

休めと言われても、気が昂ぶっていて寝つける気がしなかった。こうしているいまも、愛里菜ちゃんを無残に殺した犯人がのさばっていると思うと、強い憎しみが込み上げてくる。

表情から心中を察したらしく、鷲尾は椅子から立ち上がると、緒方の肩を強く摑んだ。

「少し、肩の力を抜け。捜査は、いつまで続くかわからん。長引けば長引くほど、体力勝負になる。お前が倒れたら、純子ちゃん事件は誰が調べるんだ」

鷲尾に諭されて、我に返る。そうだ。自分が疲労で動けなくなりでもしたら、真犯人逮捕が遅れてしまうかもしれない。

「体調管理も、仕事の内だ」

明日も頼むぞ、そう言い残し、鷲尾は会議室を出ていった。

部屋にひとりになった緒方は、懐から携帯を取り出した。アドレス帳で神場の電話番号を開く。鷲尾から、神さんへの連絡はお前がしろ、と命じられていた。

刑事にとって、手ぶらで捜査を終えた報告をすることは、かなり辛い。相手はそうは思わないかもしれないが、自分は無能です、と言っているような気がする。

いましがた、緒方の報告を聞いたときの、鷲尾の無念そうな顔が浮かぶ。今日の捜査では、有力な情報は得られなかった、と伝えたら、携帯の向こうで神場も同じ顔をするだろうか。

天井を見上げたまま、しばらく動けずにいた緒方は、いや、と心で自分の考えを打ち消した。

たしかに神場も、鷲尾と同じように落胆するかもしれない。しかし、決して捜査員を責めはしない。逆に労い、落ち込んでいる捜査員を励ます。諦めるな、踏ん張れ。神場なら、きっとそう言う。

部下に発破をかける神場の声が、無性に聞きたくなる。

緒方は視線を携帯に戻すと、神場の携帯番号を押した。


風呂からあがり部屋に戻った神場は、座卓に置いた携帯のランプが点滅していることに気づいた。首に掛けていたタオルを外し、畳に座る。画面を開いた。

緒方から着信が入っていた。時刻は八時二十五分。いまから十分前だ。おそらく、夜の捜査会議が終わり、今日の捜査状況を報告するため電話をかけてきたのだろう。

香代子はまだ風呂からあがってこない。部屋を出るときに、歩き疲れて足がだるいと言っていた。湯船につかり、ぱんぱんに張ったふくらはぎを丹念に揉みほぐしていることだろう。しばらくは、戻ってこないはずだ。

神場は座卓に片肘を突くと、緒方に折り返し電話をかけた。

電話はすぐに繋がった。

「俺だ。電話に出られずにすまなかった」

緒方は、いえ、と答えると、暗いトーンで遠慮がちに訊ねた。

「もう、お休みでしたか」

電話は顔が見えない分、声の調子で相手の様子がわかる。緒方の沈んだ声から、いい報告はないと察する。捜査に進展がない、と報告をすることが、どれほど辛いか、長年の経験から身に沁みて知っている。緒方の気持ちを楽にさせるため、少しおどけてみせた。

「風呂に入ってただけだ。こんな時間に寝てると思うか。まだそこまで、歳を食っちゃいない。勝手に年寄り扱いするな」

緒方は咳《せ》き込むような笑い声を漏らすと、すみません、と詫びた。

少し気持ちが軽くなったのだろう。緒方は自分から、今日の報告をはじめた。

鷲尾が神場の提案に従い、トラックに関わる捜査を開始したが、今日の時点では進展がない、と緒方は申し訳なさそうに伝えた。

残念な報告だったが、神場は内心、安堵の息を吐いた。トラックを調べろ、という自分の意見を、きっと鷲尾なら納得し採用すると思っていた。しかし、現場には現場の事情がある。もしかしたら、取り入れられないのではないか、という一抹の不安があった。

「そうか。鷲尾さん、俺の推論に沿った方向で、捜査を進めてくれたか」

神場の言葉に、緒方は呆れたような声をあげた。

「当たり前じゃないですか。犯行に使用した車を積み荷として運ぶなんてことを思いつくなんて、さすが神さんだって、感心していました。ただ――」

捲《まく》し立てるように話していた口調が、急に滞る。

「さきほど報告したように、現時点では、有力な情報は、入手できていません」

愛里菜ちゃんが殺害されてから、今日で五十日が経過している。捜査本部が立ち上がった当初の緊迫した状態が緩み、疲労の蓄積が身体に堪える時期だ。加えて緒方は、ひとりで十六年前の調べを行っている。多少疲れていても、捜査に進展があれば、気力は保てる。しかし、なにも得られない日は、落胆が重く伸し掛かり、心身の疲れも増長する。

神場は少し考えてから、独り言のようにつぶやいた。

「今藤さんの話、したことがあったかなあ」

緒方に覚えはないようだ。唐突に出た名前に、困惑した態《てい》で短く、いえ、と否定する。

今藤隆司は、神場が夜長瀬駐在所勤務を終え、所轄の交通課を経て刑事課に赴任したときの上司だ。神場が尊敬する警察官のひとりだった。

「そうか。話してなかったか。世話になった先輩に、今藤さんて人がいてな。酒が入ると口癖のように、持論をぶってた」

「持論、ですか」

話の先行きが見えないからか、緒方が戸惑いがちに先を促す。

「事件ってのは生きてるんだ——てな」

神場は息を吐くと、言葉を続けた。

「罪を犯すのは生きている人間だ。被害を受けるのも生きている人間だ。事件ってのは生きてるんだ。俺はいつも、事件という名の、生きた獣と闘っているつもりでいる。今藤さんは酒を呑むと、いつもそう言っていた」

脳裏に、猪口を手にしながら持論を力説する、今藤の懐かしい顔が浮かぶ。

「捜査が行き詰まったり、心が折れそうになるたびに、俺は今藤さんの言葉を思い出し、自分を奮い立たせた。今藤さんと出会ってから退職するまでの三十年近いあいだ、俺はずっとそうやって刑事を続けてきた。だから——」

神場はそこまで言って、口を噤んだ。

——だからお前も、俺が今藤さんから受け継いだ信念を持って、刑事を続けてほしい。

そう言いかけた。だが、やめた。

緒方が自分の部下になったときから、緒方には言えずにいたことがあった。刑事としての誇りを持ち、退職するときに胸を張っていられる刑事になってほしい。自分が成し得なかった夢を、代わりに叶えてほしい、という願いだ。それは自分の勝手な望みだ。

しかし、その望みを口にすれば、緒方を苦しめることになるかもしれない。そう考え、思いを口にしたことはなかった。

携帯の向こうにいる、緒方の顔を思い浮かべる。

人一倍、正義感の強い緒方のことだ。神場の前では言わないが、もしかしたら緒方は、純子ちゃん事件の犯人が別にいたとしたら――十六年前に、警察が保身のために真犯人を取り逃がしていたとしたら、上っ面の正義だけを守ろうとする警察組織に嫌気がさし、刑事を辞めるのではないか。その可能性は、なきにしもあらず、だ。だとすれば、神場の望みは緒方にとって、苦痛でしかないだろう。

緒方は神場を慕ってくれている。元上司の――そして恋人の父親でもある男の言葉は、神場が思っている以上に強制力を持って、緒方の胸に響くはずだ。

だから、続く言葉を、神場は口に出せなかった。

途中まで言いかけてやめた神場に、緒方が怪訝な口調で訊ねる。

「だから――なんですか。神さん」

どう取り繕っていいのか、咄嗟に言葉が浮かばない。

深呼吸をひとつすると、神場は声に力を込めた。

「だから、お前も諦めるな。踏ん張れ」

いままで、何度も口にしてきた科白《せりふ》だった。しかし、いま発した言葉は、これまでと違う。緒方に対する満腔《まんこう》の思いと願いを、神場は言葉に込めた。

返事はない。群馬と四国の空間を、沈黙が支配した。

やがて、携帯の向こうで、小さく笑う気配がした。

「なにが可笑しい」

緒方が笑うようなことを、言った覚えはない。いえ、と緒方は、急いで否定した。

「可笑しくて笑ったんじゃありません。やっぱりと思って」

心の奥を見透かされたような居心地の悪さを感じ、神場は問いを被せた。

「なにが、やっぱりなんだ」

さきほどと、立場が逆になる。

緒方がつぶやくような声で説明する。

「実は、この電話をかけるの、気が重かったんです。神さんからトラックの件を教えてもらって、その方向性で捜査がはじまったのになんの進展もない。そう報告したら、神さんがどれほどがっかりするだろう。なんて考えて、電話をかけるのが辛かったんです。でも」

そこで緒方はひと呼吸おくと、誇らしげに言った。

「きっと神さんなら、捜査が進んでいないことを責めたりはしない。むしろ、踏ん張れ、って励ましてくれる。そう思ったんです。そうしたら、俺が考えていたとおりの返答だったので、つい嬉しくて」

手の内を読まれている。苦笑いを嚙み殺し、神場は電話を終えようとした。

「明日も早いんだろう。早く休め」

通話を切る寸前の神場を、緒方が引き止めた。

「神さん」

いつになく真剣な声音に、神場は身を引き締めた。

「俺、この仕事辞めません。死ぬまで刑事です」

唐突に言われた言葉に、神場は声を失った。

「今回、鷲尾さんから十六年前の事件の経緯を聞いたときは、警察《カイシャ》に不信を抱きました。俺が信じてきた正義が崩れ去ってしまったような気がして、刑事を続けていける自信を失いかけました。でも、退職しても、純子ちゃん事件や愛里菜ちゃん事件を、必死に解決しようとしている神さんを見ていて、刑事は退職したら刑事ではなくなるわけではない、死ぬまで刑事なんだって思ったんです」

神場は奥歯を嚙んだ。そうしないと、鼻の奥がつんとしそうだった。

緒方が言葉を続ける。

「刑事を辞めても、神さんと同じように、俺の中身はなにも変わらないんだろう、って。それなら、俺はこのまま刑事を続ける。神さんのように死ぬまで刑事でいよう。そう思いました」

少しの沈黙のあと、緒方は力強い声で言った。

「どんな仕事も同じでしょうが、刑事という職務も、納得できることばかりじゃない。むしろ、忸怩たる思いをするほうが多いかもしれません。でも、俺はすべて呑み込んで、刑事であり続けます」

緒方は自分の決意を伝えると、では、と言って急くように電話を切った。照れ臭かったのだろう。

切れた携帯を手にしたまま、しばらく神場は動けずにいた。なんだか、肩透かしを食らったような気がした。思わず、笑みが零れる。親が思う以上に、子は成長しているものだ。

神場は手にしている携帯のアドレス帳を開き、鷲尾の番号を呼び出して通話ボタンを押した。

電話はすぐに繫がった。聞き馴染んだ声が、神場の名を呼ぶ。

「神さん、お疲れさま」

「いま、大丈夫か」

都合を訊ねる神場に、鷲尾がおどけたような口調で答える。

「神さんの電話は、いつだって最優先さ」

「いましがた、緒方から電話があった。愛里菜ちゃん事件の捜査に、俺の推理を取り入れてくれたそうだな。その礼の電話だ」

心外だと言わんばかりに、鷲尾が語気を強めた。

「なにを言っている。頭を下げなければいけないのは、こっちの方だ。緒方からトラックの件を聞いたときは、真っ暗闇に、光が差し込んだ思いだった」

携帯の向こうで、律儀に頭を下げている鷲尾を想像する。そういう男だ。

神場はひと呼吸おき、軽い口調で言った。

「緒方は、いい刑事になったな」

神場は滅多に人を褒めない。その神場が、改まって緒方を褒めるのを聞いて、不思議に思ったのだろう。

「なにか、あったのか」

鷲尾が訊ねる。

神場はさきほど緒方と交わした電話のやり取りを伝えた。

「あいつ、清濁併せ呑む覚悟で刑事を続ける、そう言った」

鷲尾は黙って神場の話を聞いている。おそらく、神場と同じ思いに浸っているのだろう。

「電話をしたのは、礼を言いたかったのもあるが、緒方の話も伝えようと思ってな」

鷲尾が小さく笑った。

「俺への礼はついでで、本当は緒方のことを言いたくて仕方なかったんだろ」

内心を見透かされ、ばつが悪かったが、神場は素直に認めた。

「ああ、そうだ。嬉しくてな」

携帯を握りしめて深く肯く鷲尾の姿が、目に浮かぶ。

少し間を置いて、ことさら明るい口調で鷲尾が言った。

「神さん。この事件が解決したら俺、辞表を出すよ」

神場は目を見開いた。

「おい、待て。なにを言ってる。お前、あと二年で退職だろう。馬鹿な真似はよせ」

鷲尾の気持ちはわかる。自分が鷲尾の立場だったら、同じことを考えただろう。しかし、刑事を辞めたあとの鷲尾の人生を思えば、情に流されるべきではない。定年で退職するのと、辞表を出して自ら辞めるのとでは、天と地ほどの差が生まれる。退職金や天下り先の斡旋《あっせん》など、老後の人生が大きく違ってくる。

神場は言葉を尽くして説得を試みた。だが、鷲尾は受け入れなかった。逆に、神場を納得させようと言を重ねる。

「この電話を受けるまで、純子ちゃん事件が冤罪だったら、真犯人を捕らえるまで刑事を続ける、そう思ってた。真犯人に繋がる情報がありながら、上の指示に従い、結果として犯人を逃してしまった自分には刑事としての資格はない。そう考える一方で、自分が辞めてしまったら、誰が警察の信頼を取り戻すのだ、とも思った。だから、辞表を出さずにきた。だが、いまの緒方の話を聞いて、辞める決心がついた。自分がいなくなっても、緒方がいる。緒方なら自分の代わりに、警察が失った信用を取り戻すことができる、そう確信した」

神場は唇を噛んだ。

どんなに粘っても、鷲尾の気持ちは変わらないようだ。あと二年を残し刑事を辞めることが、鷲尾の責任の取り方なのだ。

広がる沈黙を、鷲尾の笑い声が破った。

「前にも言っただろう。俺は農家になる。辞表を出したら、土にまみれてかみさんの実家の果樹園を手伝う」

肯くかわりに、神場は深い息を漏らした。

鷲尾が神妙な声に戻って、話を続けた。

「愛里菜ちゃん事件の犯人を、一日も早く逮捕しなければいけない。しかし、その日が自分の刑事生活最後の日になる。少し複雑な心境だ」

鷲尾はそこで言葉を切り、自嘲気味に笑った。

「事件解決を、なにより喜ばなきゃいけないのにな。やっぱり俺は、刑事失格だ」

「課長――」

かける言葉が見つからず、呼びかけることしかできない。

鷲尾は自ら、話を切り上げた。

「捜査に進展があったら、すぐ緒方に連絡させる。じゃあ、道中、気をつけて」

まるで、世間話を終えるような軽い調子で、鷲尾は電話を切った。

携帯を閉じて座卓に置くと、タイミングを見計らったかのように、香代子が風呂から戻ってきた。顔が上気している。

「いいお湯だった。おかげで長湯しちゃった」

そう言って座卓の向かいに腰を下ろす。神場はそばにあった団扇《うちわ》を、香代子に差し出した。

「足の疲れはとれたか」

団扇で顔を扇《あお》ぎながら、香代子は微笑んだ。

「だいぶ楽になったわ。これで明日も大丈夫よ」

神場は黙って肯いた。

ちょうど会話が途切れたとき、香代子の携帯が鳴った。液晶画面を見た香代子は、嬉しそうに神場を見た。

「幸知よ」

香代子がいそいそと電話に出る。

「もしもし。うん、お母さん。ちょうどいまお風呂からあがったところ。そっちは変わりない？　ちゃんとご飯は食べてる？　マーサは元気？」

香代子は矢継ぎ早に訊ねた。毎日のように、連絡を取っているというのに、なぜ同じ質問を飽きもせず繰り返すのだろう。

「明日はこっちから電話するから。はい、おやすみなさい」

ひととおり話し終え、電話を切ろうとした香代子に、神場は片手で合図を送った。

「代われ」

「え？」

香代子が目を丸くして、神場を見る。

驚くのも無理はない。神場は昔から、家庭で話をしない性質《たち》で、仕事以外で口を開くことは滅多になかった。幸知も、父親の口の重さはよく知っていて、なにか用事があるときは、たいがい、香代子に伝えていた。幸知の意向を神場は、香代子を通して耳にすることが多かった。

今回の旅のあいだも、幸知が電話をかけてくるのは香代子の携帯だ。神場にかかってきたことは一度もない。ときに香代子が、たまには声を聞かせてあげて、と電話を代わろうとしても、神場が求めに応じたことはなかった。

切りかけた携帯を、香代子は慌てて口元に戻した。

「ちょっと待って。お父さんが、電話を代われって言ってるの」

目元にからかいの色を浮かべ、肩を竦めた香代子が、座卓の向かいから携帯を差し出す。

携帯を受け取った神場は、静かな声で娘の名を呼んだ。

「幸知か、俺だ」

「お父さん、いったいどうしたの」

携帯の向こうで、幸知が驚いた様子で訊ねる。

「いままでいくら私が、たまにはお父さんの声が聞きたいから電話を代わって、ってお母さんに頼んでも、出てくれなかったのに」

幸知の問いには答えず、神場はぽつりと言った。

「緒方は、いいやつだ」

神場の向かいで、香代子が声を失っている。きっと幸知も、携帯の向こうで香代子と同じ表情をしているだろう。

神場は構わず、言葉を続ける。

「男としても、刑事としても、そして人間としても、あいつは信用できる。安心して、あいつについていけ」

ふたりが付き合っていると知ってから、神場は緒方の話題を避けてきた。

緒方がいいやつであることは、いまさら口にするまでもなく知っていた。しかし刑事という職に就いている緒方に、幸知の人生を委ねるつもりにはなれなかった。緒方も、いずれ自分と同じ道を歩み、苦しむことになるのではないか。そのとき、そばにいる幸知まで辛い思いをするのではないか、と憂慮していたからだ。

だが、緒方の決意を知ったいま、それが杞憂であると確信した。緒方なら、これから先なにがあっても、自分の信念を曲げることなく、刑事の職務を貫くだろう。緒方になら、幸知を安心して任せられる。

いつもと違う父親に動揺しているらしく、幸知は声を震わせた。

「お父さん、変よ。いままで緒方さんの話を避けていたのに、いきなり認めるなんて。いったいなにがあったの」

神場はなにも言わない。いや、言えなかった。なにか口にしたら、香代子の前でみっともない姿を晒してしまいそうな気がした。

「話はそれだけだ」

「待って。お父さん、お父さんったら！」

神場は引き止める声を無視して、電話を切った。

携帯を香代子に返す。受け取った香代子は、何も訊かなかった。黙って、神場を見つめている。

神場は香代子の目を避けるように、布団へ入った。

「寝るぞ」

隣に敷かれている香代子の布団に背を向け、目を閉じる。

香代子が動く気配はなかった。幸知から折り返しの電話もかかってこない。

しばらく黙っていた香代子は、やがて、つぶやくように言った。

「そうね。明日はたくさんお寺を打つから、早く休みましょう」

明日は、五つの霊場を回る予定だった。七十二番札所の曼荼羅寺《まんだらじ》から、七十六番札所の金倉寺《こんぞうじ》までだ。それぞれの寺は、一番短い距離で徒歩七分、長いところでも一時間で辿り着ける場所にある。

香代子が電気を消して、自分の布団に入る。

それきり、あたりの音が消えた。聞こえてくるのは、宿の前の道をたまに走り去る車の音と、遠くで鳴いている犬の声だけだ。

神場は薄く目を開けた。閉めた障子から差し込む月明かりに、部屋の襖の模様がぼんやりと見える。

金倉寺を打てば、結願寺である大窪寺まで、残すところ十二の寺となる。

およそ二か月に及ぶ巡礼の旅が、まもなく終わる。旅の終わりがよもや、自分の来《こ》し方と重なるとは、旅立つ前には微塵も考えていなかった。

この旅が終わったら、すべてを香代子に打ち明けよう。

神場はこれまで迷っていた。十五年前から心に抱いている悔恨を、香代子に告げようか告げまいか、ずっと考えていた。だが、さきほどの緒方との電話で、鷲尾と同じように臍《ほぞ》を固めた。緒方に言われ改めて、退職しても自分は刑事なのだ、と気づいた。ならば、刑事として責任を取らなければならない。純子ちゃん事件と愛里菜ちゃん事件、ふたつの事件が同一犯の犯行によるものなのか否か、まだ結論は出ていない。しかし、どっちに転んでも、区切りは、つけるべきだ。

背後で、香代子が寝返りを打つ気配がする。寝ているのか、眠ったふりをしているのかはわからない。

神場は気づかれないように、詰めていた息を細く吐き出した。

話を聞いた香代子は、どう思うだろう。冤罪の可能性に目を瞑《つぶ》り、組織の圧力に屈した神場を、責めるだろうか。こんな男と一緒にいたことを、情けなく思うだろうか。

神場の頭に、今日、最後に回った七十一番札所、弥谷寺の御詠歌が浮かんだ。

――悪人と　行き連れなんも　弥谷寺　ただかりそめも　良き友ぞよき
ご朱印をもらうときに、寺の僧侶に意味を訊ねた。僧侶は筆を動かしながら答えた。

巡礼をする者は、道中、いろいろな人と出会う。その者が善人であれ悪人であれ、同じ行の友なのだ、という意味だという。

神場は目を閉じた。すべてを話し終えたとき、香代子が弥谷寺の御詠歌を思い出してくれればいい。そう願った。

12

首筋をつたう汗を、緒方はハンカチで拭った。

腕時計に目をやる。まもなく、午後二時。日中の暑さが、一番きつい時間帯だ。

緒方は、杉岡市《すぎおか》を訪れていた。愛里菜ちゃん事件が発生した尾原市から、車で一時間ほどのところにある県北の町だ。果樹園と土地の周辺の山から採水される天然水を、主たる産業にしている。

朝の捜査会議を終えた緒方は、最重要被疑者リストの六人のなかで、行方がわからなくなっているひとりの足取りを追った。名前は、加部朋也《かべともや》、四十二歳。十五年前に、住居侵入および窃盗罪で、三年の実刑を食らっている。刑期を終えて出所したが、その半年後に、九歳の女児を誘拐し自宅に監禁した罪で、十二年服役した。入所していた岐阜刑務所を出所したのは、今年の二月。出所した当初は坂井手市内の実家で暮らしていたが、家族と折り合いが悪く、一か月で家を出ている。

署を出た緒方は、現在、坂井手市内の実家に、ひとりで暮らしている加部の母親のもとを訪ねた。苦労の多い人生を送ってきたのだろうか。今年で六十五歳になるという母親は、実際の年齢よりさらに老けて見えた。

古い木造アパートの和室で、息子の所在を訊ねる刑事に、母親は投げやりに答えた。

「昨日も電話で言ったでしょ。どこでどうしてるのか知らないし、知りたくもない」

親子ではなく、店子《たなこ》に迷惑をかけられた大家——まるで、そんな感じの口吻《こうふん》だった。

「それにね」

そう言いながら、母親は緒方を睨んだ。

「息子っていっても、四十を過ぎた大人なんだから、もう親は関係ないでしょう。あの子には昔からうんざりするほど、大変な思いをさせられてきたのよ。もうたくさん」

母親はテーブルの上に置いていた煙草のボックスから一本抜き取ると、口にくわえて慣れた手つきで火をつけた。

緒方は煙草を吸わない。煙たいのを我慢して、わずかな情報でもいいから手に入れようと粘る。

「実家を出てから、連絡はありませんか」

母親が自嘲気味に笑う。

「あるのは、金をせびるときだけよ」

「連絡は電話ですか。それとも、直接、ここへ来るんですか」

「電話のときもあるし、なんの連絡もなしにいきなりやってくることもある」

月に一度、多いときは二度ほど、加部は母親に金を無心するという。一度に渡す金額はいつも二万円だった。

「親の年金を持ってくなんて、赤子の寝間着をはぎ取っていくより性質《たち》が悪いよ」

もう息子とは関係ない、そう言いながらも金を渡している。やはり親なのだ。

「お金を用立てるときは、手渡しですか。それとも口座振込みとか」

「手渡しよ。欲しかったら取りに来いって言ってるから」

振込手数料を払うのがもったいない、というのが理由だった。

「最近、来たのはいつですか」

母親は煙草の煙を、天井に向かって吐き出した。

「二か月くらい前だったかな。いつまで親にたかるのよって文句言ったら、先週から働きはじめたって言ってたから、なんとかやってんでしょ。せいせいした。そんとき箪笥《たんす》の引き出しからあたしのへソクリ盗んでいったけど、餞別《せんべつ》だと思って許してやったわ」

「いまどこに住んでいるとか、どこで働いてるとか、なにか言ってませんでしたか」

母親は、ぼんやり遠くを見やり、少し考えてからぼそっと言った。

「トヨナガイイン」

イインとは、病院のことだろうか。

訊ねると、母親は肯いた。

「前に来たとき、ひどい腹痛を起こして病院に行ったって言ってた。そのときにかかった病院がトヨナガ医院って言ってた」

「どこにある病院ですか」

母親は面倒そうに首を振った。

「そんなことまで知らないわよ。どうせ消費期限が切れた弁当でも食ったんだろうって笑ったら、クソババアって悪態ついて帰って行った」

それから十分ほど話を聞いたが、それ以上、聞き出せる情報はなかった。

加部の実家を出て車に戻った緒方は、携帯でトヨナガ医院を検索した。トヨナガ医院という名称の病院は、群馬県内に二軒あった。ひとつは坂井手市にあり、診療科目は脳神経外科。もうひとつは、杉岡市にあった。こちらは、診療科目が内科と消化器科だった。腹痛を起こした加部が受診した病院は、杉岡市にある豊永医院である可能性が高い。

緒方はすぐに、杉岡市に向かった。

杉岡市は、坂井手市と隣接している市だ。

豊永医院は、かなり古い病院だった。ところどころ修繕してはあるが、壁は色褪せ、剝き出しになっている配管はだいぶ傷んでいる。あとで知った話だが、かつては診療所と呼ばれていて、医院と名称を変えたのは、二代目にあたるいまの院長が、父親から跡を継いだときだったという。

午前中の診療が終わったころを見計らって、緒方は豊永医院を訪ねた。受付にいる太った看護師に警察手帳を見せて、加部のことを訊く。

「二か月前にここを受診したと思われます。もし、その男のカルテがあったら、住所と連絡先を教えてもらえませんか。非常に重要で、急を要する事案なんです」

そう頼むと、太った看護師はあたふたと席を外し、戻ってくると急いで受付の奥にある棚から、一組の書類を取り出した。

「いま、院長からカルテをお見せする許可をいただいてきました。これがお尋ねの人のカルテだと思います」

受け取ったカルテに記載されている氏名、生年月日は、捜し求めている加部のものだった。診療日は、今年の五月九日。いまからおよそ二か月半前だった。携帯を所持していないのか、電話番号の欄は記入されていなかった。

緒方はカルテに記載されている現住所を、手帳に書き留めると、礼を言い病院を出た。

加部の現住所は杉岡市長内町《ながうちまち》だった。長内町は病院から車で十分ほど走ったところにあり、かつては田畑が広がっていたところだったはず。

携帯の地図アプリで、加部の住居はほどなく割れた。

地図で場所を確認していた緒方は、画面に表示されているあるものに目をとめた。

加部の家の近くを、川が流れていた。佐々保川だった。

緒方の心臓が大きく跳ねる。愛里菜ちゃんの遺体に付着していた砂は、この川周辺のものと見られている。

緒方は住宅地のはずれにある空き地に車を停めると、降りて徒歩で加部の住所を捜しはじめた。長内町はいまでこそ住宅地になっているが、道は整備されず昔のものがそのまま残っているため、町内はうねる細道が入り組んでいる。場所によっては、車が一台ようやく通れる道幅のところもある。車より足で捜す方がいいと判断した。

どれくらい歩いただろうか。加部の家をひたすら捜していた緒方は、汗でぐっしょりになったハンカチをズボンの尻ポケットにねじ込むと、その場に立ち止まった。

疲れている身体に、太陽は容赦なく照りつける。

道路の先に、逃げ水が見えた。決して辿り着くことはできない水溜まりに、眉根を寄せる。

もし、加部が事件とは無関係だったら――そんな考えが頭をよぎる。

緒方は激しく首を左右に振った。

弱気になるな。

自分の両頬を手のひらで強く叩く。

俺は死ぬまで刑事であり続けると誓った。憎むべき犯人を、捜し続けるだけだ。気を引き締め直し道を歩き出した緒方の携帯が、シャツの胸ポケットで震えた。

鷲尾からだった。

携帯に出る。鷲尾の昂奮した声が聞こえた。

「緒方か、俺だ。Nシステムの解析結果が出た」

「どうでした」

緒方は急いて訊ねた。

鷲尾が分析結果を説明する。

愛里菜ちゃん事件発生前後に現場周辺の幹線道路を通過したトラックは、三十五台確認された。社名を背負っているものや個人所有のもの、大きさなど様々だが、早急に調べた結果、一台のレンタカーが浮上した。すぐさま、ナンバーの照会をして、該当するレンタカー会社に連絡し、事件当日、車を借りていた人物を調べたところ、ある男の名前が明らかになった。

「いまから、俺が言う名前をしっかり聞け」

緒方は携帯を耳に強く押し当てた。

「男の名前は、カベトモヤだ」

緒方は目を見開いた。その目に映っていた幻の水溜まりが、次第に薄くなり消えていく。

「おい、聞こえているか」

束の間《つかのま》、驚きで我を失っていた緒方は、鷲尾の声で正気に戻った。慌てて言葉を返す。

「大丈夫です。聞こえてます。レンタカーを借りたというカベトモヤは、リストに載っているあの加部と同一人物なんですか」

「ああ。ほぼ、間違いない」

鷲尾が確信を込めた口調で答える。

レンタカー会社の貸渡《かしわたし》契約書に記入されていた生年月日が、リストの加部朋也と一致しているという。

「同姓同名はいなくもないが、生年月日まで同じってのは、宝くじ一等クラスの確率だろう」

自分が追っている加部朋也と、レンタカーを借りた男が、間違いなく同一人物であるとの確証を得るため、緒方は最後の質問を投げた。

「貸渡契約書に記載されていた住所は、どこになっていますか」

「杉岡市長内町だ」

――詰んだ。

背筋に震えが走る。歓喜の震えなのか、戦慄の震えなのか、緒方にはわからなかった。

自分を落ち着かせるため、大きく息を吸い、細く吐き出す。声が上擦らないよう、丹田に力を込めて言った。

「課長、俺はいま、長内町にいます」

携帯の向こうで、息を呑む気配がした。手短に事情を伝える。鷲尾は昂奮を抑えきれない様子で、呻くように声をあげた。

「なるほど、加部が受診した病院のカルテか」

情報を補足する。

「そこから、加部朋也の現住所を手に入れました。名前、生年月日、現住所の一致。ふたりの加部朋也は、同じ人物に間違いありません」

携帯から荒い息遣いが聞こえる。わずかな沈黙のあと、鷲尾は気合がこもった声で緒方に命じた。

「お前は引き続き、加部の住所《ヤサ》を洗え。住居を割り出したら俺に連絡して、その場に待機しろ。すぐ応援を向かわせる。応援が到着したら、愛里菜ちゃん事件の参考人として任意同行《ニンドウ》を掛けろ。なんとしてでも身柄を確保するんだ」

「はい」

気持ちが急く。駆け出しながら電話を切ろうとしたとき、鷲尾が声を発した。

「頼んだぞ」

小さいが、思いの丈が詰まっていた。

緒方はいったん立ち止まり、見えない鷲尾に向かい居住まいを正した。

「承知しました。必ず加部を引致《いんち》します！」

うむ、と肯く声がして電話は切れた。


加部の現住所にある家は平屋の一軒家で、古いというより寂れているという感じの建物だった。トタン屋根はところどころが台風のあとのようにめくれていて、家の周りには雑草が生い茂っている。窓には日中だというのに、人目を避けるようにカーテンが引かれていた。知らない者が見たら、空き家だと思うだろう。

細い道のどん詰まりにあり、家屋の手前にある敷地には、頭から突っ込むように白い軽ワゴン車が停まっていた。古い型のもので、ボディのあちこちがへこんでいる。愛里菜ちゃん事件で寄せられた、不審車両の特徴と同じだ。表札は出ていない。

加部が住んでいる家と隣の家のあいだには、コンクリートの高い塀があった。隣の家も平屋なため、互いの家の様子は塀で遮られ見えないはずだ。

狭い道の向かいには、明らかに誰も住んでいないとわかるアパートがあった。電気のメーターが止まっている。隣は駐車場だったのだろう。いまは雑草が生い茂る空き地だ。

加部の家は、住宅地の死角にあると言っていい。隠れ家には持って来いの構図だった。

長内町は、古い町とは言っても、家と家のあいだが数百メートルも離れているような、田園地域ではない。杉岡市の中心地から少し離れた住宅街で、市の大通りほどではないが、車も通れば人も歩いている。しかし、加部の住居の周辺は違っていた。道の突き当たりにあるためか、周囲にブロック塀が多いためか、そこだけ見えない壁に囲まれたように、人目につかない構造になっていた。玄関の前に車を乗り付け、誘拐してきた少女を誰の目にも触れないように家のなかに連れ込むのは、決して難しいことではないように思う。

携帯の位置情報を何度も確認し、空き地の雑草の陰に隠れた。声を潜め、鷲尾に連絡を入れる。現在地を伝え、指示を仰いだ。

「機捜の覆面パトカーが五台、すでにそちらに向かっている。お前はその場に留まり、捜査員と合流でき次第、行動を起こせ」

鷲尾の声は冷静沈着な指揮官のそれで、緒方の気持ちを落ち着かせてくれた。周囲の道路にも、ほどなく緊急配備が敷かれるという。

機動捜査隊の捜査員はおそらく、加部に気づかれないよう離れた場所に車両を停め、徒歩でこちらに向かうことになるだろう。家の入り口と道路の進入口が見える位置を確保し、緒方はそのまま、空き地の草藪に身を潜めた。

草いきれに咽《む》せながら横臥《おうが》の姿勢をとってまもなく、加部と思しき男が家から出てきた。

心臓が跳ね上がる。

男は、着古したジャージ姿に、サンダルをつっかけ、手にはゴミ袋をひとつ持っていた。半透明のゴミ袋のなかには、コンビニ弁当と思われる容器や、週刊誌などの雑誌が詰め込まれている。加部の顔は、出所者リストで条件を絞っていったとき、前歴者カードで確認していた。

首だけ擡《もた》げ、目を凝らす。家から出てきた男は、間違いなく加部朋也だった。

加部は空き地に身を潜めている緒方の存在に気づかず、五十メートルほど離れたゴミ集積所まで歩いていくと、持っていたゴミ袋を放り投げた。

応援はまだ到着しない。もしこのまま出かけるようなら、単独で職務質問《バンカケ》するしかない。

覚悟を決めて立ち上がろうとしたとき、加部はぶらぶらとした足取りで、もと来た道を引き返していった。そのまま家に入る。

どっと安堵の汗が流れた。いざとなれば、被疑者の前でわざと転んで公務執行妨害の容疑をかける「転び公妨」でもなんでも、やる覚悟だった。しかしひとりでは、取り逃す懼れがあった。

緒方は大きく息を吐き出した。

額に浮かぶ汗を拳で拭き、さきほど確認した加部朋也の顔を脳裏に映し出す。ひと言で言うなら加部は、印象に残らない男だった。

体型、髪型、顔立ち、服装のどれをとっても、これといった特徴はない。よく言えば、すべてが十人並み、逆を言うなら、どこも秀でたところがなかった。凶暴さも荒々しさも感じさせない男が、突然、少女に牙を剝く鬼畜へと豹変《ひょうへん》する姿を想像し、不気味な恐怖を覚える。

応援の捜査員が到着したのは、加部が家に戻ってから十分ほど経った頃だった。

ふたりの私服捜査員が空き地に近づき、緒方に声をかけた。

「あの平屋が、被疑者《マルヒ》の住まいか」

平井《ひらい》と名乗った年上の捜査員が訊ねる。被疑者と決まったわけではなく、まだ重要参考人の段階に過ぎないが、平井は頓着しなかった。

加部の自宅を見ながら答えた。

「間違いありません。加部は在宅中です。今しがたゴミを捨てるために外へ出てきたのですが、再び家に戻ったあと出てきていません」

平井は緒方の視線を追って、加部の家を見た。

「周囲の道路はすべて封鎖してある。裏手や側面にも人員を配備した。やつは完全に、袋の鼠《ねずみ》だ」

緒方を安心させるようにそう言うと、平井は隣の若い捜査員に指示を出した。

「俺と緒方巡査部長が、玄関で任意同行を求める。お前は万が一に備えて、俺たちの後ろで援護しろ」

若い捜査員は、緊張した面持ちで脇腹のあたりに手を当てた。おそらく拳銃を携帯しているのだろう。通常捜査の途上だった緒方は、手錠も拳銃も携行していない。脇の下を、嫌な汗が流れる。

木でできた引き戸の玄関には、チャイムと思しきものは見当たらなかった。

平井と緒方が前に立ち、その後ろに若い捜査員が控える。平井は緒方と若い捜査員に目で合図をすると、手の甲で玄関の戸を叩いた。

「加部さん、いらっしゃいますか」

返事はない。

さらに叩きながら、平井は加部を呼び続ける。

「加部さん、すみません。ちょっとお訊ねしたいことがあるんですが。加部さん、ちょっと出てきてくださいませんか」

やがて、奥から人が出てくる気配がして、引き戸が開いた。わずかな隙間から、加部が顔を覗かせる。息を呑むのが、はっきりわかった。

目つきが鋭い三人の男たちが立っている物々しい様子に、加部は怪訝な表情を浮かべようとした。が、頬が小刻みに痙攣《けいれん》しただけだった。目が明らかに、泳いでいる。心当たりがあるのだ。

　本ボシに間違いない――

　きつく握った緒方の拳がじっとり汗ばむ。

　平井は懐から警察手帳を取り出すと、開いて加部にかざした。

「群馬県警の者です。六月十五日に遠壬山の山中で遺体が発見された、岡田愛里菜ちゃん殺害事件について、ちょっとお話を聞かせていただきたいんですが、県警までご同行願えますか」

　表情筋の痙攣がひどくなり、加部が面を伏せた。

「なにも話すことはないですから」

　加部は引き戸を閉めようとした。

　平井がすかさず、玄関に半身をねじこむ。

「いきなり警察がやってきて、驚かれる気持ちはわかります。落ち着いて、もう少し話を聞いてください」

　言葉は丁寧だが、声には有無を言わさぬ威圧感があった。

　加部が抵抗を見せたのは最初だけで、平井の二言三言の説得で、素直に任意同行に応じた。

覆面車両の後部座席に、平井と緒方に挟まれて座った加部は、おどおどとした様子で緒方に訊ねた。

「俺、これからどうなるんですか」

加部の言葉に、緒方は激しい怒りを覚えた。加部の身勝手な慄《おのの》きに比べたら、殺された幼女たちの恐怖はいかばかりのものだっただろう。見知らぬ男に連れ去られ、身体の自由を奪われ、親に助けを求めながら命を奪われた子供のことを思えば、己のこれからを案ずる言葉など出ないだろう。詰まるところ、この男は自分の欲望と保身しか頭にないのだ。

殴りつけたくなる衝動を、必死に堪える。

内心、緒方同様に腸《はらわた》が煮えくり返っているであろうはずの平井は、ベテランらしく安堵の餌《えさ》を撒《ま》いた。

「まあ、そう硬くならずに。用件が済めばすぐにお帰ししますよ。そのときは、車でご自宅までお送りします」

――加部は、二度と娑婆《しゃば》には帰さない。

緒方は心のなかで誓う。

四人を乗せた覆面車両は、群馬県警に向かって走り出した。背後に、四台の警察車両がついてくる。ひとりの被疑者に、四台の警察車両が援護につくなど、異例の多さだ。

この鼠は、なにがあっても逃がさない――そんな群馬県警の、決意の表れのように緒方は感じた。

13

前山《まえやま》ダムを見下ろす前山おへんろ交流サロンを出た神場は、リュックを背で弾ませて位置を定めると、後ろを振り返った。

「もうひと踏ん張りだ。行くぞ」

香代子は手にしている金剛杖を軽くあげて、微笑んだ。

今朝、八十七番札所の長尾寺《ながおじ》のそばにある遍路宿を出たふたりは、八十八番札所の大窪寺へ向かった。順打ちで回っている者にとっては、結願寺となる札所だ。およそ二か月に及ぶ歩き遍路がそこで終わる。

長尾寺から大窪寺までは、約十七キロの道のりだ。足に堪えるほどの距離に加えて、長い上り坂が続いている。

暑い日差しが、頭上から容赦なく照りつける。

息が上がり、ときどき立ち止まっては呼吸を整える。少し休んで、また歩き出す。きついとか辛いという弱音は吐かない。いまでこそ舗装されているが、かつては周りを樹木に覆われた険しい山道だった。そう思うと、整えられた道を歩いて行ける自分が、泣き言を吐いてはいけないような気がした。

大きく右に蛇行する額峠《がくとうげ》にさしかかったとき、神場は足を止めて後ろをついてくる香代子に訊ねた。

「少し、休むか」

きつい上り坂を歩いてくるお遍路さん用に設《しつら》えられたのか、道路から少し奥まったところに、古びた木製のベンチがあった。

下を見ながら歩いていた香代子は、立ち止まって顔をあげると首を振った。

「私なら大丈夫。もう少しだもの。頑張るわ」

香代子が、ゆっくりと坂を登ってくる。地面を一歩一歩踏みしめるように歩いてくる姿に、神場はふと、胸がいっぱいになった。

こうして香代子は、ずっと自分についてきてくれたのだ。人生という名の坂を、つかず離れず、自分のあとをずっと歩いてきてくれたのだ。そう考えると、香代子を愛おしく感じると同時に、ひどく不憫に思えた。

香代子が追いつくと、神場はぽつりと訊ねた。

「本当に、いいのか」

香代子が首を傾げる。

「ごめんなさい、よく聞こえなかった。もう一度言ってちょうだい」

香代子は額の汗を、首に掛けた手ぬぐいで拭きながら、あがった息の合間に訊ねた。

神場は遠くを眺めるふりをして、香代子から目を逸らした。

「無理しなくていいんだぞ。俺と一緒にいても苦労するだけだ」

香代子は、ふふっと、小さく笑みを零した。

「また、その話ですか。私の答えはもう伝えました。気持ちは変わりません」


昨日の夕方、緒方から電話があった。ちょうど、八十七番札所を打ち終え、宿泊する宿に入り、部屋で白装束から浴衣に着替えたときだった。

四日前に愛里菜ちゃん殺害事件で任意同行を求めた加部の、ＤＮＡ型鑑定の結果が出たとの報告だった。

「愛里菜ちゃんの体内に残されていた体液と、加部から採取した唾液のＤＮＡが一致しました。いま、裁判所に逮捕状の請求をしているところで、まもなく発付されます」

緒方は昂奮を抑え切れない口調で伝えた。

神場は畳の上に胡坐《あぐら》をかき聞いていたが、緒方の報告を受けた瞬間、身体から力が抜けた。選挙の出口調査で当選と予測されながらなかなか当確が出ず、不安が込み上げてきたところにようやく当確の速報が流れた、そんな心境だった。

「ご苦労だったな」

やっとそれだけつぶやいた。

「いえ、まだ事件は終わっていません」

緒方は神場の労いの言葉を、静かな声で受け流した。

「神さん、双六の話、覚えていますか」

すぐにはわからなかった。

「前に、捜査が進まなくて落ち込んでいる俺に、神さんが話してくれたんです。双六にはゴールの手前に、ふりだしに戻るというコマがつきものだ。世の中そんなものだ。だから諦めず、負けずに踏ん張れ。そう言って励ましてくれました」

言われてみると、そんな言葉を発したような気もする。

「今回の逮捕は、純子ちゃんと愛里菜ちゃん——双方の事件解決の、やっと端緒に立っただけのものだと思います。これからふたつの事件の真相に辿り着かなければならない。簡単なことではないとわかっていますが、決して気を緩めず、万が一にもふりだしに戻らないよう、一歩一歩、確実に進んでいくつもりです」

緒方の声を聞きながら、神場は鷲尾の顔を思い浮かべた。鷲尾は、緒方が死ぬまで刑事であり続ける決意をした、と知った夜、愛里菜ちゃんを殺した犯人が逮捕されたら自分は辞表を出す、と言った。鷲尾は電話の向こうで、寂寥感《せきりょうかん》と満足感が入り交じった声でつぶやいた。

――自分がいなくなっても、緒方がいる。緒方なら自分の代わりに、警察が失った信用を取り戻すことができる。

その言葉に、改めて強い共鳴を感じる。

「課長はどうしてる」

神場の問いに、緒方が答える。

「課長はたぶん、いまごろお偉方と、これから開かれる予定の記者会見の打ち合わせを行っているはずです。会見場には、すでに多くのマスコミが詰めかけていて、広報課の職員が対応に追われています」

緒方は少し間を置き、声を落として言葉を続けた。

「辞表の話、加部の逮捕状を請求したあと、課長本人から聞きました。純子ちゃん事件が冤罪である可能性があることと、純子ちゃん事件のDNA型鑑定のやり直しを求める上申書を、警察庁長官あてに認《したた》めたそうです。辞表と一緒に提出し、警察を去ると言っていました」

隠そうとしても、悔しさが言葉に滲み出る。

「俺は引き止めました。課長はたしかに、過去に過ちを犯したかもしれない。だけど、今回、全国の刑務所長を動かし、腹を括って、純子ちゃん事件の再捜査に踏み出した。

辞表は思い留まるべきです——そう説得したのですが、課長の決意を変えることはできませんでした」

純子ちゃん事件の再捜査が行われる見込みは、かなり薄いだろう。事件当時のDNA型鑑定に信憑性がないとなれば、同じDNA型鑑定が決め手となり逮捕されたほかの事件の犯人にも、冤罪の可能性が出てくる。純子ちゃん事件の再捜査は、警察、いや司法機関全体にとって、パンドラの箱になりかねない。開けてしまったが最後、司法機関の、威信と権威が失墜する。

それでも、人の命と正義の遂行には代えられない——

神場は拳を静かに握った。

純子ちゃん事件の再捜査を、上層部は阻もうとするはずだ。だが、鷲尾も神場も、再捜査を阻む分厚い壁を打ち砕く覚悟でいる。上層部が再捜査に向けて動かないならば、メディアに、純子ちゃん事件が冤罪である可能性をリークするつもりでいた。一般市民の声ならば届かないかもしれないが、元県警捜査一課長の経歴を持つ鷲尾の声を、マスコミが無視するはずはない。反権力を標榜《ひょうぼう》する一部メディアは、必ず食らいついてくるはずだ。警察が動かないならば、マスコミの力を用いて動かすまでだ、と鷲尾とふたり、腹を決めていた。

そうなれば、鷲尾も神場も、そして当時捜査に関わった幹部たちも、世間の猛烈な非難を浴びることになる。だが、決意に揺るぎはなかった。なにがあっても、純子ちゃん事件の冤罪を晴らし、真犯人を裁きの場に引きずり出す。まっとうに正義が行われるよう、力の限りを尽くす。

——その前に。

神場は深呼吸をすると、携帯を強く握った。

「緒方、お前にひとつ、言っておかなければいけないことがある。幸知のことだ」

壁際に目をやる。白装束をハンガーにかけていた香代子の手が止まった。

「幸知は、俺たちの本当の子供ではない」

香代子は動きを止めたまま、神場を見つめている。

「幸知は、須田というかつて俺の先輩だった人の子供だ」

神場は幸知を養女に引き取るまでの経緯を手短に伝えた。

「幸知という名前は、俺たちが引き取ってからつけた名前だ。幸せをたくさん知ってほしい、そういう思いを込めてつけた」

緒方は黙って聞いている。

「俺は、冤罪を見逃した刑事だ。お前に尊敬されようなどとは、これっぽっちも思っていない。むしろ、軽蔑されるべき人間だと思っている。俺を非難してもいい。義父《ちちおや》と呼ばなくてもいい。ただ、幸知にはまったく関係がないことだ。どうか幸知を大事にしてくれ。頼む」

神場は胡坐の膝に左手を置き、見えない緒方に頭を下げた。

怖いくらいの沈黙が、携帯の向こうに広がる。やがて、緒方の落ち着いた声が耳に響いた。

「幸知さんは知ってます」

神場は弾かれたように、伏せていた面をあげた。耳を疑った。幸知は自分が養女だということを知っている、緒方はそう言ったのだろうか。

緒方はもう一度、言葉を繰り返した。

「幸知さんは知ってます——自分が神さんご夫婦の実子ではないことを。以前から、知っています」

緒方の話によると、付き合いが深まったころ、自分は両親の実の子ではない、と自ら告白したという。

「幸知さん、高校二年生のときに、オーストラリアにある姉妹校に短期留学しましたよね。そのとき、パスポートを取るために幸知さんのお母さんが市役所に戸籍の書類を取りに行ったそうですが、ちょっとした成り行きで、自分の戸籍を見てしまったと幸知さんは言っていました。そのときにはじめて、自分は養女だと知ったそうです」

信じられない神場は、緒方に改めて確認した。

「幸知は——幸知は本当に、自分が俺たちの子供じゃないことを知っているのか」

神場の言葉に香代子は目を大きく見開き、その場に座り込んだ。

緒方が話を続ける。

「知ってから、しばらくのあいだ悩んだそうです。自分の本当の親は誰なのか、どうしていまの両親が引き取ることになったのか。そして、古い記憶を辿り、あることを思い出したそうです。たしか自分は、幼いころ誰かの墓参りをしたことがある。誰の墓なのか訊ねたが両親はただ、手を合わせなさい、と言うだけで問いには答えなかった。でも、記憶が蘇った途端、幸知さんは、あの墓が誰のものかわかった、と言っていました。あれは、自分の実の親のものだ。証《あかし》となるものはないけれど、そうに違いない。そう俺に言いました」

神場は俯いて目を閉じた。

幸知を養女にしてから、神場たちは、毎年、幸知を連れて須田夫婦の墓参りに行っていた。物心がつく前の幸知は、墓を拝む自分たちを真似て、わけがわからないまま手を合わせていたが、次第に誰の墓か訊ねるようになった。まだいまは、幸知に、自分は神場たちの本当の子供ではない、と悟られてはいけない。そう考えて、幸知の小学校入学を機に、墓参りに連れて行くのを止めた。幸知のなかに、そのときの記憶が残っていたのだ。

緒方は静かに言う。

「幼い頃の記憶に辿り着いてから、幸知さんは、自分が養女であることなどどうでもいい、と思うようになったと言いました。両親が心を込めて墓に手を合わせていた姿を思い出し、実の親は自分を捨てたり放り出したのではない。なにかしらの理由でこの世を去らなければいけなかったのだ。そして、残された自分をいまの両親が引き取ってくれたのだ、とわかったそうです。自分は両親に愛されている。たくさんの人に愛されている。幸せだ。そう言っていました」

幼い幸知の顔が、閉じた瞼の裏に浮かぶ。小学校時代の幸知、中学、高校時代の幸知、就職が決まったときの幸知。幸知の笑顔、怒った顔、拗ねた顔、様々な顔が、脳裏をよぎる。

最初に、幸知に真実を告げようと思ったのは、幸知が高校に入るときだった。

だが、やめた。

二回目は、幸知が大学に進学するときだった。そのときも、迷った挙句にやめた。

そのあとにも、就職が決まったときや、大学を卒業するときなど、幸知の人生の節目がやってくるたびに真実を告げなければと思ってきた。

しかし、いつも言い出せなかった。

怖かったからだ。

お前は俺と香代子の本当の子供じゃない。

そう聞いたあとの幸知の反応が、恐ろしかった。神場は幸知の口から、血の繋がりなんか関係ない。私はお父さんとお母さんの子供よ、そう言ってもらえる自信がなかった。仕事が忙しく、ほとんど家にいなかった。幸知と一緒に遊んだ記憶も乏しい。父親らしいことをなにもしてこなかった自分が、血の繋がりを失ってしまったら、もう幸知は自分を父親と認めてはくれなくなるのではないか、そう思うと、どうしても言い出せなかった。

強い後悔が、神場を襲う。

幸知は自分が養女であると知ってから、どれだけ悩み、辛い思いをしてきたのだろうか。神場たちの愛情に、疑問を抱いたことがあるかもしれない。本当の親に思いを馳せることもあったかもしれない。

でも、神場たちの前で、幸知はそんな素振りを微塵も見せたことはなかった。自分が養女であることを知っていると神場たちが知れば、ふたりが悩むとわかっていたのだ。

幸知は神場が思っていた以上に、しっかりとした娘に育っていた。多感な時期に自分が養女であると知り、ひとりで悩み、苦しみ、そして神場たちを親として受け入れてくれた。幸知はすべて自分で乗り越えたのだ。

携帯の向こうで、緒方が強い決意の籠った声で言った。

「神さん、幸知さんを俺にください」

携帯の向こうで、緒方が頭を下げる気配がする。

神場は深く息を吐くと、冗談めかして言った。

「犯人を逮捕してくれたやつに頼まれたら、否《いや》とは言えないだろう。ずるいやつだ」

そう言うのがやっとだった。それ以上なにか言ったら、ようやく堰《せ》き止めている涙腺が決壊してしまいそうだった。

携帯の向こうで、突然、緒方を呼ぶ声がした。いま、勤務中だったことを思い出す。

神場はいつもの声に戻り、緒方に言った。

「忙しいところ、私用で引き止めて悪かった。仕事に戻れ」

「はい、ありがとうございます」

緒方は弾んだ声でそう言うと、電話を切った。

携帯を閉じて、香代子に目をやった。神場の会話から、電話の内容を悟ったのだろう。嬉しそうに微笑んでいる香代子の目は赤かった。

神場は香代子の前に立ち、向き合った。

「香代子」

改まって名を呼ぶなど、いつ以来だろう。

香代子は膝を正した。

神場は香代子の目を真正面から見つめた。

「この旅が終わったら、俺は無一文になる」

香代子が目を見開く。

「俺は、刑事として——いや、人間として重大な過ちを犯した」

神場は香代子に、十五年前に自分が犯した過ちを告白した。十六年前の純子ちゃん殺害事件は冤罪である可能性が高く、犯人は愛里菜ちゃんを殺した男と同一人物かもしれない。自分は純子ちゃんを殺した犯人が、別にいるかもしれないと知りながら黙殺した。そう包み隠さず伝えた。

香代子は正座したまま、じっと神場の話を聞いている。

「俺はこの旅を終えたら、自分が所有する財産をすべて処分しようと思っている。純子ちゃん事件が冤罪であると確定したら、それを、無実の罪で刑務所に服役した男性と、愛里菜ちゃんの遺族に渡そうと思っている」

私財を投げ出し冤罪の被害者に過ちを詫びることは、前から決めていた。香代子が望むなら離婚し、財産を分与することもだ。しかし離婚するには、ひとつだけ気がかりがあった。幸知のことだった。これから先、もし幸知が自分の生い立ちを知ったら、香代子ひとりを悩ませてしまうことになる。しかし、その心配もいまの緒方との電話で消えた。なにひとつ、思い残すことはない。

「お前には苦労させた。俺といても、さらに苦労するだけだ。別れて財産分与し、第二の安楽な人生を過ごしてもらいたい」

神場は首を折った。香代子に頭を下げたのか、自《おの》ずと項垂れたのか、自分でもわからない。

少しの沈黙のあと、香代子がつぶやいた。

「私たちは、あの夜長瀬からはじまったんですよ」

神場は、はっとして顔をあげた。

香代子が口元に笑みを浮かべ、神場を見つめていた。

「あの、なにもないところから、私たちの人生ははじまったんです。いま手のなかにあるものがなくなったって、最初に戻るだけじゃないですか」

駐在時代の、懐かしい記憶が蘇る。

金も地位もなく、ただ必死に、警官であろうとした自分がいた。そして、隣にはいつも香代子がいた。すべてを失ったとしても、あの頃に戻るだけなのだ。

香代子は赤い目を潤ませ、ふふ、と笑った。

「私、前にあなたに、根っからの刑事なのね、って言ったことがあったでしょう。私は根っからの、刑事の妻なのよ」

香代子は坂の途中で立ち止まり、手ぬぐいで額の汗を拭くと、金剛杖を握りしめて神場に言った。

「あなた、行きましょう。八十八番札所はもう少しよ」

香代子に促され、坂を再び歩きはじめる。

夏の盛りの日差しが道路に反射し、あたりが白く光っている。

ふと涼しげな風が吹いた。

頭上を見やる。顔に水滴がついた。

「お天気雨だわ」

お遍路笠に手をあてながら、香代子が空を見上げた。

晴れた空から、雨粒が落ちてくる。雷雨でも、豪雨でもない。優しく降り注ぐ、慈しみの雨。

——慈雨だ。

神場は香代子を見た。香代子も神場を見た。

瞳を交わしたまま、自然と手を取り合う。

結願寺は、すぐそこだ。

神場は香代子の手を握りしめ、雨のなかをゆっくりと歩き出した。

解説――「色のない夢」

松本大介

あまり人に言わないようにしているのだが、予知夢を見ている。

とはいえ、世の中の大事件や、世界の行く末を、前もって知るような類いのものではない。ごくごく個人的で、瑣末《さまつ》な事象を、事が起こる前の段階で夢に見ているらしい。らしいというのは、残念なことに、いつも夢の内容はきれいさっぱり忘れていて、現実にそれが起こってからでないと、予知夢の内容を思い出すことはないからだ。

何とも使いものにならない無駄な能力だと、我ながら思う。口にしても、だいたいは信じてもらえない。もしくは、聞こえないふりをされるという経験を経て、最近では「ああ、これ二回目ね」「はいはい、追体験ね」「どうも、いらっしゃい」ってな感じだ。裏を返しに来た客をあしらう、やり手婆《てばば》みたいに予知夢のことを扱っている。

「それってデジャヴじゃないの？」

やり手婆デビューする以前、打ち明けた親しい友人に、そう言われた。

そうかも知れない。だけど夢と現実に起きることの間には、じつは決定的な違いがあるのだ。便宜上、予知夢を一回目と数えると、一回目の経験には色がついていない。予知夢のなかで私は、水墨画のような濃淡の、白と黒とで構成された世界にいる。

そして、現実である二回目がやってきた時、強烈な既視感とともに、色のついていない一回目の風景を、眼前のそれと同時に脳内で思い出している。事が起こってから、私は確信的に思い出すのだ。

ああ、これは以前、夢に見ていたことだったのだなと。

この『慈雨』という物語の冒頭は、主人公の夢の描写から始まる。

群馬県警を定年退職した神場智則《じんばとものり》は、かねてより念願だった四国巡礼を実現しようと、妻の香代子《かよこ》とともに、一番札所のある徳島を訪れる。四国全土にまたがる八十八か所を一気に巡ろうという、還暦前後の夫婦には少々ハードルが高いともいえる試みである。優にふた月はかかる「歩き遍路」での結願《けちがん》に、神場夫婦を駆り立てるものは何か。物語が進むにつれ明らかとなってゆく二人の心情を、読み始めたばかりの読者はまだ知らない。

その巡礼開始を明日に控えた夜。泊まった民宿で神場は夢を見るのだ。

夢のなかで、神場はひとりの幼女を捜している。頭のどこかで、これは夢だと認知している夢。腰まである笹やぶを、見知った顔とともに捜索棒でかき分けている。

こういった捜索の様子は、行方不明者が出るとテレビ映像などで目にするものだが、本書を読む前までの私は、この光景に抵抗があった。捜索する側は、もしかしたら行方不明者が、声を出せない状況下にあることを想定しているのかもしれない。だが、どうしても次のような考えが先に立ってしまうのだ。

あの固そうな棒は、生きている人間に対して用いるものなのだろうかと。ひいては、捜索主体である警察は、もはや被害者の生存を、信じていないのではなかろうかと。テレビのこちら側で、そう邪推していた。

果して、そんな私の予想にたがわず、夢のなかの神場は幼女の亡骸《なきがら》を発見する。

物語の骨子となるこの悪夢は、神場が現役の刑事として働いていた時の深い後悔の念が、色濃く反映されたものだ。夢に繰り返し見るほど、忘れることのできない記憶。

それは、神場がお遍路することを決めた現在から遡ること十六年前に、純子《じゅんこ》ちゃんという幼女が行方不明となり、遺体となって発見された事件に起因している。すでに解決済みの当該事件に、神場は後悔のみならず良心の呵責《かしゃく》を感じているらしい。その自責の念が、神場に悪夢を見せているのだ。

そして、この神場の夢は、過去に捉われたすえの悪夢という意味合いをこえ、ある種の予知夢として物語に作用してゆく。

本書も、その列に連なることは想像に難くないが、夢を物語の重要な要素として用いる文学作品は、枚挙にいとまがない。それらのなかでも、おそらく真っ先に題名が挙がるものに、夏目漱石の『夢十夜』がある。「こんな夢を見た」という一文から始まる、あまりに有名な作品群。一つ一つは短いが、鮮烈な印象を残す、幻想的で不可思議な、そして美しくも暗い、十の夢が綴《つづ》られた物語だ。

『慈雨』を初読した際、人物造形の巧みさと、その至妙なストーリー展開に搦《から》めとられた。それは、警察小説と安楽椅子探偵の要素を掛け合わせた、ハイブリッドな読書体験であったことによる。今回、本解説を書かせていただくにあたり、あらためて精読してみると、初読では気に留めなかった夢の描写に、引っ掛かりを覚えた。何故《なぜ》か。

読むのが二回目だからというわけではない。たまに見る予知夢特有の、白黒の世界が脳内に浮かんだわけでもない。暗く、息苦しい逼迫感《ひっぱくかん》に、何ともいえぬ既視感をもったのだ。この既視感は一体どこからくるものだろう。

モヤモヤとしたものを抱えて、思い出せぬまま懊悩《おうのう》すること三日。篠突《しのつ》く雨の夜に、私はそうかと膝を打った。作中にでてくる神場の悪夢が、『夢十夜』の第三夜を彷彿《ほうふつ》とさせる。そのことに気づいたのだった。

『夢十夜』の第三夜の内容を、ざっとまとめると次のようになる。

ある男が、六つになる我が子を背に歩いている。夢の不条理さか、いつの間にか我が子の眼《め》はつぶれてしまい、口調もなにやら大人びてきた。怖くなった男は、盲目となった背の子を打ち捨てようと、眼前の森を目指す。ここまでが、いわゆる「起承転結」の「起」「承」の部分である。

そして次の「転」の部分で漱石は、本作『慈雨』に繋《つな》がる非常に印象的な、超絶技巧とも賞される、次の一文を繰り出すのだった。

「雨はさっきから降っている」

実際に、前後をお読みいただかないと伝わりづらいのだが、じつはこの一文の前には、雨についてどころか、天候に関しての描写すら一切ない。この唐突にも思える「雨」が、時を遡って「さっきから」降っていた様子を挿入することによって、もたらされる効果はことのほか大きい。

指摘が細かくなってしまうことを承知で書くと、並の作家であればここは、「さっきから雨が降っている」と、凡庸な表現を用いてしまうところだろう。しかしさらりと忍ばせたこの一文に漱石は、場面の転換、主観による時間の経過、さらには男の偏狭や、焦りといった心情をも凝縮させたのだ。

ここまで読んできた読者を、作中世界により一層深く引きずり込む明確な意図をもった一文。そして第三夜は、男が過去に犯した罪に触れて唐突に結ばれる。

その罪とは「殺し」だ。


夢と雨、そして罪。

神場の悪夢は、自らが在職中に犯した過ちによって、次の犠牲者が生まれるのではないかという、潜在的な恐れが表出したものだ。内面に満ちた罪の意識。そこから生じた焦燥感。それらは時が経《た》つほどに、過ちへの後悔を肥大化させた。第三夜の男が背負っていた罪。神場も背負うことになるかもしれない罪。

神場は次に起こるかもしれない「殺し」を、本意でないとはいえ容認してしまった、過去の自分を責め続ける。夢と雨、そして罪。終わりの見えない三角形を何度も行き来した十六年。出口の見えない日々の果ての、悔悟の念として彼の遍路はあったのだ。

遍路の序盤に、ふたたび群馬県の山中で幼女の遺体が発見されたとの報に触れた神場は、かつての部下である緒方圭祐《おがたけいすけ》へと連絡を入れる。そして、自分の過去の罪を清算するために捜査の手助けを申し出た神場は、その過ちが去ってはいなかったことを知る。

第一の事件。悪夢。そして、第二の事件。悪夢が予知夢として、ふたたび現実となってしまった世界。

この物語に描かれる、事件解決までの警察組織の姿勢に、私が邪推したような諦めの心持ちは一片も感じられない。生命を奪われた被害者の無念を晴らそうと、疲労の極致にある肉体と精神に鞭《むち》を打って、彼らは犯人逮捕に総力をあげる。

その過程を読みすすめながら、神場の懺悔録《ざんげろく》ともいえるこの『慈雨』が、ほとんど色を感じさせない物語であることに気づいた。

目撃された特徴のない白い軽ワゴン。被害少女の衣服は剝ぎ取られており、遺留品はない。巡礼で訪れた寺の藤の花が、散ってしまっている描写など。暗さを感じさせる色のない世界。それは、そのまま神場や捜査員たちの心中を表すと同時に、ふたたび同じ過ちを繰り返せば、この現実も更なる悪夢へ、そして第三の事件へと繋がることを表している。

しかし、絶望に彩られたかに思えるこの物語に、希望が見当たらないかというと、それは違う。これら色のない世界と対《つい》を為《な》すように、娘の幸知《さち》についての描写は、明るさのある色を帯びる。ピンクのクマのマスコット、三十七番札所の岩本寺の天井画、桜貝の形をした落雁《らくがん》など。それは神場夫妻にとって、娘である幸知がそのまま希望であることと、幼くして命を摘まれた被害者が、もし生きて幸知の年齢に達していたらという、儚《はかな》い願望を象徴しているように思えてならない。

色のない風景を、終わらせるために奮闘する神場は、どんな未来を連れてくるのだろうか。巡礼を重ねながら神場は、過去と向き合い、いくつかの決意を固めてゆく。それらの決意はきっと、各々の読者の心を震わせる（た）ことだろう。

ある時を境に、人生とは、目的をもって手に入れてきたものを一つずつ手放してゆかねばならない旅路となる。それは遍路に通ずる苦行である。

自分のものであると信じて疑わなかったものを、一つ、また一つと、失いゆく。望むと望まざるとにかかわらず、その荷を背から下ろして、旅路は終わりへと近づいてゆく。最期には、唯一無二の自分の命すらも手放して、私たちは一生を終える。自らの歩んできた旅路を振り返れば分かるとおり、晴れている日ばかりではない。だが、雨の日ばかりでも決してない。

遍路の果てに、神場は優しい慈しみの雨に打たれる。それは、色のない白と黒ばかりの世界を洗い流し、人生の旅路も中盤を過ぎた神場に、溢《あふ》れんばかりの様々な色をもたらしたことだろう。


（まつもと・だいすけ　書店員）

本書は、二〇一六年十月、集英社より刊行されました。

初出　「小説すばる」二〇一四年十二月号～二〇一五年十二月号

集英社文庫

慈《じ》　雨《う》

2019年4月25日　第1刷
2019年10月16日　第9刷

定価はカバーに表示してあります。

著　者　柚月裕子《ゆづきゆうこ》

発行者　徳永　真

発行所　株式会社　集英社
東京都千代田区一ツ橋2-5-10　〒101-8050
電話　【編集部】03-3230-6095
【読者係】03-3230-6080
【販売部】03-3230-6393（書店専用）

印　刷　凸版印刷株式会社

製　本　凸版印刷株式会社

フォーマットデザイン　アリヤマデザインストア　　マークデザイン　居山浩二

ISBN978-4-08-745858-9 C0193